JANET OLIVIA BINDER

Wolkenblick

JANET OLIVIA BINDER

Wolkenblick

Abschied auf Raten

100 FANS

Bibliografische Information der Deutschen Nationalbibliothek:
Die Deutsche Nationalbibliothek verzeichnet diese Publikation in der Deutschen Nationalbibliografie; detaillierte bibliografische Daten sind im Internet über http://d-nb.de abrufbar.

Für Fragen und Anregungen:
wolkenblick@100fans.de

1. Auflage 2014

ein Imprint der Münchner Verlagsgruppe GmbH,
Nymphenburger Straße 86
D-80636 München
Tel.: 089 651285-0
Fax: 089 652096

Umschlaggestaltung: Pamela Machleidt, nach einer Idee der Autorin
Umschlagabbildung: unter Verwendung von Shutterstock
Satz: Daniel Förster, Belgern
Druck: Interpress Kft., Ungarn
Printed in the EU

ISBN Print: 978-3-95705-002-1
ISBN E-Book (PDF): 978-3-95708-004-2
ISBN E-Book (EPUB, Mobi) 978-3-95708-005-9

Für Fabian. Love you more than words can say ...

Für Mama. Die Beste!

Wir teilen eine Seele,
ein Herz, das für uns beide schlägt.
Ich werde da sein, wo immer du hingehst,
für immer und ewig und noch einen Tag.

EINS

Es war einer dieser Tage, an denen man am besten einfach im Bett blieb. Es regnete in Strömen – und das mitten im Sonnenmonat August –, als ich Till das erste Mal sah. Ohne Schirm (wie schon gesagt, es war August!) mitten in der Stuttgarter Innenstadt unterwegs, suchten wir beide Schutz vor den Sturzbächen, die vom tiefschwarzen Himmel auf uns einstürzten.

Unsere Liebesgeschichte begann unter dem Vordach einer Currywurstbude. Er war mir gleich aufgefallen. Seine funkelnd braunen Augen und sein verschmitztes Lächeln, das seinen Mund umspielte, obwohl er genau wie ich triefend nass geworden war. Allerdings war bei mir kein Lächeln zu sehen, ihn schien das allerdings überhaupt nicht zu stören.

»Auch unerwartet ins Sommergewitter geraten?« Verwirrt blickte ich ihn an, mehr als diesen Blick bekam er aber nicht zur Antwort. Meinte dieser gut aussehende Typ wirklich mich?

»Sprichst wohl nicht mit jedem, was?«

»Sor-Sorry, ich-ich wusste nicht, dass ich gemeint bin«, stotterte ich, als ich meine Stimme wiedergefunden hatte und mir auch klar war: der gut aussehende Typ meint tatsächlich mich.

»Sind hier außer uns ja auch noch so viele andere Idioten unterwegs«, sagte der unverschämt gut aussehende Typ mit breitem Grinsen auf dem Gesicht. Beim Wort »Idioten« habe ich wohl etwas verärgert geschaut.

»Sorry, war nicht persönlich gemeint.«

»Schon gut, du hast ja recht. Es ist total idiotisch, wenn man bei diesen Wettervorhersagen ohne Schirm aus dem Haus geht«, erwiderte ich, jetzt wesentlich selbstsicherer, als ich mich fühlte.

Na prima belissima. Da beschert dir das liebe Schicksal so eine Sahneschnitte, und du redest übers Wetter. Mein inneres Seelentierchen brummte mich an. Besser gesagt, es knirschte schon mit den Zähnen. Jeder von uns hat übrigens so eine Art Seelentier in sich, jawohl, ganz bestimmt. Wird nur gerne ignoriert, was ich auch gut verstehen kann. Ich versuche aber, meinem Seelentier stetig die gewünschte Aufmerksamkeit zu schenken. Schließlich liegt es mit seinen Ratschlägen hin und wieder nicht ganz daneben. Bei mir sind es also nicht Engelchen und Teufelchen – langweilig, die sind ja schließlich, was die Beschreibung von Gut und Böse angeht, der absolute Renner, sondern ich habe ein Seelentierchen. Und ebendieses brummt, und zwar gewaltig.

»Was treibt dich denn bei dem Regen vor die Tür?«, versuchte ich schnell das leidige Schnee-Regen-Sonnen-Thema zu wechseln. Von meinem Seelentier vernahm ich auch zugleich zustimmendes schnurren.

»Muss dringend ein Hemd und eine passende Krawatte für die diamantene Hochzeit meiner Großeltern kaufen. Ist aber schwieriger, als ich dachte.«

»Diamantene Hochzeit, wow! Die müssen aber schon lange verheiratet sein.«

»Sechzig Jahre«, klärte er mich auf. Obwohl es mehr eine Feststellung als eine Frage von mir war. Der Regen ließ Gott sei Dank langsam nach und die ersten Sonnenstrahlen brachen schon durch die Wolken.

»Hättest du nicht Lust, mich zu begleiten, als Shoppingberaterin sozusagen?«, hörte ich ihn aus heiterem Himmel fragen. Einige Sekunden peinliches Schweigen auf beiden Seiten. Von Spontanitätsmangel nicht die geringste Spur.

»Oh, ich bin übrigens Till.«

Till – ich ließ mir den Namen einen Moment auf der Zunge zergehen.

»Julie«, sagte ich dann schließlich zögernd und wir schüttelten uns förmlich die Hände und schauten uns das erste Mal tief in die Augen.

Daraufhin mussten wir beide plötzlich lauthals anfangen zu lachen. Der Bann war gebrochen.

»Und, begleitest du mich jetzt?« Wunderschön grinsende Augen schauten mich erwartungsvoll an.

»Na, dann will ich mal schauen was ich für dich tun kann.«

Wie gesagt, von Spontanitätsmangel keine Spur. Zusammen schlenderten wir Richtung Karstadt.

ZWEI

»Kannst du bitte einen Termin mit Herrn Wendrig und Dr. Schiller von der KSB Düsseldorf aufsetzen? Wenn möglich diese Woche noch! Ach, und eine neue Tastatur bräuchte ich auch, das U funktioniert nämlich nicht mehr richtig, von dem dauernden Gedrücke tut mir schon mein Zeigefinger weh. Das eilt aber nicht. Danke.«

Gedankenversunken schaue ich hinter meinem Bildschirm hoch und blicke in das rötlich angelaufene Gesicht meines Chefs. Leider bindet er seine Krawatten immer so knalleng, das er damit kaum noch atmen kann – was zur unschönen Folge hat, dass sein Gesicht spätestens zur Mittagszeit nahezu einer überreifen Tomate gleicht. Aber angeblich muss das mit der Krawatte genau so sein, die bindet man so eng, sonst schaut das ja nach nichts aus. Natürlich.

Oooops, da bin ich wohl mal wieder in Tagträumerei versunken.

»Mach ich«, antworte ich knapp und schlürfe erst mal einen kräftigen Schluck meiner Bananenmilch, aber da ist der Chef auch schon wieder draußen. Auch gut, dann kann ich mich zunächst ausgiebig meiner geliebten Bananenmilch widmen. Meinem Grundnahrungsmittel Nummer eins, neben einer wöchentlichen Überdosis an Yoguretten. Bananenmilch gibt es bei mir morgens, mittags und abends und manchmal sogar noch zwischendurch. Falls ihr jetzt denkt, ich mache irgendeine abgedrehte Mit-Bananenmilch-werden-Sie-schlank-Diät, so kann ich euch sagen, dass ihr meilenweit danebenliegt. Ich habe nämlich eine Eins-a-Bikinifigur, obwohl ich meistens fauler bin als ein Faultier – okay, zugegeben, alle paar Monate kommt das böse schlechte Gewissen, das mir sagt, ich müsse mich mehr bewegen, dann würde ich mich insgesamt wohler und gesünder fühlen – bla bla bla – und überzeugt mein Seelentierchen und mich meistens ganze zwei Tage lang, uns sportlich zu betätigen, manchmal schaffen wir auch drei. Dann haben Seelentierchen und ich aber auch schon wieder genug von der sportlichen Verausgabung und verfallen in den alten Trott. Till hofft dann jedes Mal, dass ich doch noch meine Liebe zum Sport entdeckt habe, und ist ein klitzekleines bisschen enttäuscht, wenn ich spätestens am dritten Tag wieder die Couch dem Tennismatch vorziehe. Er kann im Gegensatz zu mir nämlich nicht ohne seinen Sport leben und wird schon ganz grummig, wenn er zwei Tage ohne Handball, Tennis, Joggen oder sonst einer Art körperlicher Quälerei leben muss. Für die einen ist es der Sport, für die anderen die Bananenmilch. Ganz sicher esse ich auch mehr, als gut für mich ist. Aber den Genen sei Dank hatte ich noch nie Probleme mit meinem Gewicht und mein Gewicht auch nicht mit mir. Also alles gut. Ich liebe dieses Zeugs einfach. Und auch nicht die gesunde Mit-dem-Mixer-selbst-Bananen-pürieren-und-fettarme-Milch-dazugeben-Variante, nein, die Bananenmilch von Berchtesgadener Land muss es sein. Wir sind ja hier schließlich auch in Bayern und keine, aber wirklich keine schmeckt so gut wie diese. Vor allem nicht mit Strohhalm. Müller, Landliebe und wie sie alle heißen können einpacken. Nun aber genug von der Bananenmilch, der Chef will ja schließlich seinen Termin haben. Dieser Freitag will aber auch einfach nicht vorbeigehen. Dabei habe ich so viel zu erledigen. In vier Wochen werden Till und ich unser zehnjähriges Beziehungsjubiläum feiern. Zehn Jahre schon, die Zeit rast wirklich, und wie! Zu unserem großen Tag möchte ich ein Fotobuch für ihn machen – mit Fotos unserer ganzen gemeinsamen Zeit. Allerdings soll es nicht ein schnöde digital gedrucktes sein, sondern eines mit richtigen Fotos und alten Eintrittskarten und anderen Schnipseln, die ich all die Jahre gesammelt habe, liebevoll von mir verziert und beschrieben. Da wartet wohl die eine oder andere Nachtschicht auf mich. Eigentlich haben wir auch abgemacht, uns nichts zu schenken, aus Spargründen. Wir planen nämlich unsere gemeinsame Weltreise und heute Abend wollen wir endlich die finale Route festlegen.

DREI

Tansania, Südafrika, Indien, Russland, Thailand, Australien, Neuseeland, Chile, Brasilien, USA … oder doch lieber Japan, Indien, Russland, Thailand, Vietnam, Australien, Neuseeland, Chile, Brasilien, USA und Afrika irgendwann gesondert bereisen? Aussichtslos, wir werden uns nicht einig. Immerhin sind wir bei der Reisedauer und dem Zeitraum einer Meinung – ist ja auch schon mal was. In etwas mehr als neun Monaten, genauer gesagt am ersten Juni nächstes Jahr geht's los. So lange dauert es leider noch, bis Till sein berufsbegleitendes Zusatzstudium in Medienwissenschaften abgeschlossen hat. Am liebsten würde ich gleich starten. Ich muss meinen Job nämlich sowieso kündigen, während Till bei seiner Handyklitsche – »röchl« – ähm: Firma, ein Jahr Auszeit bekommt. Frechheit eigentlich!

Aber auch ganz praktisch, wenn man weiß, dass man wiederkommt und nicht beide arbeitslos sind. Wir brechen also quasi unser altes Leben mit einer soliden Grundsicherheit im Rücken ab. Nahezu vernünftig. Sparen müssen wir allerdings auch noch. Aus umfangreichen Recherchen und Erfahrungsberichten wissen wir, dass man pro Person mit mindestens fünfzehntausend Euro rechnen sollte. Eine Menge Zaster, obwohl wir beide ganz gut verdienen. Vielleicht sollte ich den nächsten Ausverkauf bei H&M zur Abwechslung mal auslassen.

»Was ist für dich denn eine Weltreise?«, fragt Till plötzlich aus heiterem Himmel.

»Hä? Wie meinst du ›was ist eine Weltreise‹? Eine Weltreise ist eine Weltreise. Wir bereisen die Welt, du und ich.« Ich habe keine Ahnung, was er von mir hören möchte.

»Erstens heißt das ›wie bitte‹ und nicht ›hä‹.«

Da ist er, mein Herr Oberlehrer.

»Na, wir müssen noch definieren, was eine Weltreise für uns überhaupt ist. Ist es eine Weltreise, wenn wir einmal mit dem Flugzeug um die Welt geflogen sind, oder ist es eine Weltreise, wenn wir auf jedem Kontinent waren?«

»Oh nee, nicht ernsthaft, muss das sein, Füchschen?« So nenne ich meinen allwissenden und besserwisserischen Schatz liebevoll seit nun fast zehn Jahren.

»Jep, Quietschie« – den Kosenamen hat mir Till aufgrund meiner wohlklingenden Lachattacken verpasst. »Es muss sein. Im Lexikon steht nämlich, dass es erst eine Weltreise ist, wenn jeder Längengrad überschritten wurde, ehe man beim Ausgangspunkt angelangt ist.«

»Aha. Klingt absolut logisch. Mal im Ernst, muss das denn wirklich sein? Ist doch völlig egal, ob es laut Lexikon eine Weltreise ist oder nicht und welchen Längengrad wir überquert haben und welchen nicht. Hauptsache, für uns ist es eine Weltreise. Unsere Weltreise nämlich. Füchschens und Quietchies Worldtrip. Hab echt keine Lust, mir das unnötig kompliziert zu machen. Ich will ohne bestimmte Kriterien und Regeln reisen, sonst sind wir doch auch gar nicht unabhängig, sondern müssen uns schon wieder an irgendwelche Vorgaben und Pläne halten. Ich will einfach frei sein.«

»Ich fänd's schon schön, wenn wir eine Definition festlegen würden. Müssen uns ja nicht total streng daran halten, aber so haben wir zumindest ein Ziel für unsere Reise vor Augen und einen Anhaltspunkt, an dem wir uns orientieren können. Also, was ist denn eine Weltreise nun für dich?«

Der lässt ja mal wieder gar nicht locker.

»Also das mit dem Flug auf keinen Fall. Einmal um die Welt fliegen kann ich auch problemlos in wenigen Wochen mit 'nem billigen Around-the-World-Ticket. Damit habe ich aber nicht viel von der Welt gesehen. Auf jedem Kontinent gewesen sein finde ich eigentlich eine gute Idee, könnte mit Afrika finanziell aber schwierig werden, vor allem weil wir das eigentlich bereits gestrichen haben. Vielleicht könnten wir nach Nordafrika reisen. Dann waren wir auf dem Kontinent und es ist nicht ganz so teuer. Marokko soll doch total schön sein.«

»Hm, das wäre eine Idee. Allerdings, wenn schon Afrika, dann eigentlich richtig, mit Löwen, Elefanten und wilden Kriegern.« Er lächelt verschmitzt. »Meine Vorstellung ist übrigens auch, dass wir jeden Kontinent bereisen, außer die Antarktis, aber ich glaube auch nicht, dass meine kleine Frostbeule dahin möchte.«

Mit einem Blick auf die Uhr springe ich auf. »Shit, ich muss los, bin ja schon viel zu spät!« Till bekommt einen flüchtigen Kuss auf den Mund gedrückt und im nächsten Moment habe ich meine Sporttasche um die Schultern und bin auch schon aus der Tür. Vom Rennen ganz außer Atem und klatschnass geschwitzt, aber gerade noch rechtzeitig komme ich im Trainingsraum der Grundschule an.

Autogenes Training steht einmal die Woche auf meinem persönlichen Trainingsplan. Mit dreizehn hat mich meine Mama das erste Mal zu einer Trainingsstunde mitgeschleppt. Schon als Kind war ich ständig geplagt von Albträumen und konnte dadurch nicht richtig schlafen. Was natürlich erklärte, warum ich den ganzen Tag müde, überdreht und unkonzentriert war. Die Ärzte konnten trotz zahlreicher Untersuchungen, die ich über mich ergehen ließ, nichts finden, und traumatische Kindheitserlebnisse hatte ich auch nicht zu verarbeiten.

Durch ihre damalige Kollegin kam meine Mutter zum autogenen Training und beschloss eines Tages, mich einfach mitzunehmen. Seither bin ich Stammkundin und fühle mich tatsächlich besser, auch wenn die Albträume und Schlafprobleme geblieben sind.

»Stell dir vor, du gehst an deinem Lieblingsstrand entlang. Das Wetter ist perfekt dafür, die Sonne scheint, ein angenehm kühler Wind weht ab und an. Dein Lieblingsstrand ist menschenleer, du hast ihn ganz für dich alleine.

Du bist von einer angenehmen Stille umgeben, nur das Rauschen der Wellen ertönt gleichmäßig und beruhigend zugleich. Deine Atmung ist ebenso regelmäßig wie der Wellengang. Ganz ohne dein Zutun. Du atmest ein und du atmest aus.« Ich vernehme die Stimme von Sendi, meiner Trainerin. Ganz langsam entschwindet mein

Bewusstsein weit, weit weg. »Du bleibst stehen und konzentrierst dich jetzt auf deine Füße. Sie stehen sicher auf dem warmen Sand. Du kannst die Füße ein wenig im Sand vergraben und die Zehen bewegen, spürst ein leichtes Kribbeln …«

VIER

»Sicher, dass du es nicht noch mal probieren willst?« Till schaut mich auffordernd an. Es ist Sonntag und wir stehen mit unserem Subaru Legacy – ein Erbstück von Tills Opa – auf dem verlassenen Parkplatz vor Lidl.

»Ich will nicht mehr, es geht einfach nicht.« Ich habe mir vorgenommen, wieder Auto fahren zu lernen. Zwar bin ich stolze Besitzerin eines Führerscheins und habe die Prüfung damals auch wie durch ein Wunder auf Anhieb bestanden, aber die blöde Abneigung gegen das Selbstfahren wurde ich trotzdem nie los. Seit wir vor fast sieben Jahren nach München umgezogen sind, wurde es damit auch nicht besser. In der Stadt wollte ich von Anfang an nicht fahren und Till hat sich nie darüber beschwert. Irgendwann habe ich es dann ganz bleiben lassen und bin auch nicht mehr auf den langen Strecken nach Stuttgart auf der Autobahn gefahren. Ich habe es ja auch nicht gebraucht, schließlich habe ich meinen leibeigenen Chauffeur, der das Autofahren liebt, und in der Stadt kommt man super ohne Auto aus. Wenn wir es dann doch mal brauchen, fährt mein Chauffeur. Irgendein beunruhigendes Gefühl in mir sagt mir, dass selbst am Steuer sitzen für mich total gefährlich ist. Auf sein Seelentierchen sollte man wie schon gesagt unbedingt hören. Ich bin davon überzeugt, dass ich eines Tages in einem Verkehrsunfall sterben werde, weil ich beim Autofahren irgendwas übersehen habe. Und noch schlimmer, ich bringe damit nicht nur mich, sondern auch andere in Gefahr. Till sagt immer, ich muss nur Sicherheit beim Fahren gewinnen und Routine bekommen, dann verschwinden auch die komischen Gedanken.

Da wir zeitnah nach unserer Reise, ich bin ja schließlich schon neunundzwanzig plus eins, auch Kinder wollen und als Mama ein Auto natürlich praktisch ist, hab ich mir in irgendeinem übergeschnappten Moment vorgenommen, mein Seelentierchen (übrigens in meiner Vorstellung eine wunderhübsche dreifarbige Katze) zu ignorieren und meine Fahrangst zu besiegen. Ganz doofe Idee, wie sich gerade mal wieder herausstellt. Die Katze und ich fauchen um die Wette. Habe schon Rückenschmerzen vor lauter Anspannung.

»Probier es doch noch einmal. Eine kleine Strecke, nur noch einmal im Kreis um den Parkplatz. Hat vorher doch wunderbar funktioniert.« Till redet auf mich ein.

»Nee, ich will aber nicht mehr. So viel auf einmal geht nicht.« Und schon habe ich die Fahrertür aufgeschwungen und weise Till an, seinen Allerwertesten vom Beifahrersitz zu schwingen und den Chauffeursessel einzunehmen.

FÜNF

»Wann nimmst du mir denn endlich diese verflixte Binde ab?« Ich jaule, allerdings mit einem unterdrückten Lächeln. Es ist Freitag, unser zehnter Jahrestag, der dreizehnte September, um genau zu sein. Für diesen besonderen Anlass haben wir beide für ein verlängertes Wochenende freigenommen, man feiert ja schließlich nicht alle Jahre Beziehungsjubiläum. Die meisten Paare halten es ja heutzutage nicht länger als vier bis fünf Jahre miteinander aus, und hat man diese geschafft, liegt noch das verflixte siebte auf der Lauer, um das vermeintliche Beziehungsglück zu zerstören. Bei den meisten unserer Freunde ist alle paar Jahre fröhlicher Partnerwechsel angesagt. Wir haben das alles problemlos gemeistert. Klar gibt es auch bei uns Höhen und Tiefen und die total harmonische Liebe aus den vor Liebesschmach triefenden Hollywoodkitschstreifen sucht man bei uns wahrscheinlich eher vergeblich, aber es passt einfach. Irgendwie scheinen wir beide ganz genau zu wissen, dass unser Leben nur mit dem anderen funktioniert und vollständig ist. Auch nach zehn Jahren brauchen wir uns wie die Luft zum Atmen, und genau das wollen wir mit unserem langen Wochenende feiern. Einfach Zeit für uns haben, ganz allein, nur wir zwei. Allerdings habe ich nicht geahnt, dass Till mich entführt.

Nun sitze ich seit gut einer Stunde mit verbundenen Augen auf dem Beifahrersitz unseres Subarus und male mir aus, was wir unternehmen werden. Ich hasse Ratespielchen, aber da ich nun mal ganz entsetzlich neugierig bin, bleibt mir nichts anderes übrig, als es damit zu versuchen. »Ein Wellnesswochenende in einem Vier-Sterne-Palast?« – Keine Reaktion. »Eine Raftingtour?« – Immer noch keine Reaktion. »Dann vielleicht ein Städtetrip nach Prag?« Munter rate ich drauflos. Till schweigt jedoch und wirkt irgendwie in Gedanken versunken. Soweit ich das beurteilen kann, zumindest sehen kann ich ja nichts. Aber nach so vielen gemeinsamen Jahren spürt man einfach, was der andere denkt und fühlt. Gute zwanzig Minuten später verkündet eine gut gelaunte Stimme plötzlich: »Wir sind gleich da Quietschie.«

»Juhuuu!« Mein Seelentierchen schlägt Purzelbäume vor Aufregung – es ist nämlich genau so neugierig wie ich.

Behutsam hilft mir Till beim Aussteigen, da ich immer noch die blöde Augenbinde aufhabe. Er nimmt mich in die Arme und drückt mich fest an sich. »Ich liebe dich, ich liebe dich so sehr, vergiss das nie.« Ich erwidere den Druck und unsere Lippen finden sich für einen sündigen Kuss. Eigentlich ist Till nicht so der Typ für romantische Liebeserklärungen – daher bin ich von seinen Worten schon total gerührt. Aber zum zehnjährigen Beziehungsjubiläum darf's ja ruhig ein bisschen Hollywoodkitsch sein.

Till löst sich aus der Umarmung, nimmt mich an der Hand und gemeinsam schlendern wir ein Stück durch … durch Laub, würde ich sagen. Wenn mich meine Sinne nicht täuschen, sind wir in einem Wald und meine Füße rascheln durch dürres Laub, das auf dem Boden liegt. Nach wenigen Metern bleiben wir plötzlich stehen und Till dreht mich ein Stück, besser gesagt, er positioniert mich genauestens. »Ich nehme dir jetzt die Augenbinde ab, aber du musst mir versprechen, dass du die Augen geschlossen lässt, bis ich ›jetzt‹ sage. Versprochen?«

»Versprochen.« Momentan würde ich sowieso alles versprechen, nur um die Binde abnehmen zu dürfen. Mein Seelentierchen und ich warten gespannt.

Ich drücke die Augen ganz fest zusammen, bis Till »jetzt« sagt. Ich öffne meine Augen und bin schlagartig überwältigt. Wir sind auf einer Lichtung im Wald, ganz in der Nähe unserer Hütte. Vor mir brennt ein riesiges Herz aus lodernden Fackeln. Schneller, als ich den Anblick in mir aufnehmen kann, kniet Till vor mir nieder und schaut mir tief in die Augen. »Julie, meine Julie, zehn Jahre sind wir unzertrennlich, Füchschen und seine Quietschie, du bist meine große Liebe. Nie mehr will ich ohne dich sein. Willst du meine Frau werden?« Seine Stimme bebt und zittert bei jedem Wort. Total unfähig, einen klaren Gedanken zu fassen (während mein Seelentierchen ganz klar denkt und mittlerweile schon »Jaaaaaaaaaaaa!!!« brüllt) stottere ich ein zaghaftes »Ja« und wenige Sekunden später brülle auch ich wie eine Verrückte: »Jajajajaaaaaaaaaaaaa!« Nicht, dass er mich überhört oder nicht versteht. »Natürlich will ich deine Frau werden, und wie ich will!«

Er nimmt mich in die Arme und wirbelt mich herum, bevor wir uns minutenlang innig küssen. Beide haben wir sinnflutartige Sturzbäche in unseren Augen.

»Ich liebe dich, für immer!« Als glücklichste Frau der Welt schmuse ich mich an ihn.

»Und ich liebe dich!«

Wenige Minuten später, die mir wie eine halbe Ewigkeit erscheinen, schlendern wir Hand in Hand zu unserer Hütte. Irgendwie ist die Zeit stehen geblieben. Ich kann es nicht fassen. Den ganzen Weg über finde ich kleine Liebesbotschaften. Till hat liebevoll den ganzen Weg zur Hütte mit Liebesbeweisen als Wegweiser verziert. Unsere gemeinsame Zeit taucht unterwegs auf, überall sind Herzchen mit Dingen, die er an mir liebt, und Fotos aus den vergangenen Jahren verteilt.

Botschaften wie »Danke, dass du damals meine Shoppingberaterin warst« oder »Dein Quietschen ist das schönste Geräusch der Welt« begegnen mir. Wieder habe ich Sturzbäche in den Augen. An der Hütte angekommen, wartet die nächste Überraschung. Till hat ein riesiges Picknick vorbereitet. Edelsten Champagner schlürfend liegen wir auf der pinkfarbenen Picknickdecke und planen unsere Hochzeit.

»Der fünfundzwanzigste Mai ist doch ein super Termin, dann ist unsere Hochzeit auch gleich die Abschiedsparty für unsere Weltreise.«

»Kleiner Fuchs!« Kichernd küsse ich seinen Hals.

Leidenschaftlich zieht er mich an sich. Küsst mich zunächst sanft, bis der Druck seiner Zunge immer stärker und fordernder wird. Langsam streift er mir mein gelb bedrucktes Sommerkleid über den Kopf, während ich mit meinen Fingern ganz langsam die Knöpfe seiner Hose öffne. Er ist hart, unglaublich hart. Vorsichtig streife ich seine Hose ab und streichle dabei wie zufällig über sein Glied. Er spannt die Pobacken an, damit ich ihm die Hose komplett ausziehen kann. Die Boxershorts ziehe ich gleich mit aus. Ich löse mich aus seiner Umarmung, reiße ihm mit einem Ruck das Poloshirt über den Kopf und setzte mich auf ihn. Meine rote Korsage und die Seidenstrapse, die ich extra für unseren Ehrentag gekauft habe, verfehlen ihre Wirkung nicht. Sein Schwanz wird noch größer und streckt sich mir lustvoll entgegen. Ich knie mich zwischen seine Schenkel und verteile flüchtig sanfte, kurze Küsse an den Innenseiten. Langsam arbeite ich mich seiner Lust entgegen. Ganz zärtlich küsse ich seine Eichel, sauge zunächst nur zögerlich. Till stöhnt, packt mit einer Hand meine Haare und drückt gierig meinen Kopf in seinen Schoss. Langsam erhöhe ich den Druck, sauge etwas stärker und lasse ihn im nächsten Moment wieder los.

Meine Zunge tastet sich weiter vor, leckt ihn lustvoll, bevor sein Schwanz ganz in meinem Mund verschwindet. Till schreit vor Lust und krallt seine Hände in die Picknickdecke. Er packt mich an der Hüfte und setzt mich auf sich. Langsam, aber voller Gier dringt er in mich ein. Ich stöhne. »Dein Schwanz fühlt sich so geil an, so tief in mir.« Er stößt zu, leidenschaftlich und brutal – es ist geil. Ich stoße zurück und wir finden spielend unseren gemeinsamen Rhythmus. In seinen Augen lodert Feuer. Mit seinen Händen massiert er meine Brüste, immer wilder und forscher. Er nimmt meine Nippel in seinen Mund und saugt köstlich langsam an ihnen. Es zerreißt mich fast vor Lust. In völliger Hingabe und laut stöhnend komme ich zum Höhepunkt – »Ich liebe dich« – und sinke auf seine Brust nieder. Ich verlangsame meine Stöße. Till gewährt mir eine kurze Pause und stößt dann umso härter und schneller zu – »oh Julie« – noch ein Stoß, der mich am ganzen Körper zittern lässt – auch er kommt und drückt mich fest an sich. Außer Atem liegen wir eine endlose Ewigkeit so da, bis wir beschließen, uns im See abzukühlen.

Wie wir heiraten, steht schon lange fest. Als verantwortungsbewusste Frau habe ich das Thema natürlich schon tausendmal mit Till durchgekaut – schließlich hatte ich dafür auch reichlich Zeit. Eigentlich hat nur die Frage der Fragen gefehlt, damit es losgehen kann. Unsere Hochzeit wird ohne viel Glamour und Glitzer stattfinden. Wir stehen beide nicht wirklich auf viel Chichi. Wir wollen auch nur mit Familie und den engsten Freunden feiern, also eher eine kleine Hochzeit, um die dreißig bis vierzig Personen. Es wird gegrillt, und zwar auf unserem Waldgrundstück direkt am See. Die Hütte scheint uns der ideale Ort dafür zu sein. Das Grundstück, das direkt an einem Bergsee liegt, hat Till zu seiner Geburt von einem Großonkel geerbt und als wir nach München gezogen sind, stand der Plan, eine Hütte zu bauen, relativ schnell. Es ist wirklich ein Lottogewinn, solch ein Grundstück hätten wir Normalsterblichen uns nie leisten können. Natürlich konnten wir auch die Hütte nicht bar bezahlen und blechen daher noch die nächsten fünf Jahre einen ordentlichen Betrag pro Monat für unseren Traum im Wald. Bereut haben wir es aber nie. Dieser Rückzugsort ist unser Paradies und hat uns schon viele unvergessliche Stunden zu zweit und wilde Partynächte mit Freunden beschert. Gebaut haben wir die Hütte zusammen mit meinem Papa und Carlos, Tills bestem Freund aus München, der im Hochbau tätig ist. Innerhalb von neun Monaten stand unsere Hütte und wurde von uns hochoffiziell auf den Namen Juti (Anfangsbuchstaben von Julie und Till) getauft. Wir haben sogar eine Taufurkunde, die eine der Hüttenwände ziert.

Mittlerweile hat unser Prachtbau mehr als zwanzigtausend Euro verschlungen – aber sie ist uns jeden Cent wert. Es gibt sogar einen Stromaggregator, und auch sonst ist Juti mit jeglichem Luxus ausgestattet. Sie ist zu unserem zweiten Wohnzimmer geworden. Eine selbst gebaute Bar aus Baumstämmen in Schiffsform, eine Kochnische, ein großer Holztisch mit einer Eckbank, eine Couch und ein Kamin verleihen der Hütte ihren Charme. Im zweiten Stock ist das

Matratzenschlaflager, das insgesamt Platz für sechs Personen bietet. Zusätzlich gibt es im ersten Stock es ein ausklappbares Bett über dem Tisch an der Wand – eine super Platzsparkonstruktion Marke Eigenbau meines Vaters. Dazu noch reichlich Platz für ein Schlaflager vor dem Kamin. Da wir direkt vom See einen Wasseranschluss haben, konnten Carlos und mein Papa auch eine richtige Toilette bauen. Das kleine Holzhäuschen ist direkt hinter der Hütte und hat – wie es sich für eine urige Hüttentoilette gehört – eine Holztür mit Herz.

Bei Partys haben schon häufig viele Leute in der Hütte geschlafen. Im Sommer ist es auch möglich, direkt neben der Hütte auf der dazugehörigen Wiese zu zelten. Für die Hochzeit würden wir allerdings einen Transport organisieren, der die Gäste zu später Stunde nach München zurückbringt oder auf Wunsch ins nahegelegene Bayrischzell, wo sie sich ein Hotel oder Hüttenzimmer mieten können. Die Hütte gehört uns in der Hochzeitsnacht nämlich ganz allein.

SECHS

Es ist dunkel auf der Straße, kein Licht brennt, nicht einmal der Mond schafft es, sein fahles Licht durch die dichte Wolkendecke der Nacht zu werfen. Eine junge Frau sitzt angespannt auf dem Autositz und umklammert das Lenkrad fest mit beiden Händen. Sie ist nervös, Schweißperlen glänzen wie Morgentautropfen auf ihrer Stirn. Plötzlich scheint ihr ein grelles Licht direkt in die Augen. Starr vor Schreck, wie ein wildes Tier im Licht der Autoscheinwerfer, blickt sie panisch geradeaus. Mit starren, fast gelähmten Augen drückt sie auf die Bremse. Doch es ist zu spät. Das Auto prallt quietschend und mit voller Wucht gegen den Lkw.

Blut, die Scheibe und das Armaturenbrett sind voller Blut. Meinem Blut! Oh Gott, das ist mein Blut! Ich versuche, mich zu bewegen, doch es ist aussichtslos. Mein Körper ist bewegungsunfähig. Ein Krankenwagen kommt. Till, ich höre Tills Stimme. »Julie, Julie ich liebe dich! Lass mich nicht allein, hörst du? Julie, du darfst nicht sterben, ich kann ohne dich nicht leben! Seine Tränen tropfen auf meinen blutüberströmten Körper. Da sind meine Eltern, sie stehen an einem Grab mit der Aufschrift »Wir sehen uns wieder«. Dann ist Till in unserem Schlafzimmer. Er hat eine Dose mit Schlaftabletten in der Hand. »Julie mein Liebling, gleich sehen wir uns wieder.« Er setzt die Dose an seinen Mund und schüttet den gesamten Inhalt hinein. Doch plötzlich steht er auf und spuckt die Pillen auf den Boden. Er öffnet seinen Kleiderschrank und nimmt eine Kiste heraus, auf der in großen Buchstaben »FÜR IMMER« steht. Die Worte tragen meine Handschrift.

Ich schrecke hoch und schlage wild um mich. Im nächsten Moment spüre ich einen leichten Druck. Till hält mich im Arm und drückt mich sanft an sich.

»Nicht sterben.« Ich winde mich in seinen Armen hin und her. »Du musst leben«, nuschle ich undeutlich, noch immer in meine Traumwelt gehüllt. Es dauert noch eine ganze Weile, bis ich schweißgebadet und von Tränen überströmt aufwache.

»Schhhhsssschhhh. Komm her.« Till streichelt beruhigend über meinen Kopf. »Du hast nur schlecht geträumt.« Zärtlich wiegt er mich in seinen Armen und drückt mir liebevoll einen Kuss auf die verschwitze Stirn.

»Ich dachte, ich bin tot! Ich war tot, es, es war alles so echt.« Wieder blitzen die Bilder des Unfalls, mein Grabstein, Till und die Tabletten und dann Till und die Kiste vor mir auf. Ich schrecke zusammen und breche erneut in Tränen aus. Mein ganzer Körper zittert völlig unkontrolliert.

»Hey Kleines, was ist denn los? Es war doch nur ein Traum. Du bist hier und das bleibst du auch, genau wie ich. Schhhhhhschhhh, komm her. Kannst du dich denn an den Traum erinnern?«

»Das ist es ja gerade.« Mit zitternder Stimme erzähle ich Till von dem Traum. Ich kann mich an jede Einzelheit, jedes gesagte Wort, jede Aufschrift genau erinnern. Das macht mir höllische Angst.

»Du hattest doch schon oft Albträume, an die du dich erinnert hast. Bestimmt verarbeitet dein Unterbewusstsein gerade deine Panik vor dem Autofahren mit diesem Traum.«

»Du hast wahrscheinlich recht«, sage ich wenig überzeugt, ziehe mir die Decke, die ich während des Albtraums von mir gestrampelt habe, bis zum Hals und kuschle mich ganz eng an Till. Wir schlafen beide nackt, und seine Körperwärme gibt mir ein vertrautes Gefühl von Sicherheit. Mit der Hand drücke ich meinen Glücksdino fest an mich. Den Dino hat mir meine Oma Hilda zur Geburt geschenkt. Selbst genäht, versteht sich. Der kleine Dino – was er zumindest in meinen Augen ist – soll auf mich aufpassen und mir all meinen Sorgen nehmen und in pures Glück verwandeln. Dafür hat er sogar extra eine kleine gestrickte Kummertasche, die mit einem Klettverschluss verschlossen wird. Da passt auch einiges an Kummer rein. Dass er nach all den Jahren und all dem Kummer, den ich schon bei ihm abgeladen habe, noch immer sein Dauergrinsen im Gesicht hat, hat er aber wohl eher der festen Naht meiner Oma zu verdanken als seinem dauerhaft gut gelaunten Gemüt. Eigentlich sollte es auch ein Drachen sein. Meine Oma wurde nämlich im Jahr des Drachen 1928 geboren und wollte mir etwas Persönliches von sich zur Geburt schenken. Das hat auch geklappt, es ist mir das Liebste auf der Welt, aber es ist und bleibt ein Dino.

An Schlaf ist aber trotz Till und meinem Dino nicht mehr zu denken. Ich spüre, dass etwas mit dem Traum anders ist als sonst. Tief in mir drin weiß ich es einfach. Ich spüre, dass der Traum eine tiefere Bedeutung hat, mir irgendetwas sagen möchte. Wie kann es sonst möglich sein, dass ich mich an jedes noch so kleine Detail erinnere? Der Aufprall, meine Schmerzen – ich spüre die Schmerzen immer noch am ganzen Körper, höre das Gespräch der Sanitäter im Krankenhaus. Sogar die Aufschrift »DONORMYL« des Tablettenfläschchens in Tills Händen und die vielen weiteren Fläschchen neben seinem Bett sehe ich noch klar vor mir. Auch an den Zeitungsartikel, den der Azubi beim Warten auf den Arzt in meinem Zimmer gelesen hat, kann ich mich problemlos erinnern. Etwa alle dreiundfünfzig Minuten nimmt sich in Deutschland ein Mensch das Leben. Etwa alle vier Minuten versucht es jemand.

Was hat das alles zu bedeuten?

SIEBEN

»Traumdeutung, sterbe bei einem Autounfall«. Schnell findet Google, wonach ich suche. Schon auf der ersten Seite erscheinen unzählige Artikel zu diesem Thema. Der Tod ist das Ende einer Lebensphase und als Neubeginn zu verstehen, lese ich. So schrecklich der Tod in der Wirklichkeit sein kann, im Traum ist er meist nur ein Wandlungssymbol und keineswegs ein Signal für einen tatsächlich bevorstehenden Todesfall. Selten ist der tatsächliche Tod von dir oder einer anderen Person gemeint, oft ist der geträumte Tod eine Ankündigung von Veränderungen. In einem anderen Artikel lese ich: »Von einem Autounfall zu träumen symbolisiert Ihren emotionalen Zustand. Möglicherweise hegen Sie tiefe Ängste und Befürchtungen. Der Autounfall in einem Traum kann einen Verlust andeuten, der sich entweder auf Sie selbst oder andere Menschen bezieht.« Oh mein Gott, ich hab's gewusst.

Kann man seinen eigenen Tod träumen? Kaum ins Suchfeld eingetippt, überschlagen sich auch hier die Artikel und Selbsterfahrungsberichte. Ein Eintrag weckt aber sofort mein Interesse. Angeblich ist es gar nicht möglich, seinen eigenen Tod zu träumen, da das Gehirn diese Information nicht verarbeiten kann. Das Gehirn ist dafür da, den Menschen lebendig zu halten, »Ich bin tot« ist daher eine falsche Information für einen lebendigen Organismus. Gebannt lese ich weiter.

Viele Menschen glauben daran, dass ihre Seele nach dem Tod in den Himmel steigt und sie dann von oben alles auf der Erde beobachten können. Ihre Seele lebt sozusagen im Himmel weiter. Wenn Menschen also fest daran glauben, dass sie nach dem Tod weiterleben, müsste es für sie auch möglich sein, ihren Tod zu träumen.

Wie verwirrend. Nach stundenlanger Internetrecherche bin ich nicht wirklich schlauer als vorher. Es scheint alles möglich zu sein und gleichzeitig wieder nichts. Mein Traum kann einen Neubeginn bedeuten, ebenso ist es aber möglich, dass ich in meinem Traum tatsächlich meinen Tod vorhergesehen habe. Möglich ist es aber auch, dass der Traum wirklich keine Bedeutung hat und mein Unterbewusstsein tatsächlich nur die neuesten Ereignisse verarbeitet hat – wovon Till übrigens zu zweihundert Prozent überzeugt ist. Mein gesunder Menschenverstand sagt mir ja eigentlich auch, dass Till recht hat. Man kann nicht in die Zukunft sehen und selbst wenn, warum sollte ausgerechnet ich, Julie Müller, diese unglaubliche Gabe besitzen? Aber trotzdem ist da dieses überzeugende, alle realen Fakten vernichtende Gefühl in mir, das mich nicht in Ruhe lässt. Das Gefühl, dass der Traum stimmt und es genau so kommen wird. Es lässt sich auch nicht abschütteln und schon gar nicht ignorieren. Ich nehme mein iPhone und suche in den Kontakten nach Sendis Nummer. In all den Jahren als meine Trainerin ist sie eine Art zweite Mama für mich geworden.

Sendi beschäftigt sich schon ihr ganzes Leben lang mit der Geisterwelt und ist davon überzeugt, dass Geister wirklich existieren. Damit meine ich so wirklich wirklich. Neulich erst, als wir bei unserem Lieblingsitaliener waren, hat sie mir todernst von einem Geist erzählt, der bei ihr im Keller wohnt und dem sie abends immer ein Glas Milch hinstellt – am nächsten Tag ist das Glas immer leer. Ich musste mir wirklich einen Lachflash verkneifen. Die Ratten freuen sich sicher tierisch über diesen spendablen Milchlieferanten, aber laut hab ich das natürlich nicht gesagt. Jedem das Seine. Bislang habe ich das auch alles als blöden Hokuspokus abgetan und wollte damit lieber nichts zu tun haben. Hin und wieder hat sie mir Tarotkarten gelegt und meine Zukunft vorhergesagt, allerdings mehr, weil ich es interessant und unterhaltsam fand, geglaubt hab ich daran nicht. Von mir aus kann jeder glauben, was er will, ich glaub ja schließlich auch an mein Seelentierchen, aber hiermit kann ich einfach nichts anfangen.

Ein Leben nach dem Tod? Warum sollte es das denn auch geben? Wenn Menschen aber daran glauben wollen, bitte sehr. Möglich ist ja schließlich alles und der Glaube versetzt bekanntlich Berge. Glauben finde ich tatsächlich unheimlich wichtig. An Gott oder Ähnliches zu glauben hilft sehr vielen Menschen und gibt ihnen in schweren Zeiten Kraft. Das bewundere ich tatsächlich.

Ich selbst habe aber keinen Glauben, zu dem ich mich hingezogen fühle, und bin auch schon vor vielen Jahren aus der heiligen katholischen Kirche ausgetreten. Das war sozusagen meine erste Amtshandlung als Achtzehnjährige. Daher kann ich mir aber auch nicht vorstellen, dass meine Seele nach meinem Tod meinen Körper verlässt und in den Himmel emporsteigt, von wo aus ich dann den Erdenbürgern winken kann. Mein Traum bringt meine ganze Vorstellung und meine Überzeugungen durcheinander. Was, wenn ich wirklich meinen Tod vorhergesehen habe? Wenn ich danach tatsächlich weiterlebe? Muss ich dann dabei zusehen, wie Till ohne mich verzweifelt und sich wie in meinem Traum versucht, das Leben zu nehmen, während ich auf einer Wolke sitze? Werden wir beide in zwei unterschiedlichen Welten existieren, ohne jemals wieder zusammen zu sein?

Ich wähle Sendis Nummer. Schon nach kurzem Klingeln nimmt sie ab.

»Hi Sendi, hier ist Julie.«

»Julie, meine Liebe, schön, von dir zu hören.«

»Hast du heute Abend Zeit? Ich brauche dringend deinen Rat«, platzt es aus mir heraus.

»Meinen Rat? Lass mich mal nachschauen, heute Abend sagst du?« Sichtlich verwirrt höre ich Sendi in ihrem Notizbuch blättern. »Heute Abend würde sogar passen, aber um was geht es denn, was kann ich denn für dich tun?«

»Du kennst dich doch mit der Geisterwelt aus? Ich brauche da zu einem Thema deine Meinung.«

»Meinst du mit Schamanismus? Na ja, da kenne ich mich etwas aus.«

»Ehrlich gesagt weiß ich selbst nicht so genau mit was, wäre einfach toll, wenn wir uns treffen könnten.« Wir verabreden uns für neunzehn Uhr im Taj Mahal, einem tollen indischen Restaurant am Rotkreuzplatz.

»Wichtig ist, dass du dich da nicht zu sehr reinsteigerst.« Wir sitzen an einem kleinen Tisch in der Ecke des Restaurants und sind gerade dabei, Naan mit Knoblauch zu verspeisen – einfach lecker, dieses indische Brot.

»Wie du selbst schon herausgefunden hast, kann dein Traum ganz unterschiedliche Bedeutungen haben. Allerdings bin ich schwer beeindruckt, wie detailliert du dich an den Ablauf deines Traumes erinnern kannst. In all meinen Jahren als Heilerin ist mir das noch nie untergekommen. Und die Leute erzählen mir wirklich viel. Dass du dich an die Aufschrift auf den Tablettendosen und Wort für Wort an den Zeitungsartikel erinnern kannst, ist wirklich etwas seltsam. Vielleicht hast du tatsächlich eine außergewöhnliche Gabe, dies muss aber auf keinen Fall bedeuten, dass etwas Schlimmes passiert. Ich würde gerne etwas mit dir ausprobieren …«

ACHT

Zwei Tage später sitze ich nun hier in Sendis Praxis. Eigentlich ist es mehr ein asiatisch angehauchter Wohlfühltempel mit vielen Statuen und Unmengen von Pflanzen. Sendi möchte mich in die Geisterwelt mitnehmen, schamanische Reise nennt sie es. Hierzu ist es aber zunächst wichtig, dass ich mein Krafttier kennenlerne. »Dein Krafttier ist ein wichtiger Begleiter in die Geisterwelt und tritt fast immer in Erscheinung, sobald du die Geisterwelt betrittst«, erklärt mir Sendi. »Es soll dir als guter Freund, Beschützer und Verbündeter in der Geisterwelt zur Seite stehen. In dieser fremden Welt wird es dich führen und dir den Weg weisen.« Es fällt mir wirklich schwer, mich ernsthaft darauf einzulassen und nicht loszukichern. Klingt für mich alles einfach schwachsinnig und völlig weltfremd. Aber irgendwie bin ich auch neugierig und habe zugegebenermaßen sogar ein bisschen Angst.

»Überlege dir einen Ort, an dem du deine Reise beginnen möchtest, und stell dir diesen Ort genau vor. Schließe dazu deine Augen«, fordert Sendi mich auf. Nach kurzer Überlegung wähle ich einen Wald. Mit geschlossenen Augen versuche ich mir alles ganz genau vorzustellen. Dichter, saftig grüner Wald blitzt vor meinem inneren Auge auf, Moos, die Rinde der Bäume, das weit entfernte Plätschern eines Baches – aber von meinem Krafttier ist weit und breit nichts zu sehen. »Stell es dir noch stärker vor.« Sendi versucht mich noch tiefer ins Unterbewusstsein zu befördern.

Ich stelle mir vor, wie ich über das Moos laufe, unter mir rascheln die vertrockneten Blätter der Bäume und ich atme den frischen Geruch der Tannennadeln ein. In Sachen Vorstellungskraft bin ich dank dem jahrelangen autogenen Training ein richtiger Profi. Aber – nichts passiert. Es erscheint kein Krafttier vor meinem inneren Auge, noch nicht einmal eine Ameise läuft über das Moos, geschweige denn ein Vogel zwitschert in meinem Wald. Wenige Minuten später ist meine Vorstellungskraft auch zu Ende und enttäuscht öffne ich die Augen. »Wusst ich doch, dass dieser Quatsch nicht funktioniert!« Grhm, schon beim Aussprechen der Worte bereue ich es und verziehe voll Reue meine Mundwinkel.

»So aber nicht, Fräulein«, tadelt mich Sendi im gleichen Ton, den auch meine Mutter verwenden würde. »Du wolltest, dass ich dir die Geisterwelt zeige. Dass es nicht auf Anhieb funktioniert, ist keine Seltenheit, gerade bei Menschen, die nicht richtig daran glauben.«

»War nicht so gemeint. Sei nicht böse mit mir, aber ich glaube, das ist einfach nicht das Richtige für mich. Es war einen Versuch wert und dafür bin ich dir auch wirklich dankbar, aber dabei belassen wir es besser auch.« Sendi schaut mich mit einem »Wie du meinst«-Blick an und wir verabschieden uns mit einer kurzen Umarmung. An der frischen Luft bin ich sogar ein bisschen froh darüber, dass das mit dem Krafttier und der Geisterwelt nicht funktioniert hat. Sonst würde mein Weltbild ja gar nicht mehr zusammenpassen. Es gibt keine Geister.

Es ist drei Uhr mitten in der Nacht und ich liege noch immer wach. Mir gehen so viele Dinge durch den Kopf, dass an Schlaf einfach nicht zu denken ist. Wieder und wieder spiele ich den Traum durch – auf der Suche nach einem Hinweis, der mir entgangen ist. Von Sendi habe ich erfahren, dass es möglich ist, seine Träume in eine bestimmte Richtung zu lenken, indem man sich darauf konzentriert, den Traum noch einmal zu träumen, und dann nicht aufwacht, sondern einfach weiterträumt. So weit die Theorie. Aber mein Traum lässt sich kein zweites Mal träumen, so sehr ich es auch versuche. Ich schließe die Augen, konzentriere mich genau auf den Ablauf meines Traumes. Die Frau am Steuer, das grelle Licht, der Aufprall, die Schmerzen, aber ich will einfach nicht anfangen zu träumen. Mist, verdammter! Da liege ich also schlaflos und grüble wieder einmal stundenlang darüber nach, was in der blöden Kiste sein könnte. Die Kiste, die in meinem Traum verhindert hat, dass Till sich das Leben nimmt. Was ist bloß in dieser verdammten Kiste? Für immer. Irgendwann falle ich dann doch in einen unruhigen, aber traumlosen Schlaf.

Nichts ist mit Weiterträumen. Absolut gar nichts. Aber obwohl ich in dieser Nacht nichts geträumt habe, zumindest nichts, an das ich mich erinnere, weiß ich beim Aufwachen plötzlich, was zu tun ist. Ich brauche eine Kiste. Eine Kiste für Till. Eine Kiste, die ihn am Leben hält, wenn ich nicht mehr da bin. Wie die Kiste in meinem Traum. Ja, ich weiß es einfach, ich brauche eine Kiste! Mir kommt eines der schönsten Bücher, die ich jemals gelesen habe, in den Sinn, und ich lese wirklich viel. Allerdings habe ich den Titel vergessen. In dem Buch hinterlässt ein Mann seiner Frau auf dem Sterbebett verschiedene Aufgaben, die sie nach seinem Tod erledigen soll. Als aufmunternde Ablenkung, um auch ohne ihn den Spaß am Leben nicht zu verlieren.

Das ist es. Bingo! Die Kiste ist eine Art Gruß aus dem Jenseits. Ich werde sterben und wenn ich es nicht verhindere, wird auch Till sich das Leben nehmen. Die Kiste ist eine Art Beschäftigungstherapie, quasi seine Lebensversicherung. Tills Weg in ein Leben ohne mich! Auf einmal weiß ich es einfach. Ich sehe es ganz klar vor mir. Und ich habe auch schon eine Idee, wie diese Lebensversicherung aussehen soll.

Die Weltreise. Ich werde für Till eine Weltreise planen.

NEUN

Während der Arbeit surfe ich eigentlich ständig im Internet und kann so ganz nebenbei die perfekte Reise für Till planen. Zum Glück genieße ich als Assistenz der Geschäftsleitung den Luxus eines Einzelbüros und Michael (mein Chef) bekommt von dem Ganzen nichts mit. Offiziell zumindest. Er weiß mit Sicherheit, dass mein Browserfenster eigentlich nie geschlossen ist und ich während der Arbeit gerne auf Yahoo, Facebook oder sonstigen lebenswichtigen Seiten unterwegs bin, aber es scheint ihm nichts auszumachen, solange ich meinen Job gewissenhaft erledige. Und das tue ich. Alles eine Frage des richtigen Zeitmanagements. Und wir Frauen sind ja bekannt für unsere makellose Multitaskinggabe. Beim Jahresendgepräch zur Zielerreichung liege ich daher auch immer weit über den geforderten hundert Prozent und auch sonst werde ich oft für meinen Arbeitseinsatz und Extrameilen gelobt. Es liegt also nicht an mir, dass ich für das Jahr unserer Weltreise kein Sabbatical bekommen habe – nicht im Geringsten, Michael hätte mich nämlich liebend gerne behalten, aber leider gibt das die Firmenstuktur in unserem Fünfzig-Mann-Betrieb einfach nicht her. Unbezahlter Urlaub, Auszeit und Sabbatical sind hier wahre Fremdwörter. Daher habe ich mit Michael ein »privates« Abkommen geschlossen. Sollte es nach unserer Rückkehr in der Firma eine passende Stelle für mich geben, wird er mich wieder reinholen. Aber das wäre schon ein großer Zufall.

Jetzt aber mal weiter mit der Planung für Till. Da die Route für unsere gemeinsame Weltreise bereits steht, ist es auch kein wirkliches Hexenwerk, die Route für Till zurechtzuschneidern. Bei der gemeinsamen Planung haben wir beide unsere Wunschroute niedergeschrieben, jeder durfte drei Must-have-Länder benennen, die auf jeden Fall bereist werden, und daraus haben wir dann einen goldenen Mittelweg aus beiden Listen gebastelt. Da Till jetzt aber vermutlich ohne mich reist, wird wohl doch seine ursprüngliche Wunschroute zum Einsatz kommen. Okay, vielleicht mit leichten Abweichungen durch meine Planung, aber wirklich nur ganz gering.

Komischerweise macht mir der Gedanke an den eigenen Tod gar nicht so viel Angst, wie man vermutlich erwarten würde. Eigentlich müsste ich ja unter Schock stehen oder total austicken. Aber nichts davon ist der Fall. Man könnte fast sagen: Ich ruhe in mir. Wenn es tatsächlich so abläuft wie in meinem Traum, ist es quasi ein Wunschtod. Schnell und schmerzlos. Gut, okay, der Sensenmann könnte noch gut und gerne fünfzig Jahre damit warten, aber immerhin muss ich nicht leiden. Aufprall, Blut, Tod. Mein Tod tut also nicht weh, das ist irgendwie beruhigend. Ich fand die Vorstellung immer ganz gruselig, irgendwann vom Onkel Doktor gesagt zu bekommen: Liebe Frau Müller, es tut mir sehr leid, aber Sie haben nur noch achtzig Tage zu leben und dann an einer schlimmen Krankheit elendig zu krepieren oder so ähnlich. Nein danke. Da ist so ein tödlich endender Autounfall schon eine feine Sache.

Da ich schon immer irgendwie geahnt habe, dass ich früh sterben werde, bin ich nun eben eher etwas beruhigt, dass es keine verteufelte Krankheit sein wird, die meine Lebensgeister raubt, sondern ein banaler Autounfall.

Das Einzige, was daran kaum auszuhalten ist, ist Till. Das zerreißt mein Herz in Millionen Splitter und ich schluchze schon wieder los, wenn ich nur daran denke. Till, unser gemeinsames Leben, unsere Zukunftspläne, alles von einer auf die andere Sekunde ausgelöscht. Unwiderruflich, nicht heilbar, nicht wiederherstellbar, irreparabel! Für immer!

Vermutlich werde ich nicht mit Till um die Welt reisen, nie ein Haus bauen, nie werden wir gemeinsam kleine Tills und Julies bekommen und nie werde ich Frau Sanders sein. Oh mein Gott, die Hochzeit! Ich krame panisch in meiner Schreibtischschublade. Alle wichtigen Unterlagen – private Unterlagen, versteht sich –, sind darin zu finden. Bietet sich irgendwie an. Die meiste Zeit des Tages bin ich schließlich im Büro und ausreichend Platz ist hier auch im Gegensatz zu unserer Siebzig-Quadratmeter-Wohnung.

Da ist sie ja. Meine Liste mit hundertundein Dingen, die ich vor meinem Tod unbedingt erleben möchte. Einiges davon ist natürlich schon abgehakt, die Liste ist schließlich schon über fünf Jahre alt. Die Idee habe ich damals von einer Freundin aufgeschnappt und fand's toll. Auf Platz eins steht groß und fett: HEIRATEN

Ich muss Till unbedingt davon überzeugen, dass wir so schnell wie möglich heiraten. Standesamtlich zumindest. Die große Sause können wir dann ja, falls es anders kommt als von mir angenommen, wie geplant mit der Abschiedsparty zusammenlegen. Das mag jetzt vielleicht egoistisch sein, aber ich möchte unbedingt als Frau Sanders von dieser Welt scheiden. Auch wenn Till danach Witwer ist und ich ihm das ersparen könnte. Es ist nun mal Punkt eins auf meiner Liste und wenn es darauf ankommt, ist sich nun mal jeder selbst der Nächste. Das gilt auch in der Liebe.

Wollen wir doch mal schauen, was auf meiner Liste sich sonst noch umsetzten lässt. Zugegebenermaßen ist es jetzt auch ein bisschen doof, dass ich keinen Arzt habe, der mir sagt, wie viel Zeit mir noch für meine Liste bleibt. In meinem Traum gab es leider keinen Anhaltspunkt dafür, wann dieser Autounfall passiert. Es kann also morgen so weit sein, aber auch erst in zehn Jahren – oder eben überhaupt nie.

ZEHN

Einhundertein Dinge, die ich vor meinem Tod getan haben möchte:

1. HEIRATEN – definitiv der wichtigste Punkt auf meiner Liste!
2. Weltreise – die findet wahrscheinlich leider ohne mich statt
3. Hilfsprojekte in Afrika unterstützen – Kenia war toll
4. Kind bekommen (am liebsten ein Mädchen) – wohl nicht mehr in diesem Leben
5. Kind adoptieren (am liebsten einen Jungen) – klappt wohl auch nicht mehr
6. Mir Schuhe von Manolo Blahnik leisten – Ohja, die neue Kollektion ist passenderweise gerade auf den Markt gekommen
7. *Titanic* in Originalsprache anschauen – drei Klicks bei Amazon, schon unterwegs!
8. Italienisch lernen – certo che si!
9. Ein Iglu bauen – will ich das wirklich?
10. Meine Memoiren verfassen – dauert definitiv zu lange
11. Mein Testament schreiben – damit fange ich am besten gleich an
12. Blut spenden – braves Mitglied beim DRK
13. Gummibärchen selber machen – Millionen Rezepte bei Google vorhanden
14. Haribo-Werk besichtigen – wo ist das?
15. Einen Golden Retriever besitzen – wir haben eine Katze, die sich für einen hält, also abgehakt
16. Gleitschirm fliegen – suuuper Sache!
17. Bungee-Jumping – weniger super Sache!

18. Urlaub, in dem wir ein Zufallsticket kaufen – ausgeschlossen hinsichtlich Hochzeit und Weltreiseplanung – Manno!
19. Einen Tag lang in Reimen reden – das wird grandios!
20. Mich in einer Karaokebar blamieren – das wird wahrscheinlich nicht so grandios!
21. Dem Weihnachtsmann einen Brief schreiben – mehrfach, wurden sogar beantwortet; es gibt ihn also wirklich!
22. Einen Baum pflanzen – unsere Hütte ist umgeben von Julie-Trees
23. Eine Nacht unter freiem Himmel verbringen – ja, ich bin romantisch
24. In einem Wohnwagen leben – auf das Erlebnis muss ich wohl verzichten
25. Adoption für ein Tier übernehmen – darf ich vorstellen, Samuel, mein Alpaka aus dem Tierpark
26. Besuch im Spielkasino – Danke für die vierhundert Euro!
27. Urlaub auf einer total einsamen Insel – da bleibt die Insel wohl weiter einsam
28. Schokolade und saure Gurken gleichzeitig essen – igitt!
29. Pilze sammeln – dank Till weiß ich, was eine Krause Glucke ist
30. Foto mit Till vor dem Eiffelturm – Paris, la ville d'amour!
31. Eine eigene Hütte besitzen – stolze Besitzerin von »Chateau Juti«
32. Ein Baumhaus bauen – Anbau gehört zu Chateau Juti
33. Mich einen Tag lang nur von Gummibärchen ernähren – das wird suuuper!
34. Mit Delfinen schwimmen – Flippers sind der Wahnsinn!
35. Pyramiden in Ägypten bewundern – da komm ich wohl nicht mehr hin

36. Einen Striptease ohne Lachanfall hinlegen – Till wird Augen machen!
37. Heißluftballon fliegen – machbar!
38. Einen eigenen Garten besitzen – ohne Haus kein Garten
39. Krank melden, obwohl man gesund ist – tja, lieber Chef, mach dich auf was gefasst
40. Im eiskalten Wasser baden – was für ein Silvesterspaß!
41. Millionärin werden – vielleicht im nächsten Leben
42. Erwachsen mehrere Stunden auf einem Spielplatz toben – ist bald Wochenende?
43. Fechten – hat im Angesicht der Tatsachen an Priotität verloren
44. In den Sonnenuntergang reiten – welches Reiten denn jetzt?
45. Den ganzen Tag Sex haben – schon öfter
46. Eine Woche ohne Geld leben – bei meinem Zeitmangel verzichte ich gerne auf die Erfahrung
47. Gebärdensprache lernen – zu aufwendig
48. Tauchschein machen – hab ich
49. Kleidungsstück selbst nähen und anziehen – eines meiner hippsten Teile! Pink, versteht sich
50. Mir einen Titel für meine Biografie überlegen – da denk ich noch drüber nach
51. Ein Leinwandbild malen – großartig, mein gerahmter Fisch in unserer Küche!
52. Drei Dinge für eine einsame Insel auswählen – auch wenn ich nicht da sein werde, finde ich den Punkt trotzdem klasse
53. Eine Woche ohne Uhr leben – werde den Versuch starten
54. An einem Casting teilnehmen – Alles, was zählt: Ich komme!

55. Lieblingssong im Tonstudio aufnehmen – wünsch ich mir zu meinem Junggesellinnenabschied
56. Für einige Zeit auswandern – zählt mein Auslandssemester in Schweden?
57. Spanisch lernen – Prioritäten!
58. Micky Maus treffen – Disneyland macht's möglich!
59. Meinen Namen tanzen können – das will doch keiner sehen!
60. Analsex – versautes Mädchen!
61. Sex unter freiem Sternenhimmel – nicht halb so romantisch, wie es klingt, Scheißmücken!
62. Meine Haare schwarz färben – das will ich nicht wirklich!
63. Ein Piercing stechen lassen – diamantengleicher Bauchnabel!
64. Eine Woche ohne Handy und Computer und so weiter leben – das will ich bestimmt nicht!
65. Klavier spielen lernen – ich werde wohl unmusikalisch von der Welt entschwinden
66. Dessousfotos machen – Julie goes Playboy – fast!
67. Einen selbst gemachten Drachen steigen lassen – wenn ich den Herbst noch erlebe, steigt er!
68. Tanzkurs mit Till besuchen – man nennt mich auch Dancing-Queen!
69. Auf einem Ball tanzen – Sommerball, wir kommen!
70. Prinzessin Fantaghiro noch mal anschauen – drei Klicks bei Amazon!
71. Bon Jovi kennenlernen – muss einsehen, dass das nahezu unmöglich ist
72. Ein Tag lang zu allem Nein sagen – wann geht's los?
73. Meine Mutter nach ihrer Kindheit ausquetschen – ui, toller Punkt!
74. Einen Tag mit Mama verbringen – au Backe!

75. Einen Tag mit Papa verbringen – Fußball, Bier, fettiges Essen, und Papa ist glücklich
76. Den größten Fehler meines Lebens rausfinden – Fehler, ich?
77. Das Beste in meinem Leben benennen – Till, Till, Till und falls ich es nicht erwähnt habe: Till!
78. Eine Woche alles essen, worauf ich Lust habe – arme Waage, armer Till!
79. Selbst gemachtes Geschenk für Lara basteln – eines Tages wird die Puppe bestimmt fertig
80. Aus einem Samen eine Pflanze großziehen – meine geliebte Chiliblume!
81. Lagerfeuerromantik mit Till – Hüttenwochenenden en masse
82. Meinen Geburtstag ganz allein mit Till feiern – das mach ich fast immer so
83. Einen Stern verschenken – einen Stern, der deinen Namen trägt ... Amazon?
84. Eine Insel kaufen – ich fürchte, unsere Hütte im Wald muss erst mal reichen
85. Einen Roman schreiben – nichts für mich, gähn
86. Als Entwicklungshelferin arbeiten – Zeitmangel
87. Mit einem Flitzer auf der Rennstrecke fahren – jetzt, wo ich eh sterbe, ist es ja egal
88. Einen Gogo-Kurs absolvieren – Gott, war das peinlich
89. Ein Steak essen (noch blutig) – bahhhhhhhhh!
90. Eine ganz exklusiv-teure Handtasche besitzen – gibt's die auch bei Amazon?
91. Praktikum bei der Polizei – Zeitmangel
92. Einem Chirurgen über die Schulter schauen – Prioritäten
93. Rad schlagen lernen – ein Ding der Unmöglichkeit

94. Noch mal richtig Karneval feiern – Kölle, du mi Stadt am Rhin
95. Meiner Schwester einen Herzenswunsch erfüllen – muss nur rausfinden, welchen
96. Eine gesamte Woche mit Till Tag und Nacht verbringen – am besten gleich nächste Woche
97. Übertriebene Feier geben ohne Grund – toll!
98. Den Dachboden bei meinen Eltern durchforsten – superig!
99. Meine Tagebücher noch mal lesen – will ich das wirklich alles noch mal durchleben?
100. Erinnerungsbuch meines Lebens gestalten – die Kiste
101. Till eine unvergessliche Liebeserklärung machen – da ist sie, die Romantik

Es sind also noch einige Punkte offen. Alles werde ich wohl nicht mehr schaffen, aber vieles lässt sich auch ganz einfach umsetzen, und am besten fange ich gleich damit an. Ein Hoch auf Amazon. Wer kann schon am Ende seines Lebens behaupten, dass er über fünfzig Prozent seiner Einhundertein-Dinge-die-ich-getan-haben-will-Liste erlebt hat? Ich! Toll!

Allerdings gibt es trotzdem viele Punkte, die ich wohl nicht mehr erleben werde. Einer davon ist nur schwer verschmerzbar. Die Weltreise. Mein Lebenstraum. Unser Lebenstraum. Aber selbst schuld, hätten wir es wie geplant gleich nach Tills Hauptstudium gemacht, müsste ich es jetzt nicht bereuen. Schwachsinnige Vernunft, die uns da gepackt hat! Ändern kann ich es jetzt nicht mehr, also Strich durch!

Meine quietschende Bürotür wird geöffnet und mein Chef streckt seinen Kopf herein. »Kannst du mir ein Mittagessen mit Herrn Bader für nächsten Mittwoch einstellen und, hmm, was wollte ich noch gleich?« Angestrengt nachdenkend dreht er an seinem Ehering und klatscht sich in der nächsten Sekunde mit beiden Händen ins Gesicht, um sich mehrmals über die schon frühzeitig ergrauten Schläfen zu fahren. Höchstwahrscheinlich in der Hoffnung, sein Gedächtnis, das wirklich einem Sieb gleicht, wieder auf Hochtouren zu bringen.

Ich habe derweil mein Notizbuch gezückt und warte nun, den Bleistift schwingend, auf weitere Anweisungen. Vergeblich.

»Ich komme wieder, wenn es mir einfällt, du bist ja zum Glück gleich nebenan.«

»Alles klar«, entgegne ich mit einem charmanten Lächeln und während der Chef überlegt hat, habe ich schon den Termin zum Mittagessen mit Herrn Bader per Mail vereinbart. Ich sag ja: Zeitmanagement. Also weiter in meiner Reiserecherche.

Komischerweise fallen mir gar keine neuen Punkte für meine Liste ein. Dachte immer, im Angesicht des Todes fielen einem tausend Dinge ein, die man unbedingt vor seinem Ableben noch machen möchte. Scheint, als hätte ich mein Leben zum größten Teil gut verbracht und meine Wünsche weitestgehend ausgelebt. Eigentlich möchte ich nur noch so viel Zeit wie möglich mit Till verbringen.

ELF

München – Sydney	8 Tage
Sydney – Tasmanien	10 Tage
Tasmanien – Neuseeland	21 Tage
Neuseeland – Chile	14 Tage
Chile – Venezuela	25 Tage
Venezuela – Panama	14 Tage
Panama – Costa Rica	20 Tage
Costa Rica – Nicaragua	20 Tage
Nicaragua – Honduras	14 Tage
Honduras – Belize	14 Tage
Belize – Mexico City	18 Tage
Mexico City – Dubai	8 Tage
Dubai – Tansania	30 Tage
Tansania – Singapur	4 Tage
Singapur – Indonesien	25 Tage
Indonesien – Thailand	28 Tage
Thailand – Laos	29 Tage
Laos – Vietnam	30 Tage
Vietnam – Kambodscha	25 Tage
Rückflug von Kambodscha nach München	

Damit ist mein Schatz insgesamt dreihundertsiebenundfünfzig Tage on tour. Habe noch einen Puffer von acht Tagen berücksichtigt, falls irgendwo etwas schiefläuft. Auf solch einer Reise ist ja alles möglich. Wenn das mal kein tougher Reiseplan ist. Aber schließlich soll er ja schön abgelenkt werden und wenig Zeit zum Traurigsein und Grübeln haben. Bei so vielen neuen Eindrücken und fremden Kulturen kommt er hoffentlich schnell auf andere Gedanken und sieht, wie schön das Leben auch ohne mich sein kann.

Nach meinem Tod wird Till zunächst nach Australien fliegen. Christian, sein bester Freund, ist vor drei Jahren nach Sydney ausgewandert, und ich denke, nach so einem Schicksalsschlag wird ihn dieses Wiedersehen sicherlich aufbauen. Die beiden kennen sich quasi von Geburt an. Ihre Mütter haben zur fast gleichen Zeit im gleichen Krankenhaus entbunden, lagen danach zusammen auf Station und wurden dicke Freundinnen. Klar, dass ab diesem Moment auch die beiden Kinder unmittelbar miteinander verbunden waren und viel Zeit zusammen verbracht haben. Sandkasten, Kindergarten, darauf folgte die Schule und auch das Studium haben sie gemeinsam begonnen. Erst als Till mit mir nach München gezogen ist, trennten sich ihre Wege. Aber ihrer Freundschaft hat das nie einen Abbruch getan. Christian hat sich aufrichtig für Till gefreut und wenn die beiden sich sehen, ist es immer, als hätten sie sich keine Sekunde aus den Augen verloren. Eine wahre Freundschaft, wie es sie sonst nur in kitschigen Romanen gibt. Christian hat auch eine so wunderbar in sich ruhende Art. Er sieht das Leben immer von der positiven Seite und lässt sein gut gelauntes Gemüt durch nichts erschüttern. Ein richtiger Sunnyboy eben, er wird Till bestimmt aufmuntern.

Außerdem findet Till Australien großartig. Wir waren nämlich schon dort, um Christian bei seiner Auswanderung zu unterstützen, und haben unser großzügiges Umzugshilfeangebot mit einem dreiwöchigen Road-Trip in einem VW-Bus durch Australien verbunden. Ganz uneigennützig, versteht sich. Ja, Australien ist nahezu perfekt als erstes Ziel. Allerdings wird dort bestimmt auch die eine oder andere Erinnerung an unsere gemeinsame Zeit geweckt, aber vielleicht ist das auch ein guter Trauerprozess und Christian ist an seiner Seite. Vermutlich sollte ich Chris auch einen Brief schreiben, damit er weiß, was er mit Till alles anstellen soll und was da auf ihn zukommt. Wir werden sehen, zunächst mal weiter in der Routenplanung.

Next stop: Tasmanien. Hier wird Till zehn Tage verbringen und hoffentlich einen tasmanischen Teufel zu Gesicht bekommen. Danach geht's weiter nach Neuseeland. Sollte von Australien aus per Flug problemlos zu erreichen sein. Neuseeland … was kann man da denn Tolles machen? Auf jeden Fall gibt es da Schafe, so viel weiß ich schon. Ah ja, Google spuckt dazu Folgendes aus: Wunder der Natur, schneebedeckte Berge, rauchende Vulkane, artenreicher Regenwald, weitläufige Sandstrände … wow, klingt ja wie das Paradies auf Erden! Landen wird er meiner Planung nach in Auckland.

Für ganz Mutige gibt es hier sogar eine Abseiltour vom Sky Tower. Na, dann wird Till wohl ganz mutig sein und da er Action so gerne mag, geht's dann noch mit dem Helikopter zur White Island, einer aktiven Vulkaninsel. Mich hätten da ja keine tausend neuseeländischen Schafherden hinbekommen, aber es muss ja auch Vorteile geben, mich nicht mehr zu haben, und die soll er auf der Reise ja schließlich kennenlernen. Also ab nach White Island!

»Es ist mir wieder eingefallen.« Cheffe stürmt in mein Büro. »Ich brauche einen Termin zum Werbekonzept für unseren neuen Onlineshop. Ruf dazu am besten mal bei Marketing an und frag nach, wer an dem Termin teilnehmen soll.«

»Neuer Onlineshop?«, frage ich, um interessiert zu wirken.

»Ja, aber ich darf noch nichts darüber erzählen, habe nämlich eine Verschwiegenheitserklärung unterschrieben. Ist also alles noch streng geheim.«

»Okay, dann bin ich ja mal gespannt.« Und weg ist er auch schon. So ein Cheftag ist nämlich ziemlich anstrengend. Ein Termin grenzt nahtlos an den nächsten, Mittagessen findet meist nur aus der Tüte zur Hand statt oder bei irgendeiner geschäftlichen Besprechung, und dann muss man auch noch hundert Themen gleichzeitig im Kopf haben, da bleibt eben nur wenig Freiraum für Plauscherei.

Kurzer Anruf bei der Assistenz von Marketing, dann steht der Termin, und damit kann ich mich wieder Neuseeland widmen. Da Till ein begeisterter Wanderer ist und auf seiner Reise dringend unter Leute muss (damit er nicht so viel Zeit hat, um meinen Verlust zu betrauern) gibt es noch eine viertägige Tour mit einer Reisegruppe auf dem Abel Tasman Coast Track. Wie er in Neuseeland von A nach B kommt, soll er sich vor Ort mal schön selbst überlegen. Das Leben ist ja schließlich keine Schokoladenfabrik und außerdem braucht der Mann nach dem harten Schicksalsschlag schließlich Ablenkung. Um Geld braucht er sich absolut keine Sorgen machen, da er mein Reisebudget on top bekommt. Er reist mit vierzigtausend Euro, was wohl mehr als luxuriös ist. Ganz nach dem Motto: Was kostet die Welt? Ich nehm zwei! Zwei Wochen sollten für Neuseeland inklusive jeder Menge Abenteuer dann wohl ausreichend sein.

ZWÖLF

Es ist Freitagabend und Till ist mal wieder in der Uni. Gelegentlich muss sich tatsächlich auch mein hochbegabter, superintellektueller Informatiker in den Vorlesungen blicken lassen. Medienwissenschaft studiert sich schließlich nicht von alleine.

Heute passt mir das aber ganz hervorragend. Ich habe mir nämlich vorgenommen, heute mein Testament zu schreiben. Nun stehe ich vor der Frage, wie man so was denn macht. Ich flack mich auf die Couch, nehme meinen Laptop auf den Schoß und öffne das Internet. Google weiß das bestimmt, ist ja schließlich allwissender als der barmherzige Gott. Wow, hundertachtzehntausend Ergebnisse. O sole mio! Nein, ich habe nicht geflucht. Klingt nur so und tut genauso gut, als ob man flucht, ist aber napolitanisch für »meine Sonne«. Ein Hoch auf meinen Italienischkurs!

Die ersten Treffer unter dem Begriff »Testament« führen schnurstracks zu irgendwelchen Spendenseiten. Die Liste, an wen und was man seine Habseligkeiten nach dem Tod alles spenden kann, nimmt gar kein Ende. Caritas, Krebshilfe, Hungerhilfe, Tiere in Not ... Da bekommt man ja fast ein schlechtes Gewissen, wenn man sein Hab und Gut nicht einer gemeinnützigen Organisation, sondern seinen Lieben vermachen will. Aber ich habe zwei Patenkinder beim SOS-Kinderdorf und die Patenschaft für einen Bären beim WWF, das muss reichen. Vielleicht spende ich meine Kleider.

Etliche Seiten später habe ich endlich meine gewünschten Infos über das Aufsetzen eines Testaments zusammen. Es gibt zwei Möglichkeiten, ein Testament aufzusetzen: eigenhändig und handschriftlich oder beim Notar – Letzteres kostet natürlich Geld. Ich entscheide mich für die erste Variante, nicht wegen des Geldes, sondern weil ich so ein handgeschriebenes Testament irgendwie persönlicher finde.

München, 26. Oktober 2012

Testament

Ich, Julie Müller, ordne an, dass Till Sanders meinen gesamten Nachlass erbt und in meinem Sinne wie folgt verteilt:

Meinen Anteil an unserem gemeinsamen Grundstück und der darauf stehenden Hütte sowie deren Inventar und alle zur Hütte gehörenden Utensilien erbt mein Lebensgefährte Till Sanders.

Meinen Geldanteil auf unserem gemeinsamen Sparkonto soll mein Lebensgefährte Till Sanders für die Weltreise nutzen.

Das Geld, das sich zum Zeitpunkt meines Todes auf meinem Girokonto befindet, soll für die Kosten meiner Beerdigung verwendet werden.

Meine komplette Kleidung soll dem Münchner Obdachlosenheim vermacht werden.

Meine Schuhkollektion soll an Klara Niedermayr vermacht werden.

Außerdem ordne ich an, dass all meine restlichen Habseligkeiten für einen guten Zweck verschenkt/gespendet werden sollen.

Unter dem Bett in unserem Schlafzimmer ist eine rote Kiste mit der Aufschrift »Für immer«, diese soll Till Sanders umgehend nach meinem Tod an sich nehmen.

Der gewünschte Ablauf meiner Beerdigung ist meiner Mutter Irene Müller sowie meinem Lebensgefährten Till Sanders bekannt. Beide haben zu Lebzeiten eine Bestattungsverfügung von mir erhalten.

Julie Sanders

Eine Bestattungsverfügung liegt tatsächlich bereits sowohl Till als auch meiner Mutter vor. Da hab ich nämlich schon vor einigen Jahren alles Wichtige zum Ablauf meiner Beerdigung festgehalten. Besser ist das nämlich bei so einer Chaotenfamilie wie der meinen – ich will ja schließlich nicht tagelang vor mich hin gammeln, weil meine Angehörigen in tiefer Trauer versunken sind und ich dann aus Verzweiflung und Zeitmangel auf irgendeinem Dorffriedhof beigesetzt und von gemeingefährlichen Bakterien zersetzt werde. In den meisten Bundesländern muss man nämlich schon innerhalb von sechsundneunzig Stunden bestattet werden, und das bekommt meine Familie ohne mein Zutun niemals hin. Zumindest nicht annähernd besser als eine Nullachtfünfzehn-Beerdigung. Aus genau diesem Grund und da ich doch mit etwas Würde meinen letzten Weg von dieser schönen Welt gehen möchte, habe ich den Ablauf schon genau festgehalten. Vielleicht ist das auch einfach das Assistenzsyndrom – aber so bin ich eben und genau deshalb gibt es auch eine waschechte Julie-Beerdigung.

Ich wünsche mir eine Feuerbestattung. Ganz genau genommen eine Baumbestattung. So abgefahren, wie das jetzt klingt, ist es gar nicht – eine normale Erdbestattung ist sogar teurer als meine gewünschte Feuerbestattung. Eigentlich auch logisch, da die Grabfläche auf dem Friedhof wegfällt und um die Grabpflege braucht sich auch keiner kümmern, das macht der Wald ganz von selbst. Auf solchen Schnickschnack wie Todesanzeige, Blumenschmuck und all diese überflüssigen Dinge verzichte ich gerne. Die Seite mit den Todesanzeigen finde ich sowieso immer ganz grässlich. Nicht, dass ich oft Zeitung lese, zumindest nicht die aus Papier – bin da ja mehr so der iPhone-Typ, aber wenn mir dann doch mal eine in die Hände fällt, springt einen die Seite mit den Todesanzeigen quasi magisch an und sorgt sofort für ein Stimmungstief. Also nein, keine Todesanzeige für mich. So eine Beerdigung ist schon teuer genug, vor allem seit die Krankenkassen das Sterbegeld gestrichen haben. Früher hat man von den gesetzlichen Krankenkassen Sterbegeld bekommen, heute muss man dafür eine Extraversicherung abschließen. Die hab ich nicht und will ich auch nicht haben. Da ich mit der Kirche nun mal überhaupt nichts anfangen kann und keine fremden Menschen auf meiner Trauerfeier haben möchte, entfällt auch die Organisation eines Pfarrers oder Ähnlichem. Nur der Förster, der für meine Baumbestattung verantwortlich ist, darf bei meiner Beerdigung als einziger Fremder anwesend sein. Irgendjemand muss ja schließlich meine Urne mit meinem Inhalt – oder dem, was von mir übrig geblieben ist – tragen und anschließend fein säuberlich unter der Erde verbuddeln. Das will ich dann doch nicht unbedingt meinen Liebsten überlassen.

Allerdings soll meine selbst geschriebene Geschichte vorgelesen und »Send me an Angel« von meiner Lieblingsband Scorpions gespielt werden. Ein bisschen Melancholie muss dann doch sein.

DREIZEHN

Wir sitzen gemütlich in unserem Daheim-sieht-uns-keiner-Gammeljoggingshosen-Look an unserem reichhaltig gedeckten Frühstückstisch, sogar Kaiserschmarrn hab ich heute Morgen frisch zubereitet, und schauen eine neue Folge *Law and Order*. Ich liebe diese Samstagmorgen. Davon könnte es ruhig mehr geben. Hätte nichts dagegen, den Montag gegen einen weiteren Samstag einzutauschen, es kann aber gerne auch der Mittwoch sein, falls es mit dem Montag aus irgendwelchen Gründen nicht gehen sollte. Mittags muss Till noch mal in die Uni und ich werde die Zeit nutzen, um in die Stadt zu fahren – mit der U-Bahn versteht sich, obwohl ich zurzeit wirklich super Autofahr-Fortschritte mache – und mich etwas in meinem Lieblingsbastelladen »Die Idee« umzusehen. Meine Abschiedskiste soll schließlich auch nach was aussehen.

Bei der Riesenauswahl an unterschiedlichen Briefbögen und Umschlägen fällt es mir nicht gerade leicht, mich zu entscheiden, aber schließlich werde ich fündig: zwölf verschiedenfarbige Briefbögen in Gelb, Grün, Rosa und weiteren tollen Farben mit dem passenden Umschlag in DIN B6 – das ist Postkartenformat, ja, als Assistenz weiß man auch so was. Dazu einen grau mattierten Briefbogen mit einem roten Umschlag für meinen Abschiedsbrief.

Da Till heute länger in der Uni bleibt, habe ich noch etwas Zeit, mir Gedanken über besagten Abschiedsbrief zu machen. Das ist wirklich leichter gesagt als getan. Meine Augen starren bestimmt schon eine halbe Stunde auf den noch immer leeren Schmierblock auf meinem Schoß. Seine letzten Worte zu schreiben ist wirklich nicht einfach. Alles lernt man in der Schule, sogar wie man den Radius der Sonne berechnet, nur die wirklich wichtigen Dinge wie Steuererklärungen und Abschiedsbriefe schreiben bringt einem keiner bei. Ich hänge ja schon gleich am Anfang fest. Wie beginnt man so einen Brief denn? »Lieber Till«, oder doch lieber: »Mein geliebtes Füchschen …« Das klingt doch alles irgendwie befremdlich in so einem Brief. Einfach komplett daneben. Oh weh, und hier kann mir auch Orakel Google nicht helfen.

Mit ganz verheulten, rot unterlaufenen und unter Tränen angeschwollenen Augen hab ich es doch noch geschafft. Mein Abschiedsbrief ist fertig. Allerdings hat er einige Tränen abbekommen und das eine oder andere Wort ist etwas verschmiert. Aber bei einem Abschiedsbrief muss das wohl so sein. Der Liebesbrief wird mit Parfum bespritzt, der Abschiedsbrief mit Tränen übergossen.

VIERZEHN

Heute Abend haben wir Freunde zum Essen eingeladen. Endlich sehe ich meine Klara mal wieder. Bin ja überhaupt nicht der Typ Mensch, der Freunde unheimlich eng an sich bindet, und kann wunderbar damit leben, wenn man sich wochenlang nur via WhatsApp oder Facebook hört. Die beste Freundin allerdings fünf Monate lang nicht zu sehen, obwohl man nur sieben Kilometer auseinanderwohnt, muss man erst mal hinbekommen. Ich schaff das problemlos und Klara zum Glück auch, daher sind wir auch nicht sauer aufeinander, sondern haben absolutes Verständnis für den fiesen Alltagsstress der anderen.

Ich verstaue mein Testament und die restlichen Unterlagen allesamt ordentlich in einem Schuhkarton und stelle diesen ganz nach hinten in meinen Kleiderschrank. Jetzt brauch ich erst mal eine erfrischende Dusche! Till müsste auch jeden Moment von seiner Vorlesung nach Hause kommen. Wir werden für heute Abend nämlich zusammen kochen. Als Vorspeise gibt es eine Karotten-Ingwer-Suppe mit Knoblauchbaguette à la Julie. Till kümmert sich um den Hauptgang: Gefüllte Cannelloni sind seine absolute Spezialität, und ich widme mich noch dem Dessert: Himbeertiramisu auf Limetten-Balsamico-Spiegel – jahaaa. Für mich gibt es sogar eine rein vegetarische Version des Hauptgangs, bei den Fleischfressern ist nämlich Hackfleisch dabei – Igitt. In der Küche sind wir ein eingespieltes Team und meistens läuft es sogar ohne Verbesserungsvorschläge ab.

Als die ersten Gäste eintrudeln, sitzen wir schon wieder tiefenentspannt mit einem Gläschen Rotwein, der wie abgestandene Punica schmeckt – im Übrigen mein Lieblingsgeschmack bei Wein – auf der Couch und aus der Küche duftet es verlockend nach der Suppe und dem Knobibrot. Laura und Michael sind wie immer die Ersten. Die kommen wirklich nie, niemals auch nur eine Minute zu spät. Till schenkt den beiden ein Glas Wein ein und ich öffne die Tür für die nächsten Besucher. Jetzt kommen gleich alle auf einmal. Silke und Rainer, Mona und Bernd, Timo und Alex, nur von Klara und Sven fehlt noch jede Spur. Das ist aber nicht weiter verwunderlich.

Es gibt nämlich genau eine Sache auf der Welt, die unsere Freundschaft ernsthaft gefährdet: Klaras Unpünktlichkeit. Das ist wirklich der Wahnsinn. Sie hat es tatsächlich schon fertiggebracht, mich über eine Stunde irgendwo in einem Café ohne nennenswerte Entschuldigung sitzen zu lassen. Irgendwann kam sie dann. Das tut sie immer. Nur eben viel zu spät. Ein Blick auf mein Handy bestätigt es mir: »Süße, bei uns wird es zwanzig Minuten später. Kuss.« Meine Rede …

Dank Till sind inzwischen alle Gäste mit Wein versorgt und wir sitzen alle gemütlich in unserem Wohnzimmer, verteilt auf Couch, Sitzkissen und Liegewiese. Unser Wohnzimmer ist, wie ich finde, das Herzstück unserer Wohnung. Orientalisch angehaucht mit bunten Kissen auf dem Boden, einer riesigen Couch und einer restaurierten Holztruhe als Tisch, auf der an Abenden wie diesem eine Wasserpfeife steht. Der Esstisch steht direkt an der großen Fensterfront, die hinaus zu unserer Terrasse führt, auf der ein tropisches Blumenmeer blüht und mittendrin meine Hängematte baumelt. Ja, wir haben es uns hier schon schön gemacht, da gruselt es mir gelegentlich wirklich davor, die Wohnung unterzuvermieten. Um draußen zu essen, ist es aber zu kalt, daher habe ich den Esstisch im Wohnzimmer eingedeckt. Allerdings eher alles schlicht. Unser Service war zwar nicht gerade billig, aber es ist ohne irgendwelche Schnörkel und einfach weiß. Das Einzige, was raussticht, sind die pinken Tischsets und die Servietten mit einem Micky-Maus-Comic. Die sind super!

Ohne mich selbst loben zu wollen: Das Essen ist ein Gedicht. Echt wahr, so was von lecker. Vor allem die vegetarischen Cannelloni und das Tiramisu. Hab mich total überfressen und dem Rest scheint es nicht anders zu gehen.

Nach der dritten Runde Ramazzotti zur besseren Verdauung entschließen wir uns, eine Runde *Risiko* zu spielen, die sich aber leider unendlich lange hinzieht – gähn, und es sieht mal wieder ganz so aus, als würde Till gewinnen, wie immer.

Da Klara und ich schon längst ausgelöscht wurden, weil jemand die Karte »Vernichte alle gelben und roten Armeen« hatte und wir nun mal Rot und Gelb waren, sitzen wir schon eine ganze Weile auf der Terrasse und unterhalten uns über unsere bevorstehende Reise, ihre neue Stelle, die Hochzeitsvorbereitungen …Wahnsinn was sich in wenigen Monaten an Gesprächsstoff ansammelt.

Da unsere Gäste absolut kein Bedürfnis verspürt haben, nach Hause zu gehen, und wir erst um fünf Uhr im Bett waren, nutzen wir den Sonntagmorgen komplett, um auszuschlafen. Besser gesagt Till schläft aus und ich gammle gemütlich neben ihm im Bett herum und lese die neuesten Klatsch- und Tratsch-Nachrichten auf meinem iPhone. Irre entspannend, so ein Sonntagmorgen im Bett.

Gegen zwölf entscheiden wir uns dann aber doch aufzustehen und ein Langschläferfrühstück zuzubereiten. Der Hunger treibt uns sozusagen aus dem Bett.

Es gibt Strammer Max für Till und Toast Hawaii – ohne Schinken für mich. Ein Spiegelei gönne ich mir aber auch.

Den restlichen Tag ist ebenfalls süßes Nichtstun angesagt. Nach den ganzen Flaschen Wein, die wir gestern zusammen getrunken haben – vom Ramazzotti brauchen wir erst gar nicht reden –, kommt uns das auch sehr entgegen. Also kuscheln wir uns nach dem Essen auf die Couch und lesen. Till in einem richtigen Buch, ich mit meinem Kindle.

FÜNFZEHN

Es ist Montagmorgen und ich sitze zusammen mit meinem Chef in einem extrem langweiligen Meeting, bei dem ich vor lauter internem Firmenkauderwelsch und Abkürzungen nur ein Viertel verstehe, wenn überhaupt. Trotzdem muss ich Protokoll schreiben. Gähn. Die Tatsache, dass ich gestern erst um drei Uhr ins Bett bin (das neue Joy-Fielding-Buch kann man einfach nicht mehr aufhören zu lesen) und mir mal eben vier Stunden Schönheitsschlaf fehlen, macht das Ganze nicht gerade erträglicher. Außerdem möchte ich endlich an meinen Schreibtisch und mich den wirklich wichtigen Dingen widmen. Den Briefen für Till zum Beispiel. Hab mich dafür entschieden, diese am Computer zu schreiben und auf das bunte Papier, das ich gekauft habe, zu drucken. Schließlich bin ich schreibfaul geboren worden und warum sollte sich da im Angesicht meines Todes etwas daran ändern? Immerhin habe ich es geschafft, meinen Abschiedsbrief handschriftlich zu verfassen, das muss reichen.

Brief eins

Hi Füchschen,

das erste Ziel Deiner Reise lautet: AUSTRALIEN.
Du wirst zu Christian fliegen und mit ihm acht tolle Tage in Sydney verbringen.
Wie die Reise weitergeht, erfährst Du vor Ort. Den nächsten Brief also erst öffnen, wenn Du in Australien angekommen bist.
Den beiliegenden Umschlag drückst Du nach Deiner Ankunft bitte Christian in die Hand ;-).
Wünsche Dir ganz viel Spaß auf Deiner Reise und vergiss nicht:

Ich bin immer bei Dir!
In Liebe
Julie

Brief an Christian

Hi Christian,

wie Du bestimmt schon von Till weißt, habe ich für ihn eine Weltreise geplant, damit er meinen Tod besser verarbeiten kann und sieht, dass das Leben auch ohne mich noch voll schöner Momente ist. Da ich nicht mehr da bin, habe ich eine ganz große Bitte an Dich: Bitte pass gut auf Till auf. Du bist einer der wichtigsten Menschen in seinem Leben und Euch verbindet eine so tiefe und langjährige Freundschaft. Wenn es einer schafft, ihm mit seiner Trauer zu helfen, dann bist Du das. Aus diesem Grund habe ich Till zuerst zu Dir nach Sydney geschickt.
Du weißt bestimmt, was zu tun ist.
Danke
Julie

Brief zwei

Hi Füchschen,
schon hast Du das erste Ziel Deiner Reise erreicht und bist bestimmt neugierig, wie es weitergeht. TASMANIEN soll der nächste Stopp sein. Wie Du am besten hinkommst und wo Du übernachtest, musst Du aber selbst planen. Vor Ort habe ich allerdings einige Aufgaben für Dich:
Ankommen wirst Du in Hobart. Hier wirst Du Dich einer Touristengruppe anschließen und einen Ausflug zum Mount Wellington unternehmen. Außerdem wirst Du Deine Lieblingstiere besuchen. Auf Bruny Island soll es nur so wimmeln vor kleinen Frackträgern.

Zu guter Letzt unternimmst Du einen Ausflug zum Mount Field National Park.
Damit dürfte Deine Zeit in Tasmanien auch fast schon wieder vorbei sein und Du darfst zum nächsten Umschlag greifen.
Für Tasmanien habe ich Dir zehn Tage eingeplant ;-).

Ich bin immer bei Dir!
In Liebe
Julie

Brief drei

Hi Füchschen,

na, hast Du es erraten? Deine nächste Reise führt Dich nach NEUSEELAND.
Also organisiere Dir schnell einen Flug nach Auckland.
Insgesamt hast Du in Neuseeland einundzwanzig Tage Zeit.
In dieser Zeit sollst Du Folgendes erleben:

- *Eine Sky Tower Abseiltour*
- *Einen Helikopter Flug nach White Island*
- *Eine viertägige Tour mit einer Reisegruppe zum Abel Tasman Coast Track*

Die Organisation ist natürlich wieder Dir überlassen.
Ich bin immer bei Dir!
In Liebe
Julie

Die ersten Briefe habe ich fertig. War gar nicht so schwer, wie ich gedacht habe. Die restlichen Briefe werde ich morgen schreiben. Da mein Chef an einer Konfliktmanagement-Schulung für Führungskräfte teilnimmt, kann ich mich morgen so gut wie ungestört dieser wichtigen Aufgabe widmen. Assistenz sein ist einfach ein Traumjob!

Fast ein bisschen melancholisch schließe ich den Deckel des Schuhkartons. Ich habe es geschafft. Die Reise für Till ist geplant und die Briefe sind geschrieben. Irgendwie fühlt es sich nun aber doch etwas merkwürdig an, den Karton in Händen zu halten. Meine Abschiedskiste. Anders als im Traum habe ich nicht «Für immer«, sondern »Für Füchschen« draufgeschrieben. Mein Füchschen! Eine Träne kullert über meine Wange und landet auf dem Deckel. Die Kiste verstaue ich wie im Testament beschrieben unter unserem Bett. Heute Abend werde ich Till davon erzählen. Allerdings ohne ihn wieder mit Todesahnungen verrückt zu machen. Ich will ihn nicht beunruhigen und möchte auch nicht, dass er sich unnötig Sorgen macht. Ganz sicher, dass alles so kommt, bin ich mir ja selbst nicht. Woher denn auch? Ich möchte einfach nur, dass er weiß, dass es diese Kiste gibt, für den Fall, dass ich eines Tages nicht mehr da bin. Sollten wir die Weltreise doch zusammen machen, schließlich ist es nur noch ein halbes Jahr bis dahin, werde ich die Kiste danach einfach verbrennen und den blöden Traum Traum sein lassen.

SECHZEHN

In der Weihnachtsbäckerei, gibt es manche Leckerei lalalala … Ein herrlicher Duft nach Zimt, Kardamom und Vanille liegt in der Luft. Karla ist zu Besuch und zusammen haben wir unsere Küche in eine Bäckerei verwandelt. Zimtsterne, Vanillekipferl und ayurvedische Kardamomkekse stapeln sich in den weihnachtlichen Dosen vor uns. Das Rezept für die ayurvedischen Kekse habe ich von Sendi bekommen. Man vermischt Mehl, Grieß und Kardamom in einer Schüssel und rührt das Ghee zusammen mit dem Rohrzucker schaumig. Ghee ist eine Art Schmalz, nur aus Kuhmilch und nicht aus Schlachtfett, also für Vegetarier geeignet. Nach und nach wird alles zu einem Teig verarbeitet, aus dem man anschließend kleine Kugeln formt. Zum Schluss jede Kugel mit einer Mandel verzieren und ab in den Ofen. Mal was anderes und wirklich lecker, wie wir gerade feststellen. Natürlich ratschen wir währenddessen ununterbrochen und ich erzähle stolz wie Bolle, wie gut das mittlerweile mit dem Autofahren klappt. Ohne Till auf dem Beifahrersitz möchte ich zwar noch nicht fahren, damit wir schön Plätze tauschen können, falls es doch mal brenzlig wird, aber ich bin sehr zuversichtlich, dass es nicht mehr lange dauert, und ich mache die Straßen wieder alleine unsicher. Klara ist stolz auf mich, sie hätte alles darauf verwettet, dass das in diesem Leben nicht mehr passiert, und mit selbst gekochtem Glühwein, der zusätzlich einen ordentlichen Schuss Rum Intus hat, stoßen wir auf meinen Erfolg an.

Mein Handy klingelt. Es ist Till. Er möchte wissen ob es mit der Reservierung im Weinhaus Schneider für heute Abend geklappt hat.

»Ja, habe für neunzehn Uhr reserviert, das schaffst du, oder?

»Gut, dann bis später. Ich liebe dich.«

Till ist an der Uni, die letzte Vorlesung vor Weihnachten und unsere Eltern sind auf dem Nürnberger Christkindlmarkt unterwegs. Wir feiern Weihnachten dieses Jahr nämlich bei uns und weil es bei uns so schön ist, sind alle auch extra schon eine Woche früher angereist. Eine wundervolle Idee meiner Mutter. Als die Frage aufkam, wie wir es dieses Jahr Weihnachten feiern und was es zu essen geben wird, kam sie plötzlich mit ihrem Plan um die Ecke: «Wir könnten doch alle bei euch feiern. Eure Wohnung ist doch groß genug und ich würde so gern mal auf den Christkindlmarkt gehen. Dann kommen wir einfach eine Woche früher und können die vorweihnachtliche Zeit in München noch etwas genießen.« Eigentlich feiern wir jedes Jahr in Stuttgart. Immer schön abwechselnd. Ein Jahr bei Tills Eltern und im nächsten Jahr sind meine Eltern wieder die Gastgeber.

»Schöne Idee, Mama, aber was ist mit Tills Eltern? Ich fände es schon besser, wenn wir alle zusammen in Stuttgart feiern.« Ein Versuch, ihr den Wind aus den Segeln zu nehmen.

»Schon erledigt. Die kommen natürlich mit. Finden die Idee auch super und Erika freut sich auch schon riesig auf den Christkindlmarkt. Und um Ela brauchst du dir auch keine Sorgen machen, es ist ja ein gerades Jahr. Seit meine Schwester eine Tochter hat, also seit ziemlich genau sieben Jahren, verbringt sie Weihnachten abwechselnd bei uns und der Familie ihres Mannes in Frankfurt. Wir sind in den ungeraden Jahren an der Reihe.

»Aber wenn Tills Eltern mitkommen, wo wollt ihr denn alle schlafen?« Wir wohnen in einer Siebzig-Quadratmeter-Wohnung. Zu zweit absolut ausreichend, aber mehr als ein Gästezimmer gibt es nicht. »Na, überhaupt kein Problem, Schätzchen. Alles schon geklärt. Erika und Manfred übernachten im Gästezimmer und wir machen es uns in eurem Wohnzimmer gemütlich.« Im Endeffekt bedeutet das: Mama und Papa schlafen in unserem Schlafzimmer und wir werden unser Schlaflager im Wohnzimmer aufschlagen. Somit habe ich blöderweise aber überhaupt keine Argumente mehr, die gegen den Weihnachtsaufenthalt bei uns sprechen, und höre mich euphorisch »Das ist ja toll, da freuen wir uns« sagen. Heute Abend gibt's also feinstes Fondue im Weinhaus Schneider und morgen werden wir den Christbaum aufstellen. Till wird ihn zusammen mit den Papas besorgen und ich werde ihn mit den Mamas schmücken. Da wir über Weihnachten normalerweise immer nach Stuttgart fahren, habe ich überhaupt keine Deko. Es ist also der erste Weihnachtsbaum in unserer Wohnung. Meine Sorgen verflüchtigen sich aber schnell. Auf dem Nürnberger Christkindlmarkt wurde Deko für mindestens zwanzig Weihnachtsbäume gekauft, und was für welche. Juhuuu! Mit gespielter Begeisterung bedanke ich mich bei den beiden Mamas und bin im wahrsten Sinne hin und weg von der weihnachtlich dekorierten Wohnung. Ich hasse billigen Kitsch und unsere Wohnung hat sich im Handumdrehen in ein weihnachtliches Kitschmuseum verwandelt. Rentiere aus Sisal, bunt glitzernde Weihnachtsmänner mit Satinmützen, Engel in jeder erdenklichen Pose, sogar Fensterbilder wurden mit einer Art Schaum, der wie Schnee aussieht, an die Fenster gesprüht. »Halleluja.« Wenigstens beim Weihnachtsessen kann mir dieses Jahr keiner reinreden. Als Gastgeberin fällt mir die Wahl der Menüauswahl zu. Es gibt Raclette. Ich versuche nämlich jedes Jahr aufs Neue, unsere Eltern zu überreden, an Weihnachten Raclette zu machen, aber alle Jahre wieder gibt es bei meinen Eltern Schäufele mit Kartoffel- und Feldsalat und bei Tills Eltern erst eine Maultaschensuppe und danach Sauerbraten mit Knödel. Wie ihr sicherlich bemerkt habt, alles super vegetarierfreundlich. Aber dieses Jahr gibt es Raclette, yammi.

SIEBZEHN

Es ist März. Drei Monate ist es nun schon her, dass ich Till von der Kiste erzählt habe, und ich lebe immer noch. Tatsächlich fühle ich mich richtig lebendig. Ich bin sogar voller Vorfreude auf unsere Weltreise und zuversichtlich, dass ich diese doch noch erlebe. Außerdem sind mein Seelentierchen und ich gerade schon den vierten Tag hintereinander am Sporteln. Das muss hier unbedingt erwähnt werden. Vier Tage Joggen, Schwimmen und dazu mein autogenes Training, und wir sind immer noch motiviert. Scheinbar habe ich mich da wirklich in etwas verrannt. Till und ich sind mittlerweile in der Endphase unserer Weltreiseplanung und können es kaum erwarten, bis es endlich losgeht. Nicht mal mehr zehn Wochen, dann heißt es goodbye Germany, hallo schöne Welt! Meinen heiß geliebten Job habe ich bereits gekündigt, damit ich pünktlich zum Weltreisestart aus dem Vertrag komme. Begeistert war mein Chef natürlich nicht, aber er kann verstehen, dass ich mir meinen Lebenstraum erfüllen möchte, und eine andere Möglichkeit gibt es leider nicht, da es in dem Unternehmen, wie ich sicherlich schon mehrfach erwähnt habe, abgesehen von Elternzeit und längerer Krankheit keine Sabbaticals oder sonst eine Form von längeren Auszeiten gibt! Fies, gemein und ungerecht! Allerdings habe ich noch zugesagt, meine Nachfolgerin einzuarbeiten und mir meinen Resturlaub auszahlen zu lassen. Ganz gutes Taschengeld für die Weltreise.

Nach meiner morgendlichen Fünf-Kilometer-Joggingrunde – die gehört jetzt tatsächlich schon fast drei Wochen zu meinem Tagesablauf, das gab's noch nie, Juhuuu!, (dieses Mal schaffe ich die magische sechs Wochengrenze ganz sicher) –, sitze ich gerade mit Sabrina, der von mir selbst ausgewählten Nachfolgerin, an meinem Schreibtisch und erkläre ihr die zahlreichen Abläufe des Assistenzenalltags. Sie hat nach ihrer Lehre zur Bürokauffrau in der Lohnbuchhaltung gearbeitet und daher nicht wirklich einen Schimmer vom Assistenzen-Dasein.

»Julie?« Mein Noch-Chef platzt mal wieder ohne anzuklopfen in mein Büro. »Könntest du mir einen riesengroßen Gefallen tun?«

»Ich höre?«

»Ich weiß, es ist privat, aber wäre es möglich, dass du meinen Sohn aus dem Kindergarten abholst und ihn hierher bringst? Meine Frau ist doch auf Kur und eigentlich sollte seine Oma sich um ihn kümmern, sie hat sich aber einen Magen-Darm-Virus eingefangen und hat gerade angerufen, ob ich Mikka abholen kann. Leider habe ich aber diesen wichtigen Termin mit Veritas, den ich nicht verschieben kann. Du kannst auch mein Auto haben. Das wäre wirklich klasse.«

Wow, so einen langen Satz ohne Punkt und Komma hat der Chef noch nie ohne Äh-äh-äh-Unterbrechung zustande gebracht. Wenn es um den Nachwuchs geht, ist die Lage wohl ernst.

»Ja klar, kein Problem«, höre ich mich sagen und im nächsten Moment halte ich auch schon seine Autoschlüssel in der Hand.

Ich zeige Sabrina kurz, was sie während meiner Abwesenheit erledigen kann, und mache mich auf den Weg zu Cheffes Auto. Ein weißer Audi A6. Angeber! Seit ungefähr zwei Wochen fahre ich wieder selbstständig, also ohne Till auf dem Beifahrersitz, und fühle mich sogar richtig wohl damit. Till hatte absolut recht. Die Sicherheit beim Fahren kommt mit der Routine. Die letzten Monate waren wir nahezu jeden Abend, trotz Regen und Schnee, gemeinsam auf Parkplätzen und Feldwegen zum Üben, bis ich mich schließlich auch in die Stadt getraut hab. Die Innenstadt meide ich allerdings immer noch – das muss man sich ja auch nicht antun – aber ansonsten fahre ich überallhin und bin total happy damit. Ich freu mich gerade sogar richtig, mit dem tollen Audi vom Chef fahren zu dürfen. Da kann unser Subaru nicht ganz mithalten.

Leider ist superviel Verkehr. Man fragt sich wirklich, wo am helllichten Tag um halb zwölf die ganzen Autofahrer herkommen. Müssen die nicht arbeiten?

Dazu kommt noch, dass nicht gerade wenig Schnee liegt und die Straßen relativ glatt sind. Zum Kindergarten ist es ein ganzes Stück, da der Chef außerhalb von München in Gilching wohnt und der Kindergarten natürlich auch in Gilching ist. Praktisch muss es sein mit Kindern. Wenigstens muss ich nicht durch die Innenstadt.

Von der roten Welle verfolgt, stehe ich an einer Kreuzung und warte ungeduldig, bis die Ampel auf Grün umspringt. Ich drücke das Gaspedal und der Audi beschleunigt sofort. Wow, ein deutlich anderes Gefühl als bei unserem Subaru. Innerhalb von wenigen Sekunden ist der Audi schon mitten auf die Straße gerollt, da kommt wie aus dem Nichts plötzlich ein Auto auf die Kreuzung gerast und fährt genau auf mich zu. Voller Panik reiße ich das Lenkrad herum, doch zu spät. Ich spüre den Zusammenstoß. Es raubt mir jegliche Luft. Ein stechender Schmerz in der Lunge durchzuckt meinen Körper und macht es unmöglich zu atmen. Der Audi überschlägt sich mehrfach und prallt hart auf der Straße auf. Ich werde gegen die Autotür geschleudert und mein Kopf schlägt mit voller Wucht gegen das Seitenfenster. Blut tropft vom Armaturenbrett. Dann spüre ich nichts.

ACHTZEHN

Langsam öffne ich meine Augen, schließe sie aber gleich wieder. Ein starker, greller Lichtstrahl blendet mir ins Gesicht und sticht mir wie ein Laserpointer direkt in die Augen. Um mich herum ist alles weiß und strahlend hell erleuchtet. Mit »erleuchtet« meine ich wirklich erleuchtet, ein funkelnder Diamant ist matt dagegen. Ist das etwa der Himmel? Bin ich wirklich tot? Mein Blick wandert über meinen Körper. Ich bin splitterfasernackt und halte eine Taschenuhr in meiner linken Hand. Eine Taschenuhr? Tatsächlich eine Taschenuhr, und zwar die Ausgabe, die zu Zeiten meines Großvaters modern war, aus Gold mit einer dicken, schweren Kette, die an einem Federring befestigt ist. Auf dem Ziffernblatt sind keine Zahlen, sondern die Abkürzung der Monate, und zwar von April bis April, und in der Mitte steht in dicken Druckbuchstaben: »ABSCHIED AUF RATEN«. Was hat das denn bitte zu bedeuten? Bin ich doch nicht tot? Da, wo die Zwölf auf der Uhr stehen müsste, steht »Apr«. Ich nehme stark an, dass es die Abkürzung für April ist, und der Zeiger bewegt sich mit jeder Sekunde mehr in Richtung Mai. Allem Anschein nach halte ich eine Zeituhr oder eine tickende Zeitbombe in meiner Hand. Je nachdem, wie man es lieber beschreiben möchte. Scheint so, als bleibt mir ein Jahr von April bis April, aber für was? Ich schaue mich um. Ich bin auf einer Wolke. Wow, ich bin tatsächlich auf einer Wolke. Abgefahren. Nur dass diese Wolke überhaupt gar nichts mit den Wolken zu tun hat, die ich vom Flugzeug aus kenne. Hatte ja die Vorstellung, dass man einfach durch eine Wolke durchfällt, sobald man diese betritt, das ist bei dieser Wolke aber mal gar nicht der Fall. Oder dass Wolken superweich sind, wie in der Welt der Glücksbärchis, aber das ist bei dieser Wolke noch viel weniger der Fall, die ist nämlich hart wie Granit. Weit und breit ist nichts zu sehen als die weiße, wattegleiche, aber wie bereits bemerkt granitharte Landschaft der Wolke.

Keine Geräusche, keine Menschenseele und von Gott ist hier schon gar nichts zu sehen. Vielleicht bin ich ja auch in der Hölle? Und die Wolke ist ein *Verstehen Sie Spaß?*-Sketch des Teufels, der mich mit versteckter Kamera beobachtet und sich den Arsch ablacht. Von Luzifer fehlt weit und breit allerdings ebenfalls jegliches Anzeichen. Keine Lava, kein Dreizack und kein kochender Bronzekessel. Gut, das ist jetzt vielleicht ein bisschen viel Klischee, aber hier gibt's wirklich nichts. Ich berühre meinen Körper und zucke sofort zusammen. Ich kann durch mich hindurchfassen. Wuhuuu, ich bin ein Geist. Wie abgefahren ist das denn? Von meinem Körper ist nichts mehr übrig, er ist nur noch ein Umriss. Von mir scheint tatsächlich nur noch übrig zu sein, was wir Menschen als Seele bezeichnen. Das ist wirklich abgefahren und zugegebenermaßen bekomme ich etwas Angst vor mir selbst. Das ist doch irre. Ich versuche mich zu schlagen, zu kneifen, zu beißen, aber ich spüre nichts. Nichts! Keinen Schmerz, keinen Druck, weder Kälte noch Wärme, einfach nichts. Ich fange auch nicht an zu bluten oder bekomme hässliche blaue Flecken. Nee, ist nicht. Auch mein Seelentierchen hat mich scheinbar verlassen. Toll, gerade jetzt, wenn man es wirklich braucht. Obwohl ich durchsichtig bin, ist es mir möglich, die Taschenuhr zu halten. Allerdings kann ich das blöde Ding auch nicht weglegen, sie scheint mit mir verbunden zu sein, als wäre sie ein Teil von mir. Aus den Augenwinkeln nehme ich plötzlich eine Bewegung wahr. Wo kam die denn her? Ich blicke auf den Boden der Wolke, da die Bewegung eindeutig von dort kam, und sehe Till. Oh mein Gott, ich kann Till sehen! Und meine Mutter sehe ich auch. Sie sind mitten im Wald, und zwar ganz offensichtlich bei meiner Beerdigung. Oh mein Gott, ich bin Zuschauer auf meiner eigenen Beerdigung. Ich kann es nicht fassen, halte den Blick aber wie hypnotisiert auf die Zeremonie gerichtet, die sich vor meinen Augen abspielt. Unglaublich. Mit zitternder und vor Tränen fast erstickter Stimme steht meine Mutter vor der Trauergemeinde (die wie von mir gewünscht sehr klein ist) und liest meine Geschichte vor.

Zwei Bäume

Zwei alte, anmutige, große und starke Apfelbäume stehen seit vielen, vielen Jahren nebeneinander auf einer Lichtung direkt am Waldesrand. Sie sind zusammen groß geworden. In all den Jahren haben sie viel Freude und Leid miteinander geteilt und etliche Sommer und Winter vorbeiziehen sehen. Die beiden haben reiche Zeiten voll Blüte und Frucht und schlechtere Zeiten voll Kummer und Sorgen zusammen erlebt. Stets haben sie Glück und Trauer miteinander geteilt und der eine war immer für den anderen da.

In den guten Zeiten haben sie viel miteinander gelacht und die Äste ineinander verankert, um sich gegenseitig festzuhalten.

In schlechten und stürmischen Zeiten haben sie ebenfalls ihre Äste ineinander verankert, um sich gegenseitig Halt zu geben. Auf diese Weise sind sie zusammen aufgewachsen und haben sich gemeinsam entwickelt. Sechzig Jahresringe zählen beide. An einem regnerischen Tag im Juli zieht ein Gewitter auf. Ein Sommergewitter wie die beiden alten Bäume es jahrein, jahraus schon oft erlebt haben. Doch plötzlich und ohne jede Vorwarnung schlägt ein Blitz in einen der Bäume ein und reißt diesen zu Boden. Er ist tot, ausgebrannt, verkohlt und wird nie wieder lebendig. Nur wenige Tage später wird er von Waldarbeitern abtransportiert. Fortgebracht, für immer. Der andere Baum ist außer sich vor Trauer. Vor Schock und Kummer hat er seine ganze Blätterpracht verloren. Doch es ist ihm egal. Alles ist ihm egal. Wie will er denn ohne seinen Freund je wieder glücklich werden?

So zieht ein ganzer Sommer und auch ein Winter an ihm vorbei. Seine Krone bleibt kahl, auch als im Frühling das Leben um ihn herum erwacht. Die warmen, wohltuenden Strahlen der Sommersonne nimmt er nicht wahr, zu tief sitzt sein Schmerz. Die gnadenlose Kälte des Winters spürt er dafür aber umso stärker – so entspricht diese doch viel mehr seinem Gefühlszustand. »Warum hat der Blitz uns nur nicht beide getroffen?« Das Leben hatte für ihn all seine Schönheit verloren. Eines Tages lässt sich eine plüschige dicke Hummel auf einem Ast des alten Baumes nieder. Nachdem sie sich von ihrem anstrengenden Flug erholt und ihre Flügel geputzt hatte, schaute sie sich ihren Landeplatz genauer an. Weit und breit war keine Blüte an dem Baum zu sehen, noch nicht einmal eine Knospe sprießte.

»Warum blühst du denn nicht?«, fragte die Hummel den alten Baum. Verdutzt, dass ihn jemand ansprach, schaute sich der alte Baum um. Seit sein Kamerad von ihm gegangen war, hatte keiner mehr mit ihm gesprochen. Die Hummel merkte, dass der Baum verwirrt war.

»Hallo, ich sitze hier auf deinem Ast.«

Da erblickte der alte Baum die dicke Hummel und antwortete: »Ich werde nie mehr blühen, bei mir wirst du keinen Nektar finden.«

»Bist du krank?«, wollte die Hummel nun wissen. Da erzählte der alte Baum ihr die ganze Geschichte. Es tat gut, nach all der Zeit mit jemandem zu sprechen. Die Hummel war ein guter Zuhörer und lauschte geduldig den Worten des Baumes.

»Das tut mir sehr leid für dich«, sagte sie schließlich. »Aber die Welt hat immer noch so viel Schönes zu bieten, auch für dich. Du kannst wieder glücklich werden.«

»Das ist nicht möglich«, antwortete der Baum traurig.

»Es ist angeblich auch nicht möglich, dass ich fliegen kann, weil mein Körper viel zu groß ist, als dass meine Flügelchen mein Gewicht tragen, und trotzdem fliege ich!«

Der Baum musste lächeln. Es war das erste Lächeln, das sich auf seinem Gesicht ausbreitete, seit sein Kamerad von ihm gegangen war. Wie gut das tat.

»So gefällst du mir viel besser. Dein Freund hätte sicher gewollt, dass du auch ohne ihn glücklich bist«, sagte die Hummel, die das Lächeln bemerkt hatte, und flog davon.

Der Baum blieb alleine in der Abendsonne zurück. Doch etwas hatte sich geändert. Seit langer Zeit genoss er die wohltuenden Strahlen der Sonne auf seiner Rinde und betrachtete seine Umgebung mit wachen, neugierigen Blicken.

Da sah er direkt an seiner Baumwurzel ein kleines Tannenbäumchen, das von einem seiner Äste schier erdrückt wurde. Sofort hob er seinen schweren Ast und richtete ihn in Richtung der Sonne aus.

»Danke«, stöhnte der kleine Tannenbaum, »dachte, ich sterbe unter deinem dicken Ast. Hast du mich denn gar nicht rufen hören?«

»Nein, tut mir leid. Ich war wohl zu sehr mit mir selbst beschäftigt«, sprach der alte Baum und erzählte der kleinen Tanne seine traurige Geschichte.

Dies war der Beginn einer neuen wunderbaren Freundschaft.

Nicht vorhandene Tränen laufen mir übers Gesicht. Ich hätte meiner Mutter niemals zugetraut, dass sie so stark ist und sich so sehr zusammenreißen kann und diese Geschichte bis zum Ende vorliest. Aber sie will es schaffen. Für mich. Das rührt mich unglaublich. Zwar ist es mir nicht mehr möglich zu weinen, aber meine Gefühle sind mir geblieben. Wenn ich könnte, würde ich hemmungslos heulen. Kaum hat sie das letzte Wort der Geschichte gelesen, zerreißt ein unglaubliches Schluchzen die Stille. Meine Mutter heult sich die Seele aus dem Leib. Sie schreit voller hysterischer Verzweiflung. Sie schreit, wie jemand schreit, dem das Liebste genommen wurde, für immer. Sie schreit, wie nur eine Mutter schreien kann, der man ihr Kind wegnimmt. Papa versucht sie zu beruhigen. Er wirkt gefasst. Papa war noch nie ein Gefühlsmensch. Auch meine Schwester Ela versucht zu trösten, obwohl sie selbst stark mit den Tränen kämpft. Wir haben uns nie wirklich nahegestanden. Als ich gerade sprechen konnte, ist sie schon von zu Hause ausgezogen. Ich war wohl das klassische Nesthäkchen, zwischen uns liegen ganze zwölf Jahre Altersunterschied. Wir lieben uns, aber mehr als zwei, drei Wiedersehen zu besonderen Anlässen und den einen oder anderen Telefonanruf pro Jahr gab es nicht zwischen uns. In Elas Gesicht kann ich jetzt ganz deutlich lesen, was sie denkt. Sie bereut es, dass wir so wenig Kontakt hatten. Es wäre aber sinnlos, ihr oder mir die Schuld dafür zugeben. Es hat sich einfach nie ergeben. Mein Blick wandert zu Till. Till! Er zeigt überhaupt keine Regung. Melancholisch und leblos steht er da, die Arme hängen schlaff an seinem Körper herunter. Sein Blick ist starr auf meinen Baum – mein Grab – gerichtet. Als ob er gar nicht da wäre, ganz weit weg, fernab von allem, und nichts davon mitbekäme. Wahrscheinlich hat er ein starkes Beruhigungsmittel bekommen und ist momentan nicht Herr seiner Sinne.

Von meinem Till ist überhaupt nichts mehr übrig. Sein Lachen, seine Lebenslust, seine ausdrucksvollen braunen Augen. Alles eingefallen und ausgelöscht. Er ist nur noch ein Schatten seiner selbst. Wie schnell das ging, ich bin doch höchstens ein paar Tage tot. Neben ihm steht Christian. Er ist tatsächlich aus Australien angereist, um Till in dieser schweren Zeit beizustehen. Ich bin so froh, dass Till einen solchen Freund hat. Trotzdem. Ich ertrage es nicht länger hinzuschauen und Till so zerstört zu sehen. Wie gern wäre ich jetzt bei ihm und würde ihm sagen, dass alles gut wird. Ich drehe mich um und rolle mich auf meiner Wolke zusammen, ziehe die Beine an und umschlinge mich fest mit beiden Armen.

NEUNZEHN

Keine Ahnung, wie lange ich so dagelegen bin. Ich habe jegliches Zeitgefühl verloren. Leider gibt mir auch die Taschenuhr in meiner Hand keine genauere Auskunft. Der Zeiger rückt auf jeden Fall immer weiter Richtung Mai. Aber wie viele Minuten, Stunden oder gar Tage vergangen sind, kann ich darauf leider nicht ablesen.

Wie in Trance stehe ich auf und schaue ängstlich, aber gleichzeitig neugierig über den Wolkenrand. Sofort sehe ich Till. Scheint, als könne ich nur ihn und seine unmittelbare Umgebung von meiner Wolke aus beobachten. Er sitzt auf unserem Bett im Schlafzimmer und hält unser Hochzeitsfoto in der Hand. Darauf strahlen wir beide um die Wette. Wir waren so verdammt glücklich, es war wirklich ein perfekter Tag in einem perfekten Leben. Mein Plan ging tatsächlich auf und ich habe Till problemlos überredet, die standesamtliche Trauung so schnell wie möglich zu machen und die große Feier dann vor der Abreise. Quasi von einer Woche auf die andere stand unsere Hochzeit fest und unsere Eltern und Trauzeugen wurden sofort eingeweiht und eingeladen. Standesamtlich haben wir uns wirklich nur auf das Nötigste beschränkt, und trotzdem war es der tollste Tag in unserem Leben. Habe vorher nie verstanden, dass Brautpaare sagen, es sei der tollste Tag im Leben. Es gibt doch so viele tolle Tage: Jahrestag, Heiratsantrag, Uniabschluss, Geburt … Aber Heiraten ist definitiv unbeschreiblich toll. Vor allem wenn man es aus Liebe tut und so glücklich miteinander ist, wie wir es sind – oder waren. So glücklich, dass es schon fast wehtat. Geheiratet haben wir im Januar in einem kleinen Standesamt in München. Till sah einfach großartig aus in seinem italienischen Designeranzug, den er allerdings nicht extra für die Hochzeit gekauft hat, sondern schon auf unserem Rom-Trip im vergangenen Jahr. Aber an diesem Tag sah er darin wirklich zum Anbeißen aus. Und ich erst! Es versteht sich von selbst, dass ich mir ein neues Outfit gegönnt habe. Weltreise-Sparplan hin oder her.

Es gibt ja wohl kaum einen vertretbareren Anlass für eine neue Garderobe als die eigene Hochzeit. Mein Kleid fürs Standesamt war zwar schlicht, genau genommen war es auch ein Kostüm, aber es hatte verdammt viel Stil und weiß war es natürlich auch. Eine Braut muss einfach weiß sein, alles andere ist Spielerei. Aus gegebenem Anlass habe ich dann auch meine Hutkollektion um einen wahnsinnig tollen Brauthut erweitert. Ich habe nämlich ganz edel mit Hut geheiratet. Dieser war weiß, mit einer Satinblüte verziert und hatte einen Minischleier, der mein Gesicht leicht bedeckt hat. Allerdings steppt im Standesamt wirklich der Bär. Auch im Januar gibt es in einer Stadt wie München auf dem Standesamt eine richtige Fließbandabfertigung. Kaum war das eine Brautpaar raus, wurden wir auch schon nachgeschoben. Bei der Hochzeit waren wirklich nur unsere Eltern und unsere Trauzeugen Klara und Christian (er war auch dafür extra aus Australien angereist) dabei. Die Trauung, die wirklich nur wenige Minuten dauerte, veränderte mein komplettes Leben. Aus Julie Müller wurde Julie Sanders. Sehr zur Missgunst meines Vaters (da sind wohl alle Väter etwas sensibel), aber für mein Glück hat er es schließlich akzeptiert. Endlich war ich Julie Sanders. Yipie! Vor dem Standesamt wartete dann eine riesengroße Überraschung auf uns, die aus unzähligen Arbeitskollegen bestand. Unsere Hochzeit hatte sich natürlich rumgesprochen und weder Tills noch meine Kollegen haben es sich nehmen lassen, uns an diesem Tag mit Glückwünschen zu überhäufen. So standen sie, als wir das Standesamt verließen, also Spalier, Seifenblasen wurden gepustet, Herzluftballons flogen durch die Luft und zu guter Letzt mussten wir ein Herz aus einem Leintuch schneiden und Till durfte mich durchtragen. Sogar mein Chef war da. Wir waren sprachlos über so viel Einsatz, obwohl sie doch gar nicht eingeladen waren. Danach waren wir im Masters Home und haben uns ein erstklassiges Sieben-Gänge-Überraschungsmenü auf der Zunge zergehen lassen, allerdings nun wirklich nur mit unseren Eltern und den Trauzeugen.

Ein leichtes Lächeln umspielt Tills Mundwinkel, kaum spürbar, aber ich kann es sehen. Kenne ich dieses Gesicht doch besser als mein eigenes. Er drückt meinem Abbild einen langen, nicht enden wollenden Kuss auf und legt das Bild verkehrt herum auf das Nachttischchen neben dem Bett.

Jetzt erst bemerke ich die Tüten. Auf dem Bett liegen mehrere unterschiedliche Apothekentüten. Till schüttet die Tüten aus. Aus jeder der Tüte kullert ein kleines Fläschchen mit weißen, teilweise auch bunten Dragees. Schlaftabletten. Oh mein Gott! Till schüttet die Tabletten in ein Glas und füllt es mit Wasser auf. »Oh mein Gott! Nein!!! Du darfst das nicht schlucken! Till! Neiiiiiiiiiiiiiiiiiiiiiiiiiiiiiiiiin!« Ich schreie aus voller Seele. Schreie mit all meiner Kraft. Mit all meiner Verzweiflung, doch vergeblich, meine Worte kommen nicht zu ihm durch. Er kann mich einfach nicht hören.

»Denk an die Kiste! Bitte denk an die Kiste!« In dem verdammten Traum hat die Kiste ihn gerettet, bevor er die Tabletten geschluckt hat. Warum denkt er denn jetzt nicht an die Kiste? Er darf die Tabletten nicht schlucken, er darf sie nicht schlucken. Er darf nicht sterben, er darf einfach nicht. Till muss leben! »Till, bitte vergiss nicht, was du mir versprochen hast. Du sollst leben, hörst du? Du musst leben, du hast es mir versprochen. Du hast mir versprochen, das du an die Kiste denken wirst!«

Zu spät. Es ist zu spät. All meine Bitten und verzweifeltes Flehen bleibt ungehört. Till hat alle Tabletten in einem großen Glas mit Wasser heruntergespült, als wären es bunte Smarties. Zusammengekauert liegt er auf dem Bett, unser Hochzeitsbild eng an seine Brust gedrückt, und wartet darauf, dass er einschläft. Wartet darauf, dass er stirbt. Wartet darauf, dass sein Herz aufhört zu schlagen. Wartet darauf, mich wiederzusehen. Aber so darf es nicht sein. Er darf nicht sterben und wir können uns auch nie wiedersehen. »Tiiiiill!«

Unsere Klingel. Ich höre unsere Klingel. Irgendjemand ist an unserer Haustür. Blöderweise kann ich aber außer dem Schlafzimmer mit unserem Bett überhaupt nichts sehen. Aber ich höre Stimmen, ganz deutlich. Meine Schwiegermutter Erika ist vor unserer Haustür. Nach mehrmaligem erfolglosen Klingeln hämmert sie mittlerweile voller Panik mit den Fäusten gegen die Tür. »Till, Till, mach auf! Ich weiß, dass du da bist. Till, bitte mach die Tür auf! Till, ich bin's, Mama! Verdammt, Till, ich mache mir Sorgen. Till!« Keine Reaktion. Erika scheint voller Panik zu sein, so sehr überschlägt sich ihre Stimme und bricht mittendrin ab. Dann höre ich nichts mehr. Till liegt völlig reglos auf dem Bett und atmet nicht mehr. Er darf nicht tot sein, oh verdammt. Er darf einfach nicht tot sein. »War denn alles umsonst? Warum hast du nicht an die Scheißkiste gedacht? Verdammt! Till, du sollst leben! Du sollst wieder glücklich werden. Einer muss doch für uns unsere Träume verwirklichen. Verdammt! Steh auf! Du musst leben, hörst du? Ich liebe dich, Till!«

Ein Schlüssel wird im Türschloss umgedreht. Erika hat die Nachbarin geholt, die einen Ersatzschlüssel für unsere Wohnung hat. Ich bin sprachlos und unendlich dankbar für ihre Geistesgegenwart. Jetzt geht alles ganz schnell. Erika stürzt ins Schlafzimmer und fällt schluchzend neben Till auf die Knie. Frau Bartschig, unsere Nachbarin, ruft sofort den Notarzt, und im nächsten Moment wird Till auch schon von zwei Sanitätern auf eine Trage gehievt und in den Krankenwagen transportiert. Leider verstehe ich zwar nicht viel von dem Fachjargon, aber sein Herz schlägt – er lebt, das ist das Wichtigste. Vermutlich pumpen sie ihm den Magen aus, ganz sicher bin ich mir allerdings nicht, auf jeden Fall hat er irgendeinen Schlauch im Mund, durch den eine Kochsalzspülung läuft. Nach der Ankunft im Krankenhaus und einigen Eingriffen und Untersuchungen liegt Till auf der Intensivstation und Erika hält die Hand ihres Sohnes fest umklammert. Wie gern wäre ich jetzt bei ihm! »Tu mir so etwas nie wieder an. Hörst du! Erst Julie, dann dich. Das hätte ich nie verkraftet. Till, uns fehlt sie auch. Aber wir sind immer für dich da, wir werden das schaffen, hörst du?« Erika küsst ihren Sohn liebevoll auf die Stirn.

ZWANZIG

Obwohl ich weder Sauerstoff noch Nahrung brauche, scheine ich immer wieder unangekündigt in einen tiefen Schlaf zu fallen. Von einer Sekunde auf die andere schaltet sich mein Bewusstsein aus und die Zeit rennt an mir vorbei, ohne dass ich auch nur eine Sekunde etwas davon mitbekomme. Frustrierenderweise habe ich keine Ahnung, wie lange dieser Schlaf jedes Mal dauert und wie viel Zeit spurlos an mir vorbeischreitet. Ich kann es mithilfe meiner tollen Taschenuhr nur erahnen. Als ich dieses Mal aufwache und nach Till schaue, steht meine Kiste auf seiner Brust, ganz dicht vor seinem Gesicht. Der Deckel ist auf den Boden gefallen. Irgendjemand muss ihm die Kiste ins Krankenhaus gebracht haben. Er liegt nämlich immer noch im Bett, ist aber wieder bei Bewusstsein und scheinbar außer Lebensgefahr. Gott sei Dank. Ich muss mindestens mehrere Stunden geschlafen haben, so stabil, wie Tills Zustand ist. Tränen strömen wie kleine Wasserfälle aus seinen Augen und durchnässen das Papier, das er mit zitternden Händen festhält. Er liest meinen Abschiedsbrief.

Mein geliebtes Füchschen,

wenn Du diesen Brief liest, werde ich nicht mehr bei Dir sein. Mein ganzes Leben lang hatte ich das Gefühl, dass ich nicht alt werde. Warum, konnte ich nie sagen, aber ich habe es einfach gespürt. Seit dem schlimmen Albtraum im vergangenen Jahr habe ich es ganz deutlich gewusst, wollte Dich aber nicht damit verrückt machen und wir hätten es sowieso nicht ändern können. Ich wollte unsere gemeinsame Zeit unbeschwert genießen und natürlich hätte ich mich auch irren können. Da du diesen Brief in Händen hältst, ist der Moment aber leider gekommen. Ich bin nicht mehr bei Dir. Ich selbst kann mir das auch nicht wirklich vorstellen.

Aber ich möchte Dir noch vieles sagen und Du musst mir versprechen, dass Du das nie vergisst.
Mein Leben war perfekt. Mehr als perfekt sogar. Ich hätte glücklicher nicht sein können. Und dass ich auch noch Julie Sanders sein durfte – wenn auch nur für kurze Zeit –, ist das größte Glück überhaupt. Und das sage ich nicht einfach so, weil man das in einem Abschiedsbrief sagt. Ich meine es wirklich so. Du warst mein Glück!
Auch möchte ich Dir hiermit unbedingt Danke sagen. Danke für Deine bedingungslose und unerschütterliche Liebe in all unseren gemeinsamen Jahren. Danke, dass ich Teil Deines Lebens sein durfte. Du warst immer für mich da und hast mich gehalten, egal wie aussichtslos es auch schien. Du warst mein Till, mein Füchschen, mein Liebhaber, mein Ehemann, mein bester Freund.
Wir waren eine Seele in zwei unterschiedlichen Körpern. Vereint auf eine Weise, die nur wir beide verstanden haben.
Niemand kennt mich so gut wie Du. Du warst die Liebe meines Lebens und wirst es auch darüber hinaus immer bleiben. Die Liebe zu Dir kann mir niemand jemals nehmen, auch der Tod nicht.
Du hast immer an mich geglaubt, und gemeinsam haben wir unsere Träume verwirklicht.
Einen Traum konnten wir allerdings nicht mehr gemeinsam erleben, und nun ist es an Dir, diesen Traum für uns beide zu verwirklichen: unsere Weltreise!
Ich habe einen letzten Wunsch an Dich und bitte Dich aus ganzem Herzen, mir diesen zu erfüllen. Ich wünsche mir, dass Du unsere Weltreise machst, dass Du die ganze Welt bereist und unendlich viele schöne und wundervolle Momente erlebst.
Ich werde immer in Deinem Herzen sein, genau wie Du in meinem. Und wer weiß, vielleicht sitze ich ja auf einer Wolke mit ganz vielen Bananenmilchshakes und beobachte Dich.
Ich bin immer bei Dir – in Liebe
Julie
PS: Nimm als nächsten den gelben Umschlag.

Lange sitzt er da und hält meinen Brief fest umklammert. Die Tränen auf seinen Wangen versiegen nach und nach und zurück bleibt ein glänzender Schleier aus getrockneter, salziger Tränenflüssigkeit. Nach einer schieren Ewigkeit legt er den Abschiedsbrief aus den Händen und nimmt den gelben Umschlag aus der Kiste. Sein Fahrschein zurück ins Leben.

Mein Füchschen,
auch wenn Du es Dir nicht vorstellen kannst und willst, aber Dein Leben geht auch ohne mich weiter.
Da es mein letzter Wunsch ist, musst Du ihn mir auch erfüllen. Und zwar genau so:

- *Du vereinbarst umgehend mit deinem Chef eine sofortige Freistellung,*
- *suchst Nachmieter für die Wohnung und kündigst den Mietvertrag,*
- *löst unseren gemeinsamen Haushalt auf und verschenkst meine Sachen (siehe Umschlag »Testament«),*
- *packst Deinen Rucksack für die Weltreise,*
- *kaufst ein Ticket nach Sydney zu Christian,*
- *packst das beigelegte Tagebuch ein.*

Falls die Sehnsucht nach mir zu groß wird, schreib mir einfach ;-).
Wir hören uns wieder, wenn Du in Australien bist!
Ich bin immer bei Dir!
In Liebe
Julie

EINUNDZWANZIG

Till sitzt neben Christian im Flugzeug. Den Kopf zur Seite geneigt und auf einem zusammengeknuddelten Pullover abgestützt, blickt er gedankenverloren aus dem Fenster auf den dunklen, wolkenbehangenen Himmel. Christian ist nach der Beerdigung und dem Selbstmordversuch nicht mehr von Tills Seite gewichen. Er hat sich freigenommen und ist bei ihm in München geblieben. Wirklich ein wahrer Freund. Er stand Till auch bei der Planung in sein neues Leben unterstützend und aufbauend zur Seite. Von der Kündigung der Wohnung, der Spende meines Nachlasses, der Flugbuchung über das Packen des Rucksacks sowie sämtliches Versicherungszeug hat Christian alles in die Hand genommen. Ich bin mir nicht sicher, ob Till ohne Christian den Entschluss zu dieser Reise wirklich gefasst hätte, ob er die Kraft dazu gehabt hätte, mir meinen letzten Wunsch zu erfüllen. Es ist hart für ihn, viel härter, als ich es mir in meinen schlimmsten Albträumen je ausgemalt hatte, diese Reise ohne mich zu machen. Trotzdem bin ich immer noch davon überzeugt, dass es ihm helfen wird, seine Lebensfreude wiederzufinden. Die Skyline Sydneys mit ihrem mächtigen Opernhaus und der Harbour Bridge, die das Nordufer mit der City verbindet, taucht am Horizont auf. Nur noch wenige Minuten, und er hat das erste Ziel seiner Weltreise erreicht: Australien.

Wow. Christians Wohnung ist nicht wiederzuerkennen. Als wir ihm beim Umzug geholfen haben, waren überall noch meterhohe Kartons mit Gerümpel gestapelt. Er wollte die damals unbedingt alleine auspacken und es gab außer einem einfachen Metallbett kaum Möbel, wir hatten dementsprechend in unseren Schlafsäcken auf dem Wohnzimmerboden geschlafen. Jetzt ist die Wohnung mit tollen, ausgefallenen Holzmöbeln eingerichtet. Ein riesiges Holzschiff steht an der

Wand im Wohnzimmer als Bücherregal, dazu eine passende Truhe als Couchtisch und ein riesiges weißes Ledersofa. Die Wohnung ist wirklich ein Traum und für einen alleinstehenden Mann mit drei Zimmern auch relativ groß. Die Lage könnte für Christian gar nicht besser sein. Er wohnt nämlich in Bondi Beach direkt am bekanntesten Stadtstrand Australiens, genau dort wo das Leben tobt. Das ist genau das Richtige für ihn. Christian ist nämlich eine Duracell-Batterie, deren Akku nie, aber wirklich nie zur Neige geht. Nicht mal ein klitzekleines bisschen. Als Chef einer gut laufenden Softwareagentur braucht er sich um Geld zum Glück überhaupt keine Sorgen machen. Daher kann er es sich auch leisten, eine kleine Auszeit aus dem Job zu nehmen und sich aufopfernd um Till zu kümmern. Die Firma wird in der Zwischenzeit von seinen Mitarbeitern geführt und wichtige Fragen klärt er zwischendurch immer mal wieder telefonisch. Manchmal ist viel Geld eben doch unheimlich praktisch.

Die beiden sitzen mit einer Flasche Tooheys in der Hand auf dem Balkon und genießen den sagenhaften Ausblick über das azurblaue australische Meer und den trotz später Abendstunde immer noch sehr lebhaften Strand. Es ist Herbst in Australien und massenhaft Touristen, aber auch einige Einheimische genießen das Surferparadies und schleppen ihre Surfbretter durch die Gegend oder versuchen, die beste Welle für einen wilden Ritt zu erwischen. Zwischendrin sieht man auch immer wieder Kameramänner auftauchen, die das pulsierende Leben am Bondi Beach für irgendeine Doku einfangen. Till und Chris sitzen eine ganze Weile schweigend da. Keiner von beiden sagt etwas, bis Till auf einmal einen Brief aus seiner Hosentasche zieht.

Er hält meinen nächsten Brief in der Hand. Ganz langsam, fast wie in Zeitlupe öffnet er den Umschlag und nimmt behutsam die bedruckte Seite heraus, als könnte sie allein durch seine Berührung kaputtgehen. Dabei hat sie durch den Transport in der Hosentasche schon mehr als einen Knick abbekommen. Seine Hände zittern, ganz leicht, aber doch spürbar, und eine Träne löst sich aus seinem Augenwinkel und kullert auf den Brief. Die von der Träne berührten Wörter verwischen ganz leicht, wie ein Foto, das im Regen aufgenommen wurde. Leicht verschwommen, aber trotzdem deutlich zu erkennen. Christian steht auf, legt eine Hand auf Tills Schulter und lässt ihn alleine. Christian hatte schon immer ein sehr gutes Einfühlungsvermögen und weiß genau, was wann zu tun ist. Da sitzt Till nun, meinen Brief fest umklammert in seinen Händen, und starrt auf die grenzenlose Weite des Pazifischen Ozeans.

Hi Füchschen,

schon hast Du das erste Ziel Deiner Reise erreicht und bist bestimmt neugierig, wie es weitergeht. TASMANIEN soll Dein nächster Stopp sein. Wie Du am besten hinkommst und wo Du übernachtest, musst Du aber selbst planen. Christian hilft Dir bestimmt gern dabei.
Vor Ort habe ich allerdings einige Aufgaben für Dich:
Ankommen sollst du in Hobart. Hier wirst Du Dich einer Touristengruppe anschließen und Dich auf die Jagd nach dem Tasmanischen Teufel begeben.
Außerdem wirst Du Deine Lieblingstiere besuchen. Auf Bruny Island soll es nur so wimmeln von kleinen Frackträgern.
Zuletzt machst Du einen Ausflug zum Mount Field National Park.
Damit dürfte Deine Zeit in Tasmanien auch fast schon wieder vorbei sein und Du darfst zum nächsten Umschlag greifen. Für Tasmanien habe ich Dir zehn Tage eingeplant ;-).
Ich bin immer bei Dir!
In Liebe
Julie

Till laufen Tränen übers Gesicht und tropfen regengleich auf meinen Brief. Christan steht in der Balkontür und auch seine Augen glänzen feucht. Ganz ohne Scheu oder falsche Verlegenheit geht er auf Till zu, zieht ihn hoch und drückt ihn fest an sich. Einander fest umarmend stehen sie eine ganze Weile da und spenden sich Trost, bis Till sich schließlich aus der Umarmung löst. Chris reicht ihm ein Taschentuch, geht in die Küche und kommt mit zwei Gläsern Whisky zurück. Till trinkt den edlen Tropfen in einem Zug und setzt sich wieder auf einen der roten Holzstühle, die zahlreich auf dem großen Balkon verteilt sind.

»Ihr hättet mich sterben lassen sollen. Ihr hättet mich verdammt noch mal sterben lassen sollen. Dann wäre ich jetzt wieder bei ihr.« Seine Stimme ist ganz leise und die Sätze kommen auch nur gebrochen über seine Lippen, aber man versteht jedes Wort. »Was mach ich denn hier, ohne Julie? Was für einen Sinn soll das haben? Als ich das letzte Mal hier war, saß sie hier neben mir, genau auf diesem Stuhl. Wir haben zusammen unzählige Gläser Bier getrunken und uns über die vielen bescheuerten Touristen amüsiert, die sich am Surfen versucht haben. Hier saß sie, genau hier, und hat gelacht, sie hat so schön gelacht. Ihr Lachen, ich vermiss ihr Lachen so unendlich. Es war das schönste Geräusch, das es für mich auf dieser Welt gab, ihr quietschendes Lachen. Ich werde dieses Lachen nie wieder hören. Wie soll ich ohne dieses Lachen leben, wie soll ich ohne meine Julie leben? Sie gehört doch zu mir. Es wird nie wieder gut werden. Warum hab ich mich nur von dir überreden lassen, diese bescheuerte Reise zu machen, was mache ich denn hier? Julies letzten Wunsch erfüllen? Was hat sie denn davon, sie bekommt doch nichts von all dem mit. Das alles hat ohne Julie doch überhaupt keinen Sinn.« Er lässt seinen Kopf hängen, die Augen sind geschlossen und Bäche aus Tränen laufen ihm über die Wangen.

Jetzt kippt auch Christian seinen Whisky in einem Zug hinunter. Er betrachtet seinen Freund mitfühlend, überlässt ihn und seinen Kummer aber erst mal sich selbst.

Als Till aufblickt, legt Christian seine Hand auf Tills Unterarm. »Es gibt nichts, was ich sagen oder tun könnte, das deinen Schmerz auch nur ein bisschen lindern kann. Aber du weißt, dass ich immer für dich da bin und da sein werde und dass ich dich ganz bestimmt nicht sterben lasse. Ich verstehe, dass du dir deine Julie zurückwünschst, dass das Leben momentan keinen Sinn mehr für dich hat und dass du dir wünschst, du könntest wieder bei ihr sein. Doch ich glaube nicht daran, dass dein Tod euch wieder zusammenführt. So einfach ist das nicht. Vielleicht müsstest du dann tatsächlich den Schmerz nicht mehr ertragen, aber Julie hat sich nun mal gewünscht, dass du lebst, und ich habe ihr versprochen, immer auf dich aufzupassen. Ich finde, ihr Wunsch ist zumindest einen Versuch wert. Wenn du nach dieser Reise immer noch der Meinung bist, es sei besser, dich umzubringen, dann müssen wir eine andere Lösung finden, aber ich möchte, dass du diese Chance nutzt, dass du Julie diesen letzten Wunsch erfüllst, und ich bin davon überzeugt, dass sie recht behalten wird. Du wirst wieder glücklich werden, auch wenn du dir das im Moment überhaupt nicht vorstellen kannst. Aber gib dir bitte etwas Zeit. Du hast recht, dein Leben wird nie wieder das gleiche sein und es wird für immer eine tiefe Narbe zurückbleiben, aber genau wie Julie bin ich einfach davon überzeugt, dass du wieder glücklich werden kannst und dass diese Reise der richtige Weg für dich ist. Du wirst noch lange traurig, verzweifelt und auch einsam sein, wahrscheinlich trifft das deine Gefühle nicht mal annähernd, und auch wenn es für dich momentan nur leere Floskeln sind, es wird weitergehen und du sollst wissen, dass du nicht allein bist. Ich bin immer da, wenn du mich brauchst. Nimm dir so viel Zeit zum Trauern und Unglücklichsein, wie du brauchst, aber denk immer daran: Julie wünscht sich, dass du wieder glücklich wirst.«

Dank den relativ starken Beruhigungstabletten, die Till von seinem Arzt auf die Reise mitbekommen hat, hat er nachts immerhin etwas geschlafen, wenn auch sehr unruhig. Ohne die Tabletten ist an Schlaf nicht mal zu denken. Seit ich auf meiner Wolke aufgewacht bin und Till beobachten kann, nimmt er sie jeden Abend und manchmal sogar auch tagsüber.

Heute steht Surfen auf dem Tagesplan. Christan hat Till tatsächlich überredet, mit ihm surfen zu gehen. Keine Ahnung, wie er das nach Tills Zusammenbrüchen in den letzten Tagen geschafft hat, aber Christians unerschütterliche positive Energie hatte schon immer etwas Ansteckendes. Tills Augen sind zwar immer noch teilnahmslos und er funktioniert mehr wie ein Roboter als wie ein menschliches Wesen, aber auf jeden Fall wird er so etwas abgelenkt und hat nicht pausenlos Zeit, über den Sinn seines Lebens ohne mich nachzudenken. Das Wetter hält die perfekten Zutaten zum Surfen bereit: Sonnenschein, angenehme fünfundzwanzig Grad und eine ordentliche Brise Wind. Wenig später sind die Jungs auch schon am Strand und stürzen sich in die Fluten. Besser gesagt Christian stürzt sich, Till steht eher wie ein begossener Pudel inmitten der aufpeitschenden Wellen, lässt sich melancholisch im Wasser treiben und wird dabei immer mal wieder von einer Welle verschluckt. Endlich greift auch er nach seinem Surfbrett und legt es sich auf dem Wasser zurecht. Ein perfekter Ritt auf den Wellen will ihm allerdings nicht gelingen, nicht mal annähernd. Zu ausgezehrt ist sein Körper. Da er in den letzten Wochen seit meinem Tod kaum was gegessen hat, zumindest hab ich ihn nie essen sehen, hat er bestimmt schon gut um die zehn Kilo verloren, was bei seiner vorher schon eher schmächtigen Statur eine ganze Menge ist, und seine Konzentration ist auch nicht gerade die beste. Ganz zu schweigen von Glücksgefühlen oder Adrenalin. Sein Gesicht zeigt keinerlei Emotionen. Nach zwei Stunden gibt Christian seinen Versuch, Till mit dem Surfen abzulenken, auf und die beiden schlendern mit den Surfbrettern unterm Arm zurück zu Christians Wohnung. Den restlichen Tag verbringen sie mit reden, reden, reden, und zwar über mich.

Till erzählt Christian unsere komplette Liebesgeschichte. Sicher, einiges ist dabei, das Chris schon kennt, war er doch selbst bei vielen unserer Erlebnisse dabei, aber vieles ist auch total neu für ihn, und wenn es nach mir geht, auch nicht unbedingt für seine Ohren bestimmt. Überhaupt für niemand anderen. Irgendwie finde ich es befremdlich, dass Till nun all unsere Momente mit Christian teilt. Das waren alles unsere Momente, meine Macken, die niemand außer ihm kannte, unsere gemeinsame Zeit, die keinen sonst etwas angeht. Till erzählt alles, wirklich alles, von unserem Kennenlernen vor der Currywurstbude, unseren zahlreichen Urlauben, das Aussuchen der Einrichtung für unsere erste gemeinsame Wohnung, unser abendliches Spaziergangsritual, aber auch meinen Lieblingspullover, den Simba aus *König der Löwen* ziert und den ich immer nur an unseren sonntäglichen Gammeltagen anzog, wenn mich außer Till sonst keiner sah, erwähnt er. Dass ich immer nackt geschlafen habe, nach dem Sex immer noch auf eine Runde Kuscheln bestanden habe und auch mein überdurchschnittlich hoher Konsum von Bananenmilch und Yoguretten findet Platz in seiner Geschichte von unserem Leben. Ich merke, wie ich wütend werde. Ich will nicht, dass er unser Leben mit jemandem teilt. Die Wut wird aber umgehend im Keim erstickt, als ich sehe, wie gut es Till tut, über uns zu reden, über mich zu reden. Er erzählt ganz ruhig, gelegentlich macht er eine Pause und blickt ins Leere, als wenn die nächste Seite der Geschichte erst geschrieben werden müsste, dann redet er ganz ruhig weiter und in seiner Stimme schwingt ein leichter Klang von Dankbarkeit mit. Dankbarkeit für jeden unserer Momente. Christian ist ein guter Zuhörer. Ganz still und verständnisvoll, aber voller Aufmerksamkeit lauscht er Tills Geschichte. Unser Leben rauscht wie ein Schnellfilm an mir vorbei. Erinnerungen werden geweckt, eine unglaubliche Sehnsucht beginnt wie Feuer in mir zu brennen und breitet sich zu einem nicht löschbaren Flächenbrand aus. Ich will zurück zu Till.

Eigentlich müsste Till heute weiter nach Tasmanien fliegen. Die von mir veranschlagten acht Tage für Australien sind vorbei, aber er hat sich entschieden, noch etwas länger bei Christian zu bleiben und, um ehrlich zu sein, freue ich mich darüber. Christian tut ihm wirklich gut. Till hat seit Ewigkeiten endlich mal wieder etwas gegessen und es ist bestimmt ein gutes Zeichen, wenn der Appetit allmählich zurückkommt. Es gab zwar nur Toast mit Vegemite, aber immerhin. Er liebt diesen komischen Brotaufstrich. Ich finde das Zeug ja nur abartig widerlich und bekomme davon freiwillig nicht einen Bissen runter. Werde nie verstehen, warum die Australier so auf diese nach Brühwürfel und Maggi schmeckende Schmiere stehen. Danach schmeißen sie sich in Sportklamotten und joggen durch den Hyde Park. Till kostet es ganz schön Puste, mit Christians Tempo mitzuhalten. Zu meiner Lebzeit – Gott, wie das klingt, aber es bringt das Ganze nun mal am besten auf den Punkt –, hätte er Chris mühelos abgehängt. Till ist jeden Morgen extra eine halbe Stunde früher aufgestanden, um joggen zu gehen. Zu meinem absoluten Unverständnis. Er hat pro Jahr auch mindestens an einem Marathon teilgenommen, was auf noch mehr Unverständnis meinerseits gestoßen ist. Das hätte mir nie passieren können, ich gehöre aber, wie bereits sicher schon erwähnt, auch eher zur Marke Sportmuffel und Langschläfer.

Frisch geduscht und ausgepowert sitzen die Jungs jetzt in einem Pub, das sich nicht allzu weit von Christians Wohnung befindet, und genießen ein kühles Bier nach dem anderen. Es sitzen noch zwei weitere Männer mit ihnen am Tisch, offenbar Kollegen von Christian, und auch der Barbesitzer scheint ein enger Freund von ihm zu sein. Ständig gibt es irgendetwas zwischendurch aufs Haus: Tapas, Schnaps, Knabberzeugs.

Christian unterhält sich angeregt über die Entwicklung der Mietpreise in Sydney, die besten Surftaktiken, welches gerade die besten Serien sind und versucht auch Till immer wieder ins Gespräch zu verwickeln. Till scheint allerdings wieder in seiner eigenen Welt zu sein, außer sehr knappen Antworten und höflichem Kopfschütteln ist da nichts zu wollen. Er ist wohl noch nicht so weit, wieder unter Leute zu gehen, und schlürft sein Bier in einem unglaublichen Tempo. Als seine Weltreise zum Thema der Unterhaltung wird, steht er auf, nimmt seine Jacke und geht, besser gesagt er schwankt aus dem Pub.

Die vielen Bier, die er in relativ kurzer Zeit getrunken hat, machen sich bemerkbar. Christian springt ebenfalls auf, legt einen Hundert-Dollar-Schein auf den Tisch, verabschiedet sich mit einem entschuldigenden Schulterzucken und hat Till im nächsten Moment auch schon eingeholt. Er legt den Arm um die Schultern seines Freundes und gemeinsam schlendern sie am Strand entlang. Plötzlich ergreift Christian Tills Hand und zieht ihn vorwärts. »Ich hab eine Idee, komm. Na komm, etwas schneller, wenn ich bitten darf.« Im Zickzack-Schritt versucht Till, mit Christans Tempo mitzuhalten. Über mehrere kleine Seitenstraßen entfernen sie sich vom Strand. Die Sonne ist mittlerweile restlos untergegangen, aber dank zahlreicher Straßenlaternen und bunt blinkenden Reklameschildern sind die Straßen ausreichend beleuchtet.

Vor einem dunklen Laden mit neongrünem Werbeschild bleibt Chris plötzlich stehen. »Kaleidoscope Tattoo Art Studio« blinkt ihnen aus dem Schaufenster entgegen. Chris öffnet die Tür und wird sofort herzlich umarmt. Von einem Typen, dem ich allerdings nachts lieber nicht alleine begegnen möchte. Till folgt Chris und scheint keine Ahnung zu haben, was er hier soll. Ich auch nicht.

»Was kann ich denn zu so später Stunde für dich tun, Mate? Wollte gerade den Laden für heute schließen.«

»Ich fürchte, aus deinem Feierabend wird noch nichts. Du musst uns tätowieren, und zwar genau jetzt.«

Till scheint überhaupt nicht zu kapieren, was da vor sich geht, zu sehr dröhnt wohl sein Kopf vom Alkohol. Ohne Wiederworte lässt er sich auf den Tätowierstuhl setzen.

Chris bespricht irgendetwas mit Liam, so heißt der von unten bis oben mit bunten Bildern dekorierte Mann, während sie wild durch irgendwelche Bücher mit äußerst abstrakten Bildern blättern. Verstehen kann ich leider nichts von dem Gespräch, im Hintergrund läuft nämlich irgendeine Art von chilliger Mucke, und zwar extralaut. Plötzlich breitet sich ein Lächeln auf Christians Gesicht aus und seine

Hand zeigt auf eines der vielen Bilder. Eine australische Landkarte mit einem Koalabären in der Mitte. Ach herrje!

Jetzt geht alles ganz schnell. Liam fertigt eine Schablone, legt seine Gerätschaften bereit, entscheidet zusammen mit Chris, dass das Ungetüm auf Tills Schulter gebrannt werden soll, und schon geht's los. Wenn man Till so anschaut, scheint es überhaupt nicht wehzutun. Ich war persönlich noch nie dabei, wenn jemand tätowiert wurde, wie gesagt kann ich dieser körperverschandelnden Kunst nichts abgewinnen, aber ich hatte mir bei der Prozedur immer ein schmerzverzerrtes Gesicht vorgestellt. Till sitzt aber total regungslos da. Kein schmerzverzerrtes Gesicht, keine verkrampften Hände, kein angehaltener Atem, nichts. Wahrscheinlich liegt auch das an der großen Menge Alkohol. Kann also jedem, der nicht auf Schmerzen abfährt und unbedingt ein Tattoo haben will, nur empfehlen, betrunken zum Tätowierer zu gehen. Es dauert gar nicht lange, und das Werk ist vollbracht. Und sieht zugegebenermaßen gar nicht so schlecht aus. Auf Tills Schulter prangt die australische Landkarte mit einem süßen Koalabären in der Mitte. Noch ein bisschen rot, das Ganze aber eigentlich ganz cool. Liam desinfiziert das Kunstwerk und klebt einen Verband darüber. Dann ist auch schon Chris an der Reihe. Das gleiche Tattoo, auf die gleiche Schulter. Ein Zeichen ihrer Freundschaft.

Die Tage in Sydney sind rasch vergangen und Christian hat sich wirklich aufopfernd und liebevoll um Till gekümmert. Hat ihn abgelenkt und ihm dennoch den nötigen Freiraum zum Trauern gelassen. Dafür bin ich Christian unendlich dankbar. Es war absolut richtig, Till auf diese Reise zu schicken. Daran habe ich keine Zweifel mehr. Nun stehen beide am Flughafen und verabschieden sich eng umschlungen voneinander. Christian plagen bestimmt auch noch einige Zweifel, ob es richtig ist, Till schon weiterziehen zu lassen. Wenn man es nicht besser weiß, denkt man wahrscheinlich, die beiden seien schwul. Ich bin wirklich gerührt von dieser innigen Freundschaft.

»Wenn du nicht mehr weiterweißt und dir mal wieder alles sinnlos vorkommt, dann denk an dein Tattoo und daran, dass dein ganz persönlicher Koalabär in Australien immer für dich da ist.« Sein persönlicher Koalabär, schmunzelnd schaue ich dem Abschied weiter zu. Chris klopft Till noch einmal kräftig auf die Schulter: »Mach's gut, Mate, und denk immer daran, das Leben geht weiter und du lebst, also mach was draus. Genau das hätte Julie gewollt.« Er ahnt nicht, wie recht er damit hat. Till erwidert eine letzte Umarmung, schultert seinen Rucksack und geht Richtung Gate. Noch einmal dreht er sich um und winkt Christian ein letztes Mal zu, bevor er hinter der Passkontrolle verschwindet. Goodbye Sydney!

ZWEIUNDZWANZIG

Nur knappe zwei Stunden dauerte der Flug nach Hobart. Mittlerweile hat Till es sich auch schon in seinem Bett im Schlafraum eines Hostels gemütlich gemacht. Er hatte noch nie Probleme damit, sich mit fremden Leuten ein Zimmer zu teilen, ganz anders als ich. Von der Anstrengung der Reise und den Erlebnissen der letzten Tage scheint er tatsächlich so geschafft zu sein, dass er seit einer Ewigkeit das erste Mal ruhig und friedlich schläft. Apropos schlafen. Wie viele Stunden habe ich denn schon wieder verschlafen? Gerade eben war Till noch in Sydney am Flughafen, und – schwups! – finde ich ihn in einem Schlaflager in Tasmanien wieder. Der Zeiger meiner Uhr steht aber immer noch auf Mitte Mai, allzu viel Zeit kann also nicht vergangen sein. Till so friedlich schlafen zu sehen, weckt eine nicht zu bändigende Sehnsucht in mir. Ich will zu ihm! Mich neben ihn legen, in seine Arme kuscheln und einschlafen, wie früher.

Till quatscht mit einem Mitarbeiter des Hostels. Es geht um den von mir gewünschten Ausflug und darum, wo man am besten Tasmanische Teufel zu Gesicht bekommt. Wortfetzen wie »Regenwald« und »Wasserfälle« kommen bei mir an. Scheinbar kann man den Trip direkt vom Hostel aus buchen, wie praktisch, und am nächsten Tag geht's auch schon los.

In aller Frühe, genau genommen um fünf Uhr morgens, wird die kleine Reisegruppe, zu der auch Till zählt, am Hostel abgeholt. Die Gruppe ist mit sieben Teilnehmern überschaubar, aber einsam wird sich keiner fühlen. Till unterhält sich auch schon angeregt mit einem Backpacker, der seit sechs Monaten allein in Australien unterwegs ist. Till war schon immer ein Morgenmensch und erledigt gerne in aller Herrgottsfrüh schon sämtliche Dinge, während die meisten Menschen noch in ihre Traumwelt versunken sind. Daher scheint er sich über einen Gesprächspartner zur frühen Morgenstunde sehr zu freuen, während alle anderen eher noch im Halbschlaf unterwegs sind. Zu sehen, dass es Till langsam besser geht und er wieder am Leben teilnimmt, erwärmt mein Herz um gefühlte tausend Grad.

Der kleine Bus fährt nördlich von Hobart zum Bonorong-Tierpark. Hier wimmelt es von Wombats, Wallabys und natürlich Tasmanischen Teufeln. Die sehen viel süßer aus, als ich dachte. Irgendwie hatte ich immer das Bild von Taz, dem Tasmanischen Teufel von Duffy Duck im Kopf. Diese süßen Teufelchen haben aber so gar nichts mit dem kleinen Monster aus dem Fernsehen gemeinsam.

Sieht eher aus wie eine Mischung aus Marder, Stinktier und überdimensionaler Ratte. Schwarz glänzendes Fell und leicht rötliche Ohren sind das Einzige, das ich beim Anblick dieses niedlichen Tieres auch nur ansatzweise mit einem Teufel in Verbindung bringe. Das laute Geschrei vielleicht noch. Ganz schön aktiv und am Rumzanken, die kleinen Biester. Die können sogar auf Bäume klettern. Vom Fahrer, der sich auch als Guide entpuppt hat, erfährt die Gruppe außerdem noch, dass es sich um ein Beuteltier handelt und er von den Menschen nahezu ausgerottet wurde. Grund dafür ist, dass man in ihm im vierzehnten Jahrhundert eine Bedrohung für Menschen und Tiere sah, obwohl er eigentlich ein reiner Aasfresser ist. Er ist tatsächlich nur noch in Tasmanien anzutreffen. Weiter geht es mit der Reisegruppe in den tasmanischen Regenwald-Mount-Field-Nationalpark. Till unterhält sich immer noch mit seinem Sitznachbarn, leider kann ich kaum was verstehen, da alle durcheinanderreden und der Motor des Busses auch ziemlich laut ist. Nach einer kurzen Strecke wird der Bus abgestellt und eine Wanderung durch den weitläufigen Wald führt direkt an den Russel- und Horsesshoe-Wasserfällen vorbei. Diese haben allerdings nicht wirklich viel Wasser zu bieten, passen aber perfekt ins Bild, umgeben von saftigen grünen Urwaldranken und riesigen Eukalyptusbäumen. Mittagessen gibt's dann auch noch in dem wunderschönen Park im Visitor-Center-Restaurant. Für meinen Geschmack alles ein bisschen zu touristisch, aber genau das, was Till jetzt braucht. Leute um sich herum, die ihn ablenken.

DREIUNDZWANZIG

Zur Seite gerollt und mit angewinkelten Beinen liege ich auf meiner Wolke. Schon wieder bin ich ohne Vorwarnung eingeschlafen. Mein Blick wandert sofort auf die Taschenuhr in meiner Hand und wenn sie nicht an mich genäht wäre, ich hätte sie jetzt fallen lassen. Der Zeiger steht auf Anfang Juni. Ich muss mehre Wochen verschlafen haben. Wie kann das denn sein? Mein Blick richtet sich sofort auf die Erde, und da sehe ich auch schon Till – mittlerweile mit tadelloser Urlaubsbräune, ich muss also wirklich mehrere Wochen verschlafen haben. Neben ihm sitzt eine Frau. Eine blonde Naturschönheit. Naturschönheit, da sie strahlend blaue Augen und echtes blondes Haar hat und ganz ohne Wimperntusche, Lidschatten und Lippenstift einfach umwerfend aussieht. Was macht die denn bitte schön bei meinem Ehemann? Offensichtlich spielen sie Scrabble.

Till liebt dieses Spiel. Ich konnte mich nie so richtig dafür erwärmen, hab ihm zuliebe aber natürlich die eine oder andere Runde mitgespielt. Schach finde ich übrigens genau so schrecklich. Aus ihrem Gespräch erfahre ich, dass die Naturschönheit Sina heißt und aus Augsburg kommt. Gott, die Welt ist wirklich ein Dorf. Sina ist für ein halbes Jahr alleine unterwegs und war zuvor drei Monate in Australien, verbringt nun einen Monat in Neuseeland und wird danach noch durch Vietnam reisen. Wow. Als Frau alleine unterwegs – zweifellos beeindruckend, oder lebensmüde. Kommt ja immer auf den Blickwinkel an. Über was lachen die beiden da eigentlich die ganze Zeit? Leider verstehe ich mal wieder kaum ein Wort, da sie sich eher im Flüsterton unterhalten und die restlichen Gäste auch nicht gerade leise sind. Ich muss mir also alles aus Wortfetzen selbst zusammenbasteln. Plötzlich legt Sina ihre Hand auf Tills Oberschenkel und lacht, vermutlich das herzlichste Lachen, das sie hervorbringen kann. Die blöde Tussi macht meinem Till zweifellos schöne Augen und er tut nichts dagegen, nichts. Die Hand liegt immer noch da. Ob seine ausgelassene Stimmung wirklich an Sina liegt oder an den vielen leckeren Fruchtcocktails, die beide schlürfen, vermag ich nicht zu sagen, aber offensichtlich scheint er ihre Anwesenheit zu genießen und flirtet mit ihr. Wie kann das sein? Hat er mich etwa schon vergessen? Mich nach so kurzer Zeit aus seinem Herzen verdrängt? Ich bin gerade mal einige Wochen tot, und er flirtet schon mit einer anderen! Na, da kann es mit seinem Geschwafel von großer Liebe und Traumfrau ja nicht so weit her gewesen sein. Findet ja scheinbar sehr schnell Ersatz für mich. Wollte er sich nicht sogar umbringen, um wieder bei mir zu sein? Jetzt verstehe ich die Welt nicht mehr. Außer mir vor Wut würde ich am liebsten losheulen und ihn zur Rede stellen. Leider würde das aber nichts bringen, da er mich nicht hören kann, und so lasse ich gezwungenermaßen beides bleiben. Hat ja keiner was davon, wenn ich hier auf meiner Wolke einen Tobsuchtsanfall erleide.

Ich versuche, mich zu beruhigen. Eigentlich ist es doch genau das, was ich wollte. Was ich mit dieser Reise bezweckt habe. Dass Till sein Leben weiterlebt, dass er wieder glücklich wird, dass er an eine Zukunft glaubt und sich neu verliebt. Oh mein Gott, dieser Gedanke nimmt mir die Luft zum Atmen und legt sich wie ein zentnerschwerer Stein auf mein Herz. Nachdem ich mich etwas beruhigt habe, wage ich erneut einen Blick über den Wolkenrand und erstarre.

Sina sitzt rittlings auf Till, und was sie da machen, sieht verdammt noch mal nicht nach Scrabble aus! Sie liegen auf dem Bett in seinem Zimmer, Sina ist nackter als eine geschälte Bohne und stöhnt nur so vor Lust.

»Du verdammter Scheißkerl! Kaum bin ich tot, fickst du schon eine andere! Konnte dir wohl gar nicht schnell genug gehen, was?« Jetzt tobe ich. Völlig außer Kontrolle schlage ich um mich und boxe mit voller Kraft in die Wolke, die ich zwar mit jedem Schlag auseinanderfege, die aber immer wieder wie ein unzertrennliches Puzzleteil zusammenfindet.

»Wie kannst du mir das antun? Du hast gesagt, du liebst mich und dass ich die einzige Frau auf dieser Welt bin, die du haben willst.« Dieser Welt …

Genau da liegt das Problem. Ich bin nicht mehr auf dieser Welt, ich bin nicht mehr Tills Frau, ich bin nicht mehr bei ihm und werde es auch nie mehr sein. Er kann auch nicht ahnen, dass ich tatsächlich auf einer Wolke sitze und sein Leben miterleben kann. Aber trotzdem. So schnell kann er mich doch gar nicht vergessen. Wenn ich wirklich seine große Liebe war, würde er das mit Sina nicht tun. Es tut so furchtbar weh. Ich hasse sie! Ich hasse ihn! Die Eifersucht droht, meine Liebe zu ihm zu vergiften. Seit mehreren Stunden starre ich einfach nur das Weiß der Wolken an.

Als ich wieder zu Till schaue, ist es bereits Abend und er sitzt an einem kleinen See, einige Meter vom Hostel entfernt, und weint. Zum ersten Mal hat er das Tagebuch, das ich ihm in die Kiste gelegt habe, in der Hand. Die Seite ist halb vollgekritzelt und tränenverschmiert, trotzdem kann ich das meiste davon lesen.

Neuseeland, 3. Juni 2013

Meine Quietschie,

ich habe etwas Furchtbares getan. Etwa Unverzeihliches. Ich werde es mir selbst nie verzeihen, niemals, darum bitte ich auch dich nicht um Verzeihung. Ich habe heute meine Liebe zu dir verraten. Unsere Liebe. Ich habe dich betrogen. Mit einer Fremden. Dabei liebe ich dich so sehr und wünsche mir nichts mehr, als dass du wieder bei mir bist. Ich wollte mir beweisen, dass das Leben weitergeht, auch ohne dich. Dass ich wieder Spaß haben kann und über dich hinwegkomme. Aber nichts davon ist der Fall. Ich hasse das Reisen ohne dich. Ich hasse das Einschlafen und das Aufwachen ohne dich! Ich hasse das verdammte Leben ohne dich!

Schlagartig wird mir klar, dass er noch gar nicht begonnen hat, meinen Verlust zu verarbeiten. Er hat all den Schmerz, die Angst, die Wut und die Hilflosigkeit in eine Schublade gepackt, alles ganz weit nach hinten geschoben und verschlossen. Jetzt wurde die Schublade voller Gewalt herausgerissen und der ganze Inhalt, der Schmerz, die Angst, die Wut und die Hilflosigkeit, breitet sich über ihm aus.

Er hat aufgehört zu schreiben und schluchzt herzzerreißend. »Warum? Warum hast du mich allein gelassen? Wo bist du, kannst du mich hören? Gib mir doch ein Zeichen, damit ich weiß, dass du noch bei mir bist. Julie! Damit ich weiß, dass du mich nicht für immer verlassen hast!« Voller Verzweiflung wirft er sich auf den Boden und schreit den schimmernden Mond an. Wenn ich könnte, würde ich ihm ein Zeichen schicken. Einen Regenbogen mitten in der Nacht oder einen kräftigen Schauer aus Bananenmilch. Aber ich kann es nicht. Nichts davon ist möglich. All meine Antworten, mein Rufen und Schreien verklingen irgendwo in der Weite des Himmels und dringen nicht zu ihm durch.

Till wacht zusammengekauert am Ufer des Sees auf. Irgendwann ist er trotz purer Verzweiflung aus Erschöpfung eingeschlafen. Zum Glück ist es in Neuseeland im Mai nicht kalt und ich musste mir keine Sorgen machen, dass er erfriert. Scheinbar hat er im Schlaf einige Dinge mit sich geklärt und neue Kraft getankt. Zumindest ist er blitzschnell auf den Beinen und direkt auf dem Weg zu seinem Zimmer. Nach einer mehr als ausgiebigen Dusche, die fast einem Reinigungsritus ähnelt, als möchte er irgendetwas von sich spülen, sitzt er nun beim Frühstück und quatscht mit einem Typen, der offensichtlich im Hostel arbeitet. Es geht um die Abel-Tasman-Coast-Track-Tour, die er laut meinem Brief unternehmen soll. Auch in diesem Hostel kann man die Tour selbstverständlich bequem vor Ort buchen. Dieses Mal dauert die Tour allerdings ganze vier Tage und die Gruppe besteht auch nur aus sechs Teilnehmern. Wie sich am nächsten

Morgen herausstellt, hat Till Glück und ist nicht nur von Liebespärchen umgeben. Tatsächlich ist eine männliche Dreiergruppe aus Holland dabei und ein etwas eigenbrötlerisch wirkender Weltenbummler älteren Semesters. Nur ein verliebtes Pärchen. Die Gruppe könnte nicht besser sein. Till findet auch schnell Anschluss und unterhält sich ausgelassen mit den Holländern. Scheinbar ist seine Schutzmauer, die gestern Abend zusammengebrochen ist, wieder voll intakt. Diesmal wird die Gruppe in einem Jeep oder Ähnlichem, jedenfalls einem Geländewagen, durch die Gegend chauffiert. Der erste Stopp liegt nicht weit von dem Campground, der farmähnlichen Übernachtungsmöglichkeit von Till, die ich fälschlicherweise als Hostel bezeichnet habe, entfernt. Das Auto hält an einem Parkplatz in Marahau. Von hier aus hat die Gruppe eine vierstündige Wanderung von ungefähr zwölf Kilometern nach Anchorage vor sich. Abgesehen von wenigen kleinen Wölkchen ist der Himmel strahlend blau und es weht eine leichte, erfrischende Brise. Der Weg führt größtenteils durch Waldgebiet und dank der Kanuka Trees, die voller Honigtau sind, hat die Gruppe vermutlich über weite Teile des Weges einen angenehmen Honiggeruch in der Nase. Leider kann ich nichts davon riechen. Vorbei an traumhaften Buchten mit türkisblauem Wasser und surreal wirkenden Riesenbäumen wird auch die eine oder andere Pause für Fotos und Toilettengänge eingelegt. Nach guten fünf Stunden Wanderung kommen die sechs in Anchorage an. Bei Rinderschmorbraten und Fruchtcocktails in der Anchorage Hut lassen sie gemeinsam den Tag ausklingen. Gegen dreiundzwanzig Uhr löst sich die Gruppe langsam auf, wobei sich auch Till in seine kleine Holzhütte zurückzieht und schon wenige Minuten später eingeschlafen ist. Ich scheinbar auch. Denn als ich wieder aufwache, ist von der schönen Landschaft des Abel Tasman Coastel Trek nichts mehr zu sehen. Überhaupt ist von Neuseeland nichts mehr zu sehen. Wie jedes Mal, wenn ich ohne Ankündigung eingeschlafen bin, wandert auch jetzt mein Blick sofort auf die Taschenuhr in meiner Hand. Es ist fast Mitte Juli. Juli!

Waaas? Oh nein, ich habe tatsächlich fast zwei Monate verschlafen. Das darf einfach nicht wahr sein. Dabei habe ich mich so angestrengt, nicht mehr einzuschlafen, aber leider passiert es ohne jegliche Vorwarnung, von einer Sekunde zur nächsten falle ich in einen Dornröschenschlaf.

VIERUNDZWANZIG

Sofort kommen mir die Erinnerungen an Sina in den Kopf. Sina, was ist mit ihr passiert? Hat er sich noch von ihr verabschiedet oder war sie wirklich nicht mehr als ein One-Night-Stand, mit dem man versehentlich mitgeht, weil man zu viel getrunken hat, um sich spätestens am nächsten Morgen dann aus dem Staub zu machen, ohne eine Nummer zu hinterlassen? Unwichtig und auf Nimmerwiedersehen? Ich werde es wohl nie erfahren. Aber Till ist auf jeden Fall ohne sie weitergereist. Allerdings habe ich keinen blassen Schimmer, in welchem Land Till mittlerweile ist. Irgendwo in Südamerika, so viel steht schon mal fest, er sitzt nämlich mit einem älteren, graubärtigen Mann an einem Tisch und unterhält sich auf Spanisch. Leider verstehe ich fast kein Wort. Mit meinen Spanisch-Basics komme ich da nicht weiter. Na toll! Er bestellt anscheinend etwas zu essen, Gallo Pinto oder so ähnlich, den Rest habe ich nicht verstanden. Der Mann verschwindet und kommt wenige Minuten später mit einem Teller, auf dem sich Reis mit roten Bohnen (Gallo Pinto, vermute ich), Rührei, Toast, Butter und Marmelade genüsslich aneinanderreihen zurück. Nach dem Essen verschwindet Till kurz in seinem Zimmer, putzt sich die Zähne, schnappt sich seinen Rucksack und läuft durch sämtliche Querstraßen durch die Stadt. Kurze Zeit später hat er sein Ziel erreicht: den Schmetterlingsgarten Spirogyra in San Jose. Er ist in Costa Rica! Der Schmetterlingsgarten ist ein richtiges Paradies. Voll mit grünen Pflanzen und den schönsten Blüten, die ich je gesehen habe. Die leuchten sogar ganz ohne Sonnenschein, der heute leider nicht mal in Mikrostrahlen vorhanden ist, in den grellsten Farben. Ein kleiner Bach, der sich aus einem Miniaturwasserfall ergießt, fließt kreuz und quer durch die gesamte Gartenlandschaft. Eine wahre Oase mitten in der Großstadt. Till ist ganz alleine, weit und breit ist kein anderer Mensch zu sehen, was definitiv am Wetter liegen muss.

Der Garten ist wirklich einen Besuch wert. Till hat aber auch ohne Sonnenschein sichtlich Spaß mit den Tierchen und fotografiert die kleinen Flatterviecher aus allen nur möglichen Perspektiven.

Gar nicht so einfach, die wollen nämlich überhaupt nicht fotografiert werden. Ursprünglich wollte Till Bioinformatik studieren, hat es sich dann aber anders überlegt. Seine Begeisterung für Natur und Tiere ist aber geblieben. Till setzt sich auf eine Bank und nur wenige Minuten später gesellt sich auch schon der erste Flügelträger zu ihm. Ganz nach dem Sprichwort: Glück ist wie ein Schmetterling – jag ihm nach und er entwischt dir, setz dich hin, und er lässt sich auf deiner Schulter nieder. Aber scheinbar hat Till genug Schmetterlingsfotos gesammelt. Fast liebevoll betrachtet er das kleine Kerlchen auf seiner Schulter, ein hübscher, dunkelblau leuchtender Schmetterling, und starrt dann sehnsüchtig in den grauen, trüben Himmel. Ich weiß genau, was er denkt, er wünscht sich, ich wäre bei ihm und würde diesen Moment mit ihm teilen. Aber das tue ich doch! Nur leider weiß er nichts davon.

Nach dem Besuch im Schmetterlingsgarten entschließt Till sich dazu, noch eine Runde über den Markt zu schlendern, und kauft frische Bananen und etwas, das wie ein Apfel aussieht. Ich bin mir allerdings nicht sicher ob es denn auch ein Apfel ist. Zurück im Hostel schmeißt er sich in seine Badehose und chillt in einem Jacuzzi, der neben dem zum Hostel gehörenden Restaurant angebracht ist. Herrlich – ich will auch!

Nachdem er am nächsten Morgen ausgecheckt hat, macht er sich auf den Weg zur Bushaltestelle und steigt in einen Bus nach Puerto Viejo. Es regnet in Strömen. Zwar habe ich bei meiner Reiseplanung beachtet, wie man am besten von A nach B kommt, die Klimazonen passen aber überhaupt nicht zur Reisezeit. Mein Todesmonat war zeitlich gesehen total ungeeignet für die von mir geplante Route. Oooppss. Das bekommt Till im Moment auch deutlich zu spüren. Es ist nämlich Regenzeit in Costa Rica, aber immerhin ist es mit zweiundzwanzig Grad noch angenehm warm und er ist im Besitz einer Regenjacke, die er augenblicklich anzieht. In Puerto Viejo habe ich für Till extra ein wunderschönes Hotel (ja, diesmal ein richtiges Hotel) direkt am Strand vorgesehen: Villas del Caribe, damit er sich ein bisschen von der anstrengenden Reise erholen kann. Leider scheint ihm das nicht gegönnt zu sein. Denn auch hier an der Karibikküste regnet es sinnflutartig und von traumhaften Sandstränden und türkisblauem Wasser ist überhaupt nichts zu sehen. Till ist erstaunt über sein riesiges Zimmer, dass bestimmt viermal so groß ist wie seine bisherigen, von den Schlaflagern ganz zu schweigen. Da er tropfnass ist, zieht er sich aber erst mal trockene Klamotten an, bevor er sein Zimmer genau inspiziert. Flachbildfernseher, Badewanne, Kingsizebett und sogar WLAN gibt's auf dem Zimmer. Daher schnappt er sich auch erst mal seinen Laptop und schreibt zahlreiche Mails. Wahrscheinlich an all unsere Lieben zu Hause. Es ist vermutlich das erste Mal, dass er sich bei ihnen meldet, zumindest das erste Mal, dass ich es mitbekomme. Es klingelt an der Tür. Ein Hotelangestellter übergibt Till einen Karton und Till gibt ihm einige Colon-Scheine und bedankt sich. Er hat sich tatsächlich eine Pizza aufs Zimmer bestellt. Scheinbar ist Gallo Pinto nicht ganz sein Lieblingsessen.

Es ist Freitagmorgen und Till schlendert Richtung Frühstücksraum. In dem Luxushotel ist das Frühstück auch etwas reichhaltiger in Buffetform angerichtet, es stehen also nicht nur Reis und Bohnen auf dem Speiseplan und sogar frisch gepressten O-Saft gibt es. Allerdings gibt es trotz starkem Regen auch eine Wespenplage, unglaublich, wie hart im Nehmen diese Viecher sind. Da kein Tisch mehr frei ist, setzt sich Till zu einer Gruppe dazu und wird auch gleich in ein Gespräch verwickelt. Es wird stetig gewechselt zwischen Englisch und Deutsch. Die Frau neben ihm spricht tatsächlich deutsch. Juchei, ich kann ihn endlich wieder verstehen. Lena, so heißt die Deutschsprachige, erzählt Till, dass die Gruppe einen Ausflug zum Jaguar Rescue Center plant, und fragt ihn spontan, ob er Lust hat mitzukommen. Nach dem Frühstück geht es direkt los. Im Rescue Center kümmern sich ehrenamtliche Mitarbeiter um verwaiste und verletzte Tiere, die von einem Auto angefahren wurden oder aus dem Nest gefallen sind. Terrarien mit Schlangen, allerlei Vögel, aber auch Waschbären und Faultiere gibt es. Lena hat das große Glück und darf ein Babyfaultier auf dem Arm halten. Sie strahlt wie ein Honigkuchenpferd. Im Käfig bei den Waschbären wird Till von allen Seiten angesprungen. Die süßen Tierchen verwechseln ihn wohl mit einem Artgenossen und Lena nutzt die Gelegenheit für viele wunderschöne Schnappschüsse von Till und den Waschbären. Er hat sichtlich Spaß mit den kleinen Rackern. Es tut gut, ihn mal wieder so ausgelassen zu sehen. Nach dem Besuch beim Rettungscenter fährt die Gruppe mit dem Taxi zu einem Restaurant, das als Geheimtipp in einem ihrer zahlreichen Reiseführer steht, und danach weiter zur Mango-Bar, von der man einen unglaublichen Blick auf die untergehende Sonne haben soll, vorausgesetzt, diese hat sich tagsüber überhaupt blicken lassen. Aber die Gruppe ist auch weniger am beeindruckenden Sonnenuntergang als vielmehr am leckeren Cuba Libre und damit am Feiern interessiert. Anscheinend ist die Bar ein richtiger Partyrenner unter den Touris und Einheimischen, denn es treffen sich hier Reisende aus den unterschiedlichsten Ländern zusammen mit Costa Ricanern (beziehungswiese Ticos, wie sie hier heißen), um gemeinsam zu feiern. Passt also zum Nationalmotto »Pura vida«, was man frei mit »Genieße das Leben« übersetzen kann. Die Liveband spielt einen Mix aus Reggae und Jazzmusik. Die ganze Nacht wird durchgetanzt und die Jungs sorgen immer für ausreichend Getränkenachschub, sodass auch Till stets ein volles Glas in der Hand hält. Erst im frühen Morgengrauen fällt Till leicht angedudelt in sein Bett.

Wenige Stunden später wacht er schon wieder auf und scheint einen leichten Kater zu haben, vielleicht auch einen stärkeren. Zumindest durchkramt er seine Medikamententasche auf der Suche nach Kopfschmerztabletten. War wohl der eine oder andere Cuba Libre zu viel. Nach der Dusche wirkt er aber wie neugeboren, hüpft fröhlich pfeifend durchs Zimmer und zieht sich an. Wow, wo kommt denn diese gute Laune her? Auf dem Weg zum Mittagessen trifft er Lena, die mit ihrer Kameraausrüstung auf Vogeljagd ist.

»Hast du Lust, mit zum Strand zu kommen? Ich möchte die Sonnenstrahlen ausnutzen, um wenigstens ein paar karibikwürdige Fotos zu knipsen.« Tatsächlich lässt sich heute die Sonne endlich blicken.

Schon laufen beide in Richtung Strand. Das Wetter ist heute wirklich herrlich. Strahlend blauer Himmel, nur hier und da eine ganz kleine, fast durchsichtige Wolke. Das Wasser schimmert türkisblau und lädt zum Baden ein. Plötzlich legt Lena die Kamera in den feinen, von der Sonne gewärmten Sand, zieht ihr weißes Sommerkleid über den Kopf und rennt in ihrem knallgelben Bikini ins Meer. »Komm!«, ruft sie Till zu. »Das Wasser ist bestimmt herrlich und wir müssen die Sonnenstrahlen ausnutzen. Morgen regnet es bestimmt wieder.«

Von ihrer mitreißenden Art angesteckt, zieht auch Till spontan sein T-Shirt aus und springt in seiner kurzen Hose zu Lena ins Meer. Die beiden veranstalten eine Wasserschlacht und Till lacht so laut und herzlich, dass ich mich nur freuen kann. Die beiden albern ewig herum und schlendern danach den Strand entlang, um sich zu trocknen. Till nimmt Lenas Kamera und fotografiert sie, damit sie auf ihren Karibikaufnahmen auch selbst zu sehen ist. Sie post verspielt und sexy in ihrem gelben Bikini, der Strand bietet eine tolle Kulisse und sie macht dabei echt eine wahnsinnig gute Figur. Kommt da etwa schon wieder meine Eifersucht durch? Nach dem Fotoshooting sind beide vom Hunger geplagt und essen eine Kleinigkeit in einer Strandbar mit traumhafter Aussicht aufs Meer und die untergehende Sonne.

»Bist du eigentlich ganz alleine unterwegs?«

Lenas blickt wandert zum Meer, als müsse sie über ihre Antwort nachdenken.

»Ja. Ich habe mich sehr spontan für die Reise entschieden, es ist eher eine spontane Flucht gewesen als ein lang geplantes Abenteuer.« Sie schaut Till kurz in die Augen, dann senkt sie ihren Blick auf den Boden. »Meine Mutter ist vor drei Monaten an Krebs gestorben. Es war ein harter und langer Leidensweg. Erst sah alles gut aus und die Ärzte meinten, sie wird wieder gesund. Am Ende ging alles ganz schnell. Über fünf Jahre hat sie gekämpft und gehofft, war zwischendurch richtig gesund, aber immer wieder kam der Krebs zurück, nie hat sie aufgegeben, nur um am Schluss doch zu verlieren. Nach ihrem Tod habe ich es einfach nicht mehr ausgehalten. Ich vermisse sie so schrecklich. Ihre Wärme, ihre Ratschläge und ihr Lachen, ihr wunderschönes Lachen. Ja, deswegen habe ich meine Wohnung in Nürnberg verkauft und bin losgeflogen. Wohin der Wind mich trug.«

»Das tut mir leid.« Till sieht sie mitfühlend an. Einen Moment lang sagt keiner der beiden was, dann bricht Lena das Schweigen.

»Und was ist mit dir, du bist auch alleine unterwegs, oder?«

Till braucht etwas Zeit, bevor er antwortet. Bis jetzt hat er außer mit Christian mit niemandem über mich geredet, hat keinem erzählt, warum er diese Reise unternimmt. Es scheint fast so, als wüsste er gar nicht, womit er anfangen soll, wie er von mir erzählen soll. »Bei mir ist es ziemlich ähnlich wie bei dir. Nur dass ich mir die Reise nicht ausgesucht habe. Meine Frau, sie ist gesto…« Das Wort schafft es nicht über seine Lippen. Tränen erfüllen seine Augen und verschleiern seinen Blick.

»Schon gut, du musst nicht darüber reden.« Lena beugt sich vor und tätschelt liebevoll seine Hand, die das Wasserglas fest umklammert.

Lena bezahlt und gemeinsam laufen sie zum Strand und setzen sich in den noch immer sonnengewärmten Sand. Lange Zeit starren beide einfach nur auf die unendliche Weite des Meeres. Mit gebrochener Stimme erzählt Till Lena die ganze Geschichte. Alles, von meinem Traum, seinem Selbstmordversuch und der Kiste mit der geplanten Weltreise. Aus irgendeinem Grund scheint Till Lena zu vertrauen. Sie hört einfach nur zu. Es tut Till gut, mit jemandem über alles sprechen zu können, und Lena versteht seinen Schmerz nur zu gut. Ihr wurde auch das Liebste auf der Welt genommen: ihre Mutter. Till laufen Tränen wie kleine Wasserfälle über die Wangen und Lena legt ihren Arm um seine Schultern und hält ihn fest. Stundenlang sitzen sie so da, keiner sagt mehr was, einfach vereint in ihrem Kummer. Vielleicht ist Lena für Till das, was die Hummel für den Baum in meiner Geschichte war.

FÜNFUNDZWANZIG

Beim Frühstück verabschiedet Till sich von Lena.

»Ich werde heute weiterreisen nach Cahuita. Danke dir noch mal für alles, war wirklich schön, dich getroffen zu haben.«

»Waaas, heute schon?« Lena springt überrascht vom Stuhl auf.

»Du weißt, meine Route ist fest vorgegeben.« Till zuckt entschuldigend mit den Schultern.

»Cahuita – klingt schön. Was hältst du davon, wenn ich mitkomme und wir ein Stück deiner Route zusammen reisen?«

Tills Augen beginnen zu strahlen. »Gerne, aber bist du dir denn sicher? Du musst dich allerdings beeilen, der Bus fährt in vierzig Minuten.«

»Dann packe ich wohl schnell meinen Rucksack.« Und schon ist sie verschwunden.

Nach nicht mal einer Stunde Busfahrt sind die beiden schon in Cahuita angekommen. Natürlich regnet es wieder in Strömen. Nach einem kurzen Regenspaziergang haben sie eine ganz nette Unterkunft gefunden: Villa del Mar. Nachdem die Rucksäcke auf den Zimmern verstaut worden sind, wird jetzt der Ort erkundet. Im Lonely Planet hat Lena ein Restaurant entdeckt, in dem sie unbedingt essen will. Trotz Regen laufen die beiden gut gelaunt in Flipflops und Regenjacke durch die Gegend. Scheinbar hat es sich auch gelohnt, obwohl das Restaurant eher einem Kiosk gleicht. Das Essen sieht aber superlecker aus und sie werden von der Kellnerin richtig bemuttert. Scharfes Hähnchen, Kartoffelauflauf, Hühnchen mit Erdnusssoße und als Dessert gibt's frisch gebackenen Bananenkuchen. Die zwei lassen es sich wirklich gut gehen.

Da Cahuita nur ein Zwischenstopp war, geht die Reise am nächsten Tag auch schon weiter nach Tortuguero – ab in den Regenwald.

»Da werden wir bestimmt viele Faultiere sehen.« Klein-Faultierfan Lena liest schon wieder fleißig im Lonely Planet nach und versorgt Till mit allen wichtigen Informationen zu Tortuguero. Dieses Mal wird allerdings nicht mit dem Bus, sondern mit einem Boot gereist. Drei Stunden dauert die Fahrt und der Regen ist unerbittlich. Aber egal, nass sind sie eh schon.

Tortuguero erweist sich trotz Regen als kleines Paradies. Schon die Fahrt mit dem Boot ist aufregend und entführt in eine ganz andere Welt. Im Lonely Planet hat Lena das Gasthaus Miss Miriams ausgesucht und sie haben Glück, denn es sind noch genau zwei Zimmer frei. Das Gasthaus liegt fast direkt am Wasser und ist auf einer Art Holzstelzen gebaut wie fast alle Hütten hier, damit das Wasser nicht in die Wohnräume eindringt. Bei Hähnchen und Fisch wird sich gestärkt und die nassen Kleider können derweil etwas trocknen. Miss Miriam muss eine gute Köchin sein, die Teller sind ratzeputz leer gegessen. Beim Schlendern durch den kleinen Ort wird für den nächsten Tag eine Kanufahrt bei Barbara, einer deutschen Auswanderin, gebucht.

Aber auch am nächsten Morgen zeigt der Himmel keine Besserung. Regen, Regen, Regen. Der ganze Ort steht unter Wasser und man bekommt eine Ahnung davon, wie anstrengend es sein muss, hier auf Dauer zu leben. Die Kanutour fällt also sozusagen auch ins Wasser, findet aber natürlich trotzdem statt. Um acht Uhr morgens geht's los. Außer Lena und Till ist noch ein weiteres Pärchen (weiteres Pärchen, wie das klingt … Till und Lena sind ja kein Paar, wirken aber auf Fremde ganz bestimmt so) und Marion mit ihrem Sohnemann an Bord. Trotz des ungemütlichen Wetters bekommt die kleine Bootsgruppe einige Tiere vor die Linse: Kaimane, Brüllaffen, Fischotter, Klammeraffen, Basilisken, blaue Riesenschmetterlinge, farbenprächtige Vögel, aber kein Faultier. Lena ist etwas enttäuscht, aber das Leben ist nun mal kein Ponyhof. Nach knapp vier Stunden sind sie wieder zurück im Gasthaus, triefend nass und aufgeweicht.

Till springt erst mal unter eine warme Dusche (es gibt tatsächlich heißes Wasser im Regenwald) und danach trifft er sich mit Lena zum Essen bei Miss Miriams. Diesmal stehen Hühnchen und Spaghetti auf dem Speiseplan.

»Wirklich schade, dass wir kein Faultier gesehen haben.« Lena wickelte einige Spaghetti auf ihre Gabel und stopft sie sich in den Mund.

»Du hast doch schon eines auf dem Arm gehalten, was willst du denn mehr?«, schmunzelt Till.

»Na, das gilt nicht. Das lebt ja in Gefangenschaft in einem Käfig. Ich will ein Faultier in freier Natur sehen.« Lena quengelt.

»Da hab ich eine Idee. Was hältst du davon, wenn wir nach dem Essen einen Spaziergang durch den Nationalpark machen? Vielleicht siehst du da ja noch ein Faultier.«

»Au jaaaaa!« Lena ist hellauf begeistert.

Zwar sehen die beiden im Nationalpark viele Affen und werden von verrückten Fledermäusen attackiert, die Lenas Kapuze aus irgendeinem Grund mit einem Beutetier verwechseln, aber von Faultieren ist weit und breit keine Spur.

Um fünf Uhr am nächsten Morgen heißt es bye-bye Tortuguero. Vor den beiden liegt eine lange Reise nach Tamarindo. Zunächst geht es wieder mit einem Boot nach La Pavona und von dort weiter mit dem Bus nach Cariari, noch mal umsteigen in einen Bus nach San Jose und von San Jose sind weitere sechs Stunden Busfahrt nach Tamarindo angesagt. Nach guten dreizehn Stunden sind sie endlich an ihrem Ziel. Tamarindo wirkt wirklich schön, aber schon auf den ersten Blick ist es doch weitaus touristischer als ihre letzten Stopps. Im Hostel werden beide sehr herzlich von Amanda, der Hostelchefin, begrüßt. Amanda ist eine australische Surfernatur, die die Hostelleitung für zwei Jahre übernommen hat und gleich munter drauflos erzählt, wie sie hierherkam und was hier so abgeht. Sie führt die beiden herum und zeigt ihnen ihre Zimmer für die nächsten Tage. Mir fällt sofort auf, dass die Toiletten keine Türen haben, sondern nur einen dünnen, aber immerhin blickdichten Vorhang. Lena und Till scheint das aber nicht weiter aufzufallen. Wenn man sowieso alleine auf dem Zimmer ist, stört das vermutlich nicht. Amanda plant für heute Abend einen Kochabend zusammen mit den anderen Hostelgästen und Lena ist total begeistert. Till hat allerdings keine richtige Lust dazu und Lena braucht wirklich all ihre Überredungskünste, um ihn zu überzeugen. Allein will sie nämlich auch nicht und außer ihm kennt sie doch keinen und es macht sicher Spaß und essen müssen sie schließlich so oder so und sie ist schließlich extra mitgereist, damit sie etwas zusammen unternehmen können. Ah ja. Till lässt sich tatsächlich überreden, und so stehen sie nun mit versammelter Hostelmannschaft in der Küche, schnippeln Gemüse und Till scheint es nicht zu bereuen. Bei leckerem costa-ricanischen Bier unterhält er sich ausgelassen mit zwei Schweizern und nach dem Essen zieht die ganze Gruppe gemeinsam weiter in eine benachbarte Bar. Es lebe der Touristenort.

Am nächsten Tag ist Strand angesagt. Allerdings erst gegen Nachmittag. So ein Kater besteht ja schließlich auf seinen Schönheitsschlaf. Endlich ist das Wetter besser und die Sonne strahlt den ganzen Tag mit voller Kraft vom Himmel. Amanda begleitet die Gruppe spontan und versucht sogar ihnen das Surfen beizubringen. Till glänzt dieses Mal auf seinem Brett, ganz anders als in Australien bezwingt er nahezu jede Welle und kann Amanda beim Unterrichten der Anfänger unterstützen. Sein Wissen weiterzugeben macht meinem Füchschen sichtlich Spaß. Lena schafft es mit seinen Anweisungen sogar, sich das eine oder andere Mal kurz auf dem Brett aufzurichten, obwohl sie noch nie zuvor auf einem Surfbrett gestanden ist. Das Zusammenspiel mit den Wellen will aber noch nicht so recht klappen. Sie versucht es immer wieder, aber sie findet einfach keinen stabilen Halt auf dem Brett und wird jedes Mal aufs Neue von den Wellen davongespült.

SECHSUNDZWANZIG

Till wacht von lautem Rascheln geplagt auf. Es ist mitten in der Nacht. Aber irgendetwas schleicht vor seinem Fenster entlang und verursacht einen Heidenlärm. Er zieht sich ein Shirt über und nimmt seine Taschenlampe, die immer griffbereit neben seinem Kopfkissen liegt. Ganz vorsichtig und möglichst leise öffnet er die Tür und blickt in die Augen eines Waschbären, der im Schein der Taschenlampe erstarrt stehen bleibt. Es poltert noch einmal. Die Viecher sind überall. Sie durchwühlen den Müll und versuchen sogar die Kühlschranktür zu öffnen. Ganz schön frech, die Biester. Auf Zehenspitzen schleicht Till zu Lenas Zimmer und klopft vorsichtig an. Es dauert eine Weile, bis sie ihm verschlafen in kurzen Hosen, T-Shirt und mit verstrubbelten, zu allen Seiten hin abstehenden Haaren die Tür öffnet.

»Was ist denn …?«

»Schhhhhhh« Till schneidet Lena das Wort ab und schiebt sie mit sanftem Druck an der Schulter aus der Tür.

»Komm raus, komm! Schau mal!« Er flüstert.

»Ahhhh!«, entfährt es Lena etwas zu laut und einige der Waschbären flüchten erschrocken in ihr Versteck. »Das sind Racoons, wie niedlich.« Im nächsten Moment hat sie auch schon ihre Kamera in der Hand und verewigt die kleinen Racker auf zahlreichen Fotos.

Den Tag verbringen dann beide relaxt am Strand, reden über Gott und die Welt, lesen abgegriffene Bücher, die in einem Tauschregal im Hostel zu finden waren, und schnorcheln abwechselnd ein bisschen. Tills Zeit in Costa Rica ist schon wieder vorbei und während Lena im Wasser ist, hält er den nächsten Brief von mir in Händen.

»Steht da dein nächstes Ziel drin?« Lena kommt tropfnass aus dem Meer und setzt sich neugierig neben ihn. »Na komm, mach schon auf. Schließlich muss ich auch wissen, wo mich der Wind als Nächstes hinträgt.« Kichernd gibt sie Till einen sanften Stoß mit dem Ellbogen, legt sich dann aber hin und widmet sich ihrem Buch.

Till öffnet meinen Brief.

Hi Füchschen,

bestimmt hattest Du bis jetzt eine tolle Zeit! Und die soll natürlich weitergehen. Dein nächstes Ziel ist NICARAGUA.
Dein erster Stopp wird Granada sein. Hier wirst Du einen Tagesausflug zur Laguna de Apoyo unternehmen.
Zweiter Stopp ist bei Matagalpa, der sogenannte Schwarzwald: La Selva Negra. Hier wirst du die Kaffeeplantage besichtigen.
Weiter geht die Reise nach León und danach wirst Du nach Managua weiterreisen, um mit dem Flugzeug über die Grenze nach …
Na, schon neugierig? Den nächsten Brief gibt es dann in Managua.
Ich bin immer bei Dir!
In Liebe
Julie

»Und, wohin weht der Wind mich weiter?« Lena dreht sich um und schaut Till erwartungsvoll an.
»Nach Nicaragua.«
»Cool, das hab ich mir ja fast gedacht.«
»War ja auch nicht wirklich schwer. Wenn es für dich passt, würde ich morgen gerne gleich los.«
»Klar.« Lena setzt sich hin, wickelt sich in ihren gelb geblümten Sarong ein und nimmt den Lonely Planet zur Hand, um die Route nach Granada zu planen.

SIEBENUNDZWANZIG

Es geht gerade erst die Sonne auf, während die beiden das Hostel in aller Frühe verlassen. Der erste Bus bringt sie von Tamarindo nach Liberia, dann müssen sie umsteigen und weiter über Peñas Blancas, der Grenzstadt Costa Ricas, nach Nicaragua. Über die Grenze zu kommen scheint allerdings nicht ganz einfach zu sein. Zuerst stolpern sie verwirrt und mit ihren schweren Rucksäcken beladen eine ganze Weile durch die Gegend, bis sie in einer Touristenschlange stehen bleiben. Die Pässe werden gleich mehrere Male kontrolliert und Touristensteuer, Migrationssteuer und Kommunalsteuer müssen bezahlt werden. Zwei Stunden später ist es geschafft und sie stehen auf nicaraguanischem Boden. Es geht dann auch schon gleich weiter mit dem nächsten Bus nach Rivas und ein letztes Mal heißt es umsteigen nach Granada. Ein kompletter Tag im Bus. Wenigstens macht das ausgewählte Hostel Oasis auf Anhieb einen guten Eindruck. Es gibt sogar einen Pool. Dafür haben Lena und Till allerdings keine Augen mehr. Schnurstracks gehen sie auf ihre Zimmer und Till fällt todmüde in sein Bett und schläft auch gleich ein.

Nach dem einfachen Frühstück im Hostel, das nur aus einer Scheibe Toast mit Marmelade besteht, erkunden Lena und Till die Stadt. Die Catedral de Granada wird besichtigt, Lena kauft eine kleine Engelfigur für das Grab ihrer Mutter und zusammen zünden sie Kerzen an. Eine für Lenas Mama und eine für mich. Auch wenn Till überhaupt nicht gläubig ist, die Kerzen haben etwas Symbolisches. Als könnten ihre Flammen Raum und Zeit durchbrechen und zu mir ins Jenseits durchdringen. Till starrt eine ganze Weile wie gebannt auf die Kerze. Lena lässt ihn währenddessen alleine und schaut sich weiter in der Kirche um.

»Ach Julie, du fehlst mir.« Till flüstert es unmerklich zur Kerze, aber ich habe es gehört.

Nach der Kirche bummeln beide noch ein bisschen durch die Straßen und Lena bekommt von einem Kind einen Grashüpfer aus Bananenblättern geschenkt – natürlich gegen ein kleines Trinkgeld. Beim Abendessen in Kelly's Bar lauschen beide Reggae-Livemusik, die auch deutlich zu laut ist, um sich unterhalten zu können.

Wieder im Hostel, zieht sich jeder auf sein Zimmer zurück. Till sitzt eine ganze Zeit lang auf der Bettkante und starrt die Decke an. Dann nimmt er sein Tagebuch aus dem Rucksack und beginnt zu schreiben.

Nicaragua, 12. August 2013

Hi Julie,

wie geht's Dir denn, was machst Du? Das klingt alles irgendwie beknackt und ich weiß überhaupt nicht, wie ich Dir schreiben soll. Wenn ich doch nur wüsste, wo Du bist und was Du denkst. Oder bist Du vielleicht wirklich gar nirgends mehr? Ich habe ein Mädchen kennengelernt – Lena. Aber das weißt du wahrscheinlich schon. Sie ist echt eine Nette. Sie hat ihre Mutter verloren und reist ganz alleine durch die Gegend, wie ich. Jetzt aber nicht mehr, wir haben uns zu einer kleinen Reisegruppe zusammengeschlossen. Es reist sich deutlich angenehmer, wenn man weiß, dass man nicht alleine ist. Trotzdem fühle ich mich leer. Du fehlst mir so! Es ist einfach nicht das Gleiche.

Er schlägt auf sein Kopfkissen und weint voller Kraft. Die Tränen entladen sich wie ein Stausee, den er zurückgehalten hat und wo sich alle Schleusen auf einmal öffnen. Sein Körper wird vom Schluchzen durchgeschüttelt, seine Hand gräbt sich immer tiefer in das Kopfkissen und drückt mit aller Wut zu. Irgendwann schläft er ein.

ACHTUNDZWANZIG

Lena klopft an Tills Tür. Erst zaghaft, dann etwas stärker. Eigentlich waren sie um sieben zum Frühstück im Café neben dem Hostel verabredet, doch Till ist nicht aufgetaucht. Scheinbar hat er verschlafen. Lenas Klopfen wird stärker und ihre Rufe dringen leise zu Till durch, der noch im Halbschlaf und vollständig bekleidet über seinem Tagebuch im Bett liegt.

»Till, Till! Ist alles in Ordnung bei dir?«

»Komme gleich.« Total verschlafen rappelt er sich auf und öffnet die Tür. »Ich hab verschlafen.« Mit der rechten Hand fährt er sich zuerst über sein Gesicht, dann über die verstrubbelten Haare. »Frühstück du schon mal, ich spring noch kurz unter die Dusche.«

»Okay, aber beeil dich, der Bus fährt in zwanzig Minuten. Ich schmiere dir ein Erdnussbuttersandwich für unterwegs.« Lenas Stirn liegt in Sorgenfalten. Sie dreht sich um und läuft zurück zum Café.

Nach der Dusche wirkt Till wie neugeboren. Er hat einen Bärenhunger und fällt dankbar über das Sandwich her. Die Laguna de Apoyo ist das reinste Paradies. Azurfarbenes Wasser, umgeben von steilen Kraterwänden, die an die vergangenen Tage erinnern, als hier noch ein Vulkan stand. Gelegentlich hört man das Geschrei eines Brüllaffen und sieht wunderschöne farbenprächtige Vögel vorbeifliegen. Till chillt fast den ganzen Tag in einer Hängematte im Halbschatten und schmökert in seinem Buch, während Lena die Gegend erkundet und mit ihrer Kamera festhält. Gegen Nachmittag nehmen sie ein Kajak und paddeln eine Runde über den ruhig daliegenden See.

Zurück an Land, bestellt Lena beim Kellner zwei Cuba Libre und die beiden stoßen bei einem wunderschönen Sonnenuntergang auf einen noch schöneren Tag an.

Und ich könnte kotzen!

Da ist sie wieder, die Eifersucht. Meine Missgunst und das Gefühl, verraten und betrogen zu werden. Bis eben fand ich Lena super. Sie hat es geschafft, Till aus seinem schwarzen Loch zu ziehen. Sie hat es geschafft, dass er wirklich Spaß auf seiner Reise hat und diese nicht nur als eine Last ansieht. Sie hat ihm zugehört. Sie war seine Hummel. Aber jetzt … Ist sie etwa dabei, sein kleiner Baum zu werden? Seine neue Julie? Das darf nicht sein. Das kann nicht sein. Till gehört mir!

NEUNUNDZWANZIG

Mit einem Chickenbus, wie die Einheimischen ihr restlos überfülltes Transportmittel liebevoll nennen, geht es am nächsten Tag von Granada nach Masaya. Ganz abwegig ist der Name allerdings nicht. Auf dem Dach des Busses befinden sich tatsächlich Käfige mit eng zusammengebundenen, aber noch lebendigen Hühnern. Eingezwercht zwischen mindestens fünfzig Einheimischen, obwohl der Bus offiziell nur Platz für dreißig Personen hat, sind Lena und Till mit ihren schweren Rucksäcken völlig bewegungsunfähig starken Gerüchen und sengender Hitze ausgeliefert. Den Einheimischen scheint diese Art der Fortbewegung überhaupt nichts auszumachen, scheinbar alles eine Sache der Gewohnheit. In Masaya heißt es dann umsteigen in den nächsten Quetschbus, und weiter geht die Fahrt nach Tipitapa. Von dort aus geht es glücklicherweise mit einem bequemeren Bus weiter nach Matagalpa. Ein letzten Mal umsteigen und endlich stehen die beiden vor einem Eingangsschild, auf dem in großen Buchstaben »Selva Negra« eingebrannt steht. Jetzt sind allerdings knapp anderthalb Kilometer Waldmarsch angesagt – im Dunkeln, denn mittlerweile ist die Sonne untergegangen. Till kramt in seinem Rucksack und bringt seine super Hightechtaschenlampe zum Vorschein. Lena ist nach der anstrengenden Fahrt irre schlecht gelaunt und am Ende ihrer Kräfte. Den ganzen Tag mit schwerem Rucksack auf den Schultern in den Bussen stehen hat ihrer zierlichen Figur ziemlich zugesetzt. Tatsächlich sieht sie zu meiner Freude auch relativ bescheiden aus, aber sie schleppt sich tapfer vorwärts, was ihr sofort Tills Anerkennung einbringt. Er steht total auf selbstständige, kämpferische Frauen. Gelegentlich kommen ihnen Personen entgegen. Ein bisschen Angst kann man da schon bekommen, so allein auf weiter Flur, und auch das eine oder andere unbekannte Tier kreuzt ihren Weg. Endlich im Hotel Selva Negra angekommen wird erst mal geduscht, und beim Abendessen (Käse aus eigener Herstellung der Plantage) die Kaffeeplantagentour für den nächsten Tag gebucht – wie von mir gewünscht.

Bei der Kaffeeplantagentour erfahren Lena und Till, dass das Hotel und die Plantagen von einem Deutschen und seiner Frau geführt werden. Leider findet die Tour mit dem Auto statt und man darf nur gelegentlich aussteigen, um etwas zu besichtigen. Dafür ist der Guide aber sehr redselig und erzählt einen ganzen Roman über die Kaffeeherstellung. Etwa eine Million Kaffeebäume wachsen auf der Plantage. Ein Kaffeebaum ist erst vier Jahre nach dem Pflanzen zum ersten Mal erntefähig. Die Ernte findet in der Trockenzeit von November bis Februar statt. Jeder Baum wird sechs- bis siebenmal in regelmäßigen Abständen abgeerntet. Auf der Plantage leben und arbeiten das ganze Jahr zweihundert Leute. Viele Familien sind seit Generationen hier ansässig. Zur Erntezeit werden zusätzlich vierhundert Arbeiter eingestellt. Es gibt Arbeitshäuser und Unterkünfte für die Saisonarbeiter, eine Arztstation und eine Schule für die Kinder. Eigene Werkstätten und Schlachtereibetriebe. Ebenso werden auch Eier, Käse und Gemüse selbst hergestellt und angepflanzt. Es ist also ein richtig kleines Dorf um die Kaffeeplantage entstanden. Wenn der Kaffee erntebereit ist, werden die Kirschen gepflückt und zu den Sammelstellen gebracht. Für einen Korb Kirschen bekommt ein Arbeiter circa sieben Córdoba. Das sind ungefähr zwanzig Cent. Zur Verarbeitung werden die Kirschen in einen großen Trichter gekippt und mit Wasser weiter transportiert. Die Kirschen werden in den Despulpador gespült. Hier wird das Fruchtfleisch abgequetscht, die Bohnen gesäubert und grob nach Qualität vorsortiert. Danach werden die Bohnen in das Fermentierungsbecken geleitet, wo sie circa fünfzehn Stunden verbleiben, bevor sie anschließend zum Trocknen ausgebreitet werden. Aus den Überresten der Kirschen und dem Viehmist wird dann Kompost als Dünger für die Plantage hergestellt, und so kann das Ganze von vorne beginnen.

Nach der Informationsflut gibt es Essen im hoteleigenen Restaurant. Eine Käseplatte aus eigener Herstellung.

Gegen Abend unternehmen beide noch einen Spaziergang über die Plantage, beobachten eine Herde Brüllaffen und entdecken auf dem Weg in den Wald eine Kirche. Der Guide hatte diese bei der Kaffeeplantagentour erwähnt. Hier finden wohl öfter Trauungen statt und im Ballsaal des Hotels wird gefeiert. Sicher nicht ganz billig in diesem Paradies.

Am nächsten Morgen heißt es auch schon wieder goodbye Selva Negra und ab nach León. Erst mal wieder anderthalb Kilometer mit den schweren Rucksäcken zur Bushaltestelle wandern, dieses Mal allerdings bei Tageslicht. Kaum an der Haltestelle angekommen, kommt auch schon der Chickenbus – tatsächlich mit jeder Menge echter Hühner an Bord. »Das stinkt ja entsetzlich, die armen Viecher«, entfährt es Lena. Kurze Zeit später haben sie aber auch schon den nächsten Zwischenstopp erreicht und müssen umsteigen in einen alten amerikanischen Schulbus nach Matagalpa. In Matagalpa geht es dann weiter mit dem Bus nach León, dieses Mal müssen sie allerdings drei Stunden warten, bis der Bus endlich abfährt. In León angekommen, steigen beide in ein Taxi am Busbahnhof, welches sie direkt zu Big Food, dem aus dem Reiseführer ausgewählten Hostel bringt.

Da ich für León keinen To-do-Punkt aufgeschrieben habe, sitzen beide beim Abendessen – Mexikanisch – über dem Lonely Planet und überlegen, was sie am nächsten Tag unternehmen möchten.

»Schau mal, es gibt hier Vulcano Boarding!« Lena zeigt auf ein Plakat, das hinter ihnen an der Wand hängt.

»Vulcano was?« Till hat offensichtlich keine Ahnung, was das sein soll.

»Ich hab davon im Lonely Planet gelesen. Warte, genau hier.« Lena blättert durch den Reiseführer. »Am Cerro Negro kann man mit einem Board den Berg runterfahren. So ähnlich wie Sandboarding, nur auf Vulkangestein. Das klingt total abgefahren. Wollen wir das machen?«

»Klar, klingt nach Action.« Damit hat sie genau Tills Geschmack getroffen. »Scheint, als könne man es direkt hier im Hostel buchen, so viel Werbung, wie hier rumhängt.«

Prompt werden die beiden auch schon von einem Angestellten auf die Tour angesprochen und keine fünf Minuten später halten sie ihre Tickets für das Abenteuer in den Händen.

DREISSIG

Mit einer kleinen Gruppe aus insgesamt sechs Personen werden Lena und Till zum Vulkan Cerro Negro gefahren. Mit einem Holzbrett – dem Board – unterm Arm geht der Marsch los. Erst mal muss man nämlich den Vulkan besteigen, bevor man sich in das Vergnügen stürzen kann, wieder herunterzufahren. Der Aufstieg ist machbar, aber Lena hat etwas Probleme, ihr Board zu tragen. Auf Spanisch unterhält sie sich mit Aturo, dem Guide, und plötzlich nimmt er ihr einfach das Board aus der Hand und trägt es, als ob es aus Watte wäre, spielend leicht, in der anderen Hand sein eigenes. Lena will erst protestieren, überlegt es sich dann aber anders. Oben auf 728 Metern angekommen, bietet sich der mutigen kleinen Gruppe eine grandiose Aussicht. Im Hintergrund erstreckt sich die Vulkankette der Cordillera de los Maibios. Der knallblaue Himmel bildet einen krassen Kontrast zur grüngelben Landschaft, auf der der schwarze Vulkan sitzt. Schwefelgeruch liegt in der Luft. Zuletzt ist der Vulkan im Jahr 1999 ausgebrochen. Die sechs Boarder bekommen vom Guide einen Schutzanzug zugeteilt und sehen aus wie Gefangene aus Guantánamo, nur bunter. Nach einer ausgiebigen Fotosession wird es ernst.

»Oh mein Gott, ich glaube, das war eine bescheuerte Idee.« Lena bekommt erste Zweifel, nachdem ihr Blick über den Abgrund gewandert ist, auf dem sie gleich »surfen« soll. »Mit dem Sperrholzbrett fahr ich da niemals runter, ich bin ja nicht lebensmüde.«

Auch der Rest der Truppe wirkt etwas verunsichert. Bis auf Till. Er liebt Abenteuer und Adrenalin. Aturo erklärt kurz die wichtigsten Funktionen des Bretts: Festhalten, Lenken, Bremsen. Man hat die Wahl zwischen stehend fahren oder das Board als Schlitten zu nutzen. Beim Schlittenfahren soll das Bremsen ganz einfach sein. Einfach beide Füße ins schwarze Vulkangestein stecken, der Rest ist Balance. Wer es schneller mag, einfach weiter nach hinten lehnen. Lena entscheidet sich wie die restlichen Frauen für den Schlitten, die Männer probieren es im Stehen. Wichtigster Tipp des Guides: Mund zu. Wer schreit, wird es bereuen. Ein letztes Zurechtrücken der Schutzbrillen, und schon rauschen die ersten mutigen Boarder in ihren orangen Anzügen, umgeben von immensen Staubwolken, den steilen Abhang hinab.

Lena und Till mitten unter ihnen. Lena ist unglaublich schnell, sie versucht zu bremsen und wirbelt extrem viel Lavagestein auf. Sie schreit und hat im nächsten Moment den ganzen Mund voller Lavasteinchen. Till ergeht es nicht viel besser. Er verliert die Balance auf seinem Board und landet mit einem Überschlag unsanft inmitten des Vulkangesteins. Er rappelt sich wieder auf und fährt etwas langsamer weiter. Erst noch ganz vorsichtig, dann immer schneller. Das Wissen, über einen aktiven Vulkan zu rauschen, dessen Inneres aktiv tobt, scheint ihm ein berauschendes Gefühl zu verleihen. Mit guten fünfzig Stundenkilometern rauscht er den Berg hinab. Heil unten angekommen, blickt er die steile Wand hinauf und hält nach Lena Ausschau. Auch sie hat es geschafft und ist geradewegs auf der Zieleinfahrt. Schließlich springt sie hellauf begeistert von ihrem Board und umarmt Till.

»Wie siehst du denn aus?«, fragt er schelmisch.

»Die Vulkansteinchen und der feine Staub in unseren Haaren werden uns eine Zeit lang daran erinnern, dass kopflose Entscheidungen oft die besten sind.« Sie hakt sich in seinem Arm unter und gemeinsam schlendern sie zum Rest der Reisegruppe. Zurück im Hostel, wird ausgiebig geduscht und anschließend die Weiterreise nach Managua geplant.

EINUNDDREISSIG

Kaum in Managua angekommen, liest Till meinen nächsten Brief.

Hi mein Füchschen,
na, wie hat Dir Nicaragua gefallen? War bestimmt aufregend.
Das nächste Ziel heißt: HONDURAS!
In Honduras hast Du vierzehn Tage Zeit.

- *Reise in die Vergangenheit der Mayas nach Copán und erkunde die alten Tempelruinen.*
- *Verbringe einige Tage in der »silbernen Stadt« Tegucigalpa.*
- *Mache einen Schnorchelausflug zur Karibikküste des Landes.*

Ich bin immer bei Dir!
In Liebe, Julie
PS: Den nächsten Brief öffnest Du, wenn Du an der Karibikküste faulenzt!

Leider ist auch für Honduras meine gewählte Reisezeit alles andere als ideal. Zwar ist es mit sechsundzwanzig Grad angenehm warm, aber der Regen ergießt sich leider gnadenlos vom Himmel. Allerdings bekomme ich davon nicht mehr wirklich viel mit, denn ich falle mal wieder in einen langen Dornröschenschlaf. Als ich aufwache, zeigt meine Taschenuhr bereits Ende Oktober. Grundgütiger! Ich habe fast zwei komplette Monate verschlafen. Panisch schaue ich über den Wolkenrand. Till ist in einem Jeep und auch Lena ist noch immer bei ihm. Vor ihnen taucht eine Herde Zebras auf. Zebras? Die beiden sind auf Safari.

»Die Zebras haben ihre Färbung wegen Tsetsefliege. Das Muster hält Fliege fern. Sie auch sollten keine schwarze oder dunkelblau Kleidung trage. Sonst werde gestoche von die Tsetsefliege. Ist Schmerz und nicht ungefährlich. Überträgt Krankheit von die Dauerschlaf.«

John, der Guide, klärt die Gruppe über die Tsetsefliege auf.

Vielleicht hat mich ja auch so eine Fliege gestochen. Ich leide nämlich ganz deutlich an der Dauerschlafkrankheit.

»Ist ja super, dass wir das nach Beginn der Safari erfahren und ich hier in einem dunkelblauen T-Shirt sitze.« Lena schüttelt leicht verärgert ihren Kopf. »Na ja, hoffen wir mal, dass mich keines dieser Biester beißt.«

Wenn sie weiterhin nach meiner Route gereist sind, was ich stark annehme, bedeutet das, dass ich Honduras, Belize, Mexico City und Dubai verschlafen habe. Wow. Müdes Dornröschen. Wenigstens scheine ich von Tansania noch nicht viel verpasst zu haben. So, wie Lena aus dem Häuschen ist, als sie die Zebras sieht, sind das wohl die ersten, die sie vor die Linse bekommt. Lena und Till stehen zusammen mit zwei weiteren Safarireisenden auf der Rückbank des Jeeps und strecken ihre Köpfe zum geöffneten Autodach hinaus, um die vielen Tiere besser beobachten zu können und natürlich mit der Kamera festzuhalten. Das andere Pärchen kommt aus der Schweiz, das erkennt man sofort an den vielen »chchch« in ihrer Aussprache. Mit dem Guide wird abwechselnd auf Deutsch und English kommuniziert. Wenigstens Sprachen, die ich beherrsche. Wie sich bald herausstellt, sind sie im Tarangiri-Nationalpark unterwegs. Nach meiner Route tatsächlich der erste Park auf Tills Liste. Die Fahrt geht weiter, und zwar in recht rasantem Tempo. Scheinbar hat John irgendeinen Tipp per Funk bekommen und versucht nun seine Safarigruppe so schnell wie möglich zum besten Aussichtspunkt zu befördern. Die Fahrt führt vorbei an der Zebraherde, links und rechts springen irgendwelche Antilopen durchs Gebüsch und weiter hinten sind schon Elefanten zu sehen. Eine wunderschöne grüne Hügellandschaft mit riesigen Bäumen breitet sich vor ihnen aus. Es wird fotografiert, was das Zeug hält. Aus meiner Vogelperspektive habe ich vermutlich ein ganz anderes Bild des Parks als die Reisegruppe in ihrem Jeep. Es sind unglaublich viele Jeeps unterwegs. Massenhaft Autos, und alle steuern in rasantem Tempo das gleiche Ziel an, um für ihre Safariteilnehmer den besten Aussichtspunkt zu erhaschen. Eine riesige Herde Strauße steht plötzlich vor dem Auto und macht nicht wirklich Anstalten, sich dort wieder wegzubewegen. Kein Problem für John, er lenkt den Jeep gekonnt um die riesigen Vögel herum, ohne ihnen auch nur eine Feder zu rupfen.

Bei den Elefanten angekommen, sind Lena und Marion – die Schweizerin – nicht mehr ruhig zu kriegen. Ich übrigens auch nicht. Die Elefanten, egal ob groß oder klein, tummeln sich im Schlammloch und nehmen ein Schönheitsbad. Wie niedlich ist das denn? Es wird sich gegenseitig mit einer ordentlichen Ladung feinstem Schlamm bespritzt oder sich einfach direkt in den Matsch geworfen. Es ist ein Geplansche und Gespritze, einfach herrlich. Man kann wirklich sehen, wie die Elefanten ihr Schlammbad genießen und Spaß daran haben.

John erklärt der Gruppe, dass sie richtig Glück hätten, so viele Tiere zu sehen – noch dazu an einer Wasserstelle. Denn eigentlich ist Oktober nicht die beste Reisezeit. Natürlich nicht, wer hätte das gedacht. Es ist nämlich Trockenzeit und ein Großteil der Tiere wandert schon im August Richtung Kenia in die Masai Mara, da sie dort trotz Trockenheit ausreichend Wasser finden. Zwischen Dezember und März sollte man reisen.

Na prima, die haben ja wirklich alles an ungünstigen Reisezeiten mitgenommen, was geht.

Vorbei an unzähligen Antilopen, Affen, Vögeln, Schweinchen, die aussehen wie Pumbaa aus *König der Löwen* und jeder Menge anderer Viecher erreichen sie ihr nächstes Ziel: die Kudu Lodge. Hier wird also genächtigt. John gibt letzte Anweisungen für den nächsten Morgen und lässt die kleine Gruppe dann allein.

Die vier verabreden sich für später zum Abendessen und schleppen dann erst mal ihre Rucksäcke auf die Zimmer.

Lena und Till bleiben vor der gleichen Tür stehen. Till schließt auf und Lena betritt das Zimmer.

Durchatmen, Julie, durchatmen. Ganz ruhig. Vielleicht müssen sie noch etwas besprechen oder er muss ihr noch etwas geben oder sonst was. Bestimmt alles ganz harmlos.

Nein! Überhaupt nichts ist harmlos. Die blöde Kuh stellt ihren Rucksack ab, hängt ihre Jacke über den Stuhl und schaut sich sogar das Bad genau an.

»Cool, wir haben eine Badewanne.«

Was soll das denn heißen? Ich geb dir gleich »Cool wir haben eine Badewanne«, will die etwas meinen Till darin verführen?

Die beiden haben tatsächlich ein Zimmer zusammen. Warum bin ich nur eingeschlafen? Was habe ich alles verpasst? Sind die beiden mittlerweile ein Paar? Das darf einfach nicht sein. Till, tu mir das nicht an. Du darfst sie nicht lieben, du darfst einfach nicht.

Beim Abendessen, bestehend aus guter afrikanischer Hausmannskost wie Ugali – eine Art Maisbrei mit Soße und Hühnchen –, ist John das Gesprächsthema Nummer eins. Mit seinem afrikanischen Charme scheint er vor allem Marion etwas verzaubert zu haben. Sie hört gar nicht mehr auf, von ihm zu schwärmen. Ihr Mann Florian reagiert hin und wieder mit etwas herablassenden Kommentaren über den ach so tollen John – der Herr ist wohl etwas eifersüchtig. Lena hat allerdings nur Augen für Till. Die beiden halten Händchen. Geküsst haben sie sich noch nicht, seit ich wieder wach bin, aber der Anblick ist auch so schon kaum zu ertragen. Till scheint mich zu vergessen.

ZWEIUNDDREISSIG

Wie am Abend abgemacht holt John pünktlich um sieben die Safaritruppe wieder vor der Lodge ab. Ihr Gepäck können sie im Hotel lassen, da sie ja noch mal hier übernachten werden. So hat jeder nur einen kleinen Rucksack auf der Schulter und eine Lunchbox in der Hand. Heute steht der Lake-Manyara-Nationalpark auf dem Plan. Schon auf dem Weg zum Park sitzen am Straßenrand unzählige Affen. Sogar einige Affenbabys, die sich fest an ihre Mama klammern, sind zu sehen. Süß! Kaum im Park angekommen, stehen dort in einigen Metern Entfernung mehrere Giraffen und rupfen Blätter von den Baumwipfeln. Neben diesen anmutigen Tieren findet man zahlreiche Antilopen und Elefanten. Versteht sich von selbst, dass John ständig anhalten muss, da massenweise Fotos für die Lieben zu Hause festgehalten werden müssen. Gegen Mittag geht es aber schon wieder zurück in die Lodge. Genug Tiere mit der Kamera gejagt für heute. Marion und Florian ziehen sich auf ihr Zimmer zurück und Lena und Till schmeißen sich in Badeklamotten und genießen die warmen Sonnenstrahlen am Pool. Zuerst lesen sie ein bisschen, besser gesagt Lena liest, was in ihrer Reisefibel alles über die Nationalparks Tansanias steht, und lässt Till an ihrem erlesenen Wissen teilhaben. Er hört ihr geduldig zu, obwohl das sonst gar nicht seine Art ist. Er hasst es, belehrt zu werden.

Abends wird wieder gemeinsam gegessen und danach das eine oder andere Bierchen im sogenannten Kaminzimmer getrunken. Tatsächlich gibt es hier auch einen großen Steinkamin, in dem ein offenes Feuer brennt. Die Atmosphäre wirkt gleich heimelig. Da die vier die einzigen Gäste sind, können sie sich großzügig um den Kamin zusammensetzen.

»Wie lange seid ihr denn schon zusammen?«, möchte Marion plötzlich wissen. Lena und Till schauen sich verlegen an.

»Ähm, wir haben uns erst vor einigen Monaten auf der Reise kennengelernt.« Till hält, während er antwortet, Lenas Hand.

»Oh, wie schön, dann seid ihr ja noch ganz frisch verliebt. Darauf sollten wir anstoßen.« Marion schwingt ihre Bierflasche und gemeinsam wird auf die frische Liebe angestoßen.

Ich habe mich auf die Seite gerollt. Zusammengekauert liege ich da und warte, dass dieser stechende Schmerz vorbeigeht. Dieser Schmerz, der mir sagt: Till liebt dich nicht mehr. Warte, dass die Tränen kommen, die ich nicht weinen kann. Die Tränen, die mir sagen: Till liebt dich nicht mehr. Aber weder kommen die Tränen, noch vergeht der Schmerz. Warum kann ich nicht einfach tot sein? Ich meine: richtig tot. So tot, dass ich von all dem nichts mitbekomme. Ich will nicht sehen, wie Till mit einer anderen Frau lacht, wie Till mit einer anderen Frau Händchen hält, wie Till eine andere Frau küsst. Ich will nicht sehen, wie Till wieder glücklich wird.

Wie Till wieder glücklich wird! Eigentlich hab ich mir doch genau das gewünscht. Waren nicht genau das meine letzten Worte an Till? »Werde wieder glücklich.«

Was will ich denn eigentlich? Dass Till sein ganzes Leben lang allein bleibt und mir nachtrauert?

Aber irgendwie geht alles so schnell. Ich bin doch erst ein paar Monate tot, und schon liebt er eine andere. Und er mag sogar Dinge an ihr, die er an mir nie leiden konnte. Es tut einfach so verdammt weh. Aber was wäre denn eine angemessene Trauerzeit? Ein, zwei Jahre, und dann dürfte er sich wieder verlieben? Würde es dann etwas weniger wehtun, weil er angemessen um mich getrauert hätte? So ein Bullshit.

DREIUNDDREISSIG

Am nächsten Tag wird die Gruppe noch vor Sonnenaufgang von John abgeholt. Heute geht es zum Ngorongoro-Krater. Durch die flache Landschaft der Serengeti führt der Weg immer höher zu grün bewachsenen Bergen. Unterwegs geht die Fahrt vorbei an einigen Massai, die mit ihren Kuhherden unterwegs sind. Plötzlich hält John an und bittet alle auszusteigen. Vor ihnen, tief unten, liegt die Kraterlandschaft. Ein Wald mit vielen kleinen Seen. Ein überwältigender Anblick. Allerdings kann ich mir momentan nur sehr schwer vorstellen, dass dort unten viele Tiere leben. Weiter geht die Fahrt hinab in den Krater. Eine echte Herausforderung für John, denn die Strecke ist steil und eng. Unten im Krater angekommen, wird mein Tierliebhaber-Herz nicht enttäuscht. Es wimmelt nur so von Zebras und Gnus. Sogar einige Hyänen kreuzen den Weg. Sehen viel süßer aus, als ich dachte.

In einiger Entfernung zu einem großen See hält John an und stellt den Motor ab. Er zeigt in Richtung des Sees und erklärt irgendwas, und plötzlich sind alle Blicke auf den See gerichtet. Jetzt sehe auch ich es. Was zunächst wie dreckige Steine im Wasser aussah, sind Nilpferde. Viele große und kleine Hippos wälzen sich im kühlen Nass, was ihnen sichtlich Vergnügen bereitet.

Nach fast einer halben Stunde startet John den Motor und weiter geht die Fahrt. Aber nicht lange. Plötzlich bleibt der Jeep stecken und kommt keinen Zentimeter mehr voran. John drückt das Gaspedal mehrfach bis zum Anschlag durch, aber der Reifen dreht einfach durch. Ansonsten tut sich überhaupt nichts. Das kann er natürlich nicht sehen. Ich von meiner Wolke aus allerdings schon. John ist nämlich versehentlich in ein Schlammloch gefahren, und genau in diesem steckt der Reifen nun fest. Nach unzähligen gescheiterten Versuchen steigt John plötzlich aus, bittet die anderen allerdings, sitzen zu bleiben.

Ganz ehrlich? Ich würde da jetzt auch nicht aussteigen wollen. Sind nicht eben erst noch ein paar Hyänen vorbeigelaufen? Wer weiß, was sich noch so hinter den Büschen versteckt. John inspiziert den Reifen und öffnet kurz darauf den Kofferraum des Jeeps, wo er eine Art Schiene herausholt. Gut, scheinbar passiert das nicht zum ersten Mal. Sein Gesichtsausdruck ist allerdings trotzdem nicht der zuversichtlichste. Jetzt bittet er die Gruppe auszusteigen, drückt Lena die Autoschlüssel in die Hand und erklärt ihr kurz, was sie tun soll. Marion fühlt sich ohne den Schutz des Jeeps sichtlich unwohl. Die beiden Männer sind natürlich ganz aus dem Häuschen, dass sie endlich mal das Auto verlassen dürfen. Noch dazu fast in einer Szene wie in *Crocodile Dundee.* John kniet sich nieder, buddelt etwas Sand unter dem Rad aus – mit bloßen Händen, versteht sich – und legt die Schiene hin. Er bittet Lena, Gas zu geben, und Till, Florian und Marion helfen schieben. Etwas buddeln, Sandschienen hinlegen und schieben und binnen kürzester Zeit ist der Jeep aus seiner misslichen Lage befreit. Indiana Jones hätte es kaum besser machen können.

Zurück in der Lodge, sind seltsame Geräusche zu hören. Etwas in der Art wie lautes, rhythmisches Klopfen.

»Schau mal dort drüben, die trommeln.« Marion zeigt mit ihrer Hand in die Richtung, aus der die rhythmischen Klänge kommen, und tatsächlich, dort steht eine ganze Schar bunt bekleideter Afrikaner. Die Männer trommeln aus Leibeskräften, während die Frauen dazu ihre überproportionalen Hüften schwingen und dazu komische Klickgeräusche ausstoßen. Klingt ein bisschen wie Zungenschnalzen, nur viel lauter. Da nun alle neugierig geworden sind, versteht es sich von selbst, dass man dem Spektakel beiwohnt. Natürlich veranstalten die Afrikaner diesen Tanz auch nicht zum Spaß, sondern möchten mit ihren Künsten die Touristen beeindrucken und natürlich Geld verdienen. Aber es ist eine wirklich tolle Show und es dauert nicht lange, bis die umherstehenden Touris in den Bann gezogen werden, ihre Hüften ebenfalls schwingen und sich teilweise sogar an den Klickgeräuschen versuchen.

VIERUNDDREISSIG

Am Morgen wird die Gruppe inklusive Gepäck von John eingesammelt. Heute geht die Reise nämlich weiter zum Lake Natron. Schon bald verlässt John mit dem Jeep die sichere Straße und biegt auf eine Staubpiste ab. Das Dach des Jeeps ist heute eingeklappt und er bittet alle, ihre Fenster geschlossen zu lassen. Mehr als verständlich bei der Staubschicht, die links und rechts am Jeep vorbeifliegt. Außer kiloweise rotem und braunem Sand kann man beim Blick aus dem Fenster sowieso nichts sehen. Stunde um Stunde ändert sich daran auch nichts. Sand, Sand, Sand. Nach der sandigen Piste ändert sich die Umgebung schlagartig und man hat augenblicklich den Eindruck, als wäre man auf dem Mond gelandet. So muss es dort aussehen. Eine eindrucksvolle, wilde Vulkanlandschaft mit steilen Kraterwänden. Der Sand ist hier dunkler und härter. So können auch Lena und Till beeindruckt die Vulkanlandschaft in sich aufnehmen. Die Gruppe hat einen super Blick auf den Ol Doinyo Lengai – einen noch tätigen Vulkan, der für die Massai der Berg ihrer Götter ist. Der Gipfel des Vulkans ist allerdings in Wolken gehüllt, trotzdem eine gewaltige Erscheinung. Am späten Nachmittag erreichen die vier endlich ihre Lodge und werden gleich sehr freundlich mit einem Welcome-Drink und einer Art selbst gebackenem Kuchen begrüßt. Danach geht's auf die Zimmer. Der Weg zu den Zimmern führt an einem riesigen Pool vorbei, der mitten in der Natur liegt und daher auch von zahlreichen Affen als Spielplatz missbraucht wird. Hin und wieder traut sich sogar ein kleines Äffchen, von dem guten Wasser zu trinken. Ganz schön schlau. Lena und Till sind etwas irritiert, da auf ihrem Buchungszettel etwas von Camping steht, aber die Hotelleitung und John werden schon wissen, was richtig ist. Schließlich hat John den Buchungsbeleg ja auch. Von der Außenanlage schon total beeindruckt, wird das Zimmer begutachtet. Eine Art Baumhaus mit einem steinernen Anbau.

Der Anbau stellt sich als riesiges Badezimmer aus Sandsteinen mit einer großen Eckbadewanne heraus. An den Wänden sind afrikanische Bilder und Masken zur Verzierung angebracht und sogar ein kleiner Zimmerbrunnen plätschert beruhigend vor sich hin. Im Schlafzimmer steht ein riesiges Bambusbett, auf dem in der Mitte zwei aus Handtüchern gefaltete Schwäne liegen, die zusammen ein Herz bilden. Rote Blüten sind kreuz und quer darüber verstreut. Neben dem Bett steht eine Flasche Sekt mit zwei Gläsern – ebenfalls mit roten Blüten verziert. Sieht fast aus wie eine Flitterwochensuite.

»Schau mal«, ruft Lena begeistert, als sie die beiden Schwäne entdeckt. Sie nimmt Tills Hand und küsst ihn flüchtig auf den Mund. »Die sind für uns.«

Till erwidert zwar den Kuss nicht, dreht sich aber auch nicht weg, sondern lächelt Lena zärtlich an. Bestimmt hat sie heimlich diese Suite gebucht und den Sekt bestellt.

»Kommst du mit zum Pool?« Lena zieht sich ohne Scham vor Till um. Natürlich hält sie ein Handtuch vor ihre wichtigsten Körperstellen, aber hier und da verrutscht es ein bisschen. Ganz versehentlich bestimmt.

»Nee, ich hab grad keine Lust auf Wasser.« Till wirft sich demonstrativ aufs Bett und schnappt sich ein Buch. Da hat die ganze Show wohl nichts gebracht, sie muss alleine zum Pool.

Kaum ist Lena weg, steht Till auf und kramt in seinem Rucksack. Er holt sein Tagebuch hervor. Deshalb wollte er nicht mit zum Pool. Er möchte mir schreiben. Alleine. Vielleicht liebt er mich ja doch noch.

Tansania, 28. Oktober 2013

Liebe Julie,

wenn ich doch nur noch einmal mit Dir reden könnte. Nur ein einziges Mal. Wenn Du mir sagen könntest, was richtig und falsch ist. Du bist mittlerwei-

le schon über sechs Monate nicht mehr bei mir. Diese vergangenen Monate waren hart, aber ich habe akzeptiert, dass Du nicht mehr da bist und auch, dass Du nie mehr zurückkommen wirst. Trotzdem ist der Gedanke mir immer noch unerträglich und macht mir auch etwas Angst. Wie soll es denn ohne Dich mit meinem Leben weitergehen?
Wenn ich an meine Zukunft denke, dann denke ich an Lena. Aber es fühlt sich nach Verrat an. Wenn Du mir nur sagen könntest, wie es sich für Dich anfühlt. Ich weiß, Du hast in Deinem Abschiedsbrief geschrieben, dass Du Dir wünschst, dass ich erkenne, dass mein Leben auch ohne Dich noch Wert ist, gelebt zu werden. Aber meinst Du damit auch Lena? Meine Liebe zu Dir würde ich nie verraten, aber ist in meinem Herzen nicht Platz für euch beide? Was, wenn Du wirklich irgendwo im Himmel auf mich wartest und mitansehen musst, wie Lena und ich glücklich werden? Wärst Du dann auch glücklich, weil ich wieder glücklich bin? Wahrscheinlich würdest Du vor Eifersucht toben. Als Du noch bei mir warst, gab es nie eine andere Frau. Du warst alles für mich, niemals hätte mich eine interessiert. Aber Du bist nicht mehr da und Lena hat es irgendwie geschafft, mich in ihren Bann zu ziehen. Irgendwas verbindet uns beide, so war es früher auch mit Dir. Ich möchte unsere Liebe aber nicht verraten. Wenn Du mir doch nur diese Zweifel nehmen könntest. Aber das kannst Du nicht und wirst es auch nie tun. Diese Entscheidung muss ich selbst treffen.

In Liebe
Till

Spinnt der jetzt komplett? Unsere Liebe verraten? Ja, genau das tust du doch die ganze Zeit! Und mit diesem Scheißbrief schon wieder. Eigentlich dachte ich, er will mir schreiben, dass er mich immer noch liebt und vermisst. Aber nichts von alledem. Einen Freifahrtschein möchte er von mir, damit er mit Lena rummachen kann und kein schlechtes Gewissen mehr haben muss. Darauf kann er lange warten. Soll er sein schlechtes Gewissen doch sein ganzes Leben lang mit sich rumtragen. Schon sechs Monate tot. Ich bin erst sechs Monate tot, und schon verliebst du dich in irgendeine dahergelaufene Schlampe. »Kann ich euch nicht beide lieben?« So einen Schwachsinn hab ich ja noch nie gehört. Kommt nur alle her, heute ist Tag der offenen Liebe. Und ja, ich bin verdammt noch mal im Himmel und ich muss alles mitansehen und ja, ich tobe vor Eifersucht!

FÜNFUNDDREISSIG

Nach dem Frühstück, das seinem Namen wirklich alle Ehre gemacht hat, früh um halb fünf serviert wurde und, wie ich neidisch von meiner Wolke beobachtet habe, aus Rührei, Obst und Pancakes bestand, steht John schon abfahrbereit vor dem Eingang zur Lodge. Er strahlt trotz der Uhrzeit übers ganze Gesicht und auch alle anderen scheinen extrem gut drauf zu sein. War irgendwas im Frühstückstee? So viel gute Laune am Morgen ist ja überhaupt nichts für mich. Wenn man aber dem Lake Natron einen Besuch abstatten will, dann in den frühen Morgenstunden. Hier hat man die beste Aussicht und den schönsten Blick auf die vielen Flamingos. Außerdem ist die Sonne noch nicht ganz so stark.

Okay, überredet. Ich komme mit. Haha.

Und dieser Ausblick kann sich wirklich sehen lassen. Wow. Wow, wow, woooow! Nachdem John den Jeep abgestellt hat, heißt es laufen, und zwar über ein ausgetrocknetes Flussbett. Sieht eher aus wie eine Vulkanlandschaft. Zur Regenzeit ist hier alles voller Wasser. Aber die lange Trockenzeit trocknet die Flüsse aus und drängt die Tiere auf immer kleinerem Raum zusammen. John zeigt während seiner Erklärungen auf die aufgerissene Erde des Flussbetts. Die Landschaft ist flach und in der Ferne sieht man einen in der Sonne funkelnden Wasserstreifen. Schon von Weitem lassen sich die vielen pinkfarbenen Flamingos erahnen. Die Sonne brennt schon jetzt erbarmungslos und vor allem Marion hat Schwierigkeiten, mit Johns Tempo mitzuhalten, was vermutlich nicht zuletzt an den überschüssigen Pfunden liegt, die sie mit sich rumschleppt. Mitten in diesem ausgetrockneten Flussbett steht ein kleiner Berg oder Steinhügel. Ja, Steinhügel trifft es besser. John sprintet voran und auch die anderen erklimmen nach und nach die Aussichtsplattform. Oben angekommen, verschlägt es allen förmlich die Sprache, außer Marion, sie röchelt wie ein Rohrspatz in seinen letzten Zügen. Die Aussicht ist phänomenal. Natürlich nicht halb so gut wie meine Wolkenplattform, aber es reicht, um Touristenherzen höherschlagen zu lassen, und selbst John scheint das Ganze zu genießen, obwohl er bestimmt jede Woche auf einem seiner zahlreichen Safariausflüge hier vorbeikommt. Von hier oben kann man das gegenüberliegende Ufer sehen, das die Grenze zwischen Kenia und Tansania bildet. Die Vulkanlandschaft im Hintergrund, darüber strahlend blauer Himmel – sogar die Luft flimmert vor Hitze – und dann der tiefblaue See mit seinen unendlich vielen pinkfarbenen Bewohnern. Monet könnte es nicht besser malen. Zurück beim Jeep, ist das Auto komplett von Massai umzingelt, die ihren selbst gemachten Schmuck verkaufen möchten. Es gibt keinen Durchgang. Erst als John auf Suaheli vermutlich einige Schimpfwörter losgeworden ist, öffnet sich eine Schleuse und die Gruppe kann einsteigen.

Nach einer etwas mehr als zweistündigen Pause in der Lodge geht die Entdeckungstour weiter zu einem Wasserfall. John hat darum gebeten, Badesachen mitzunehmen und allzu wertvolle Gegenstände in der Lodge zu lassen. Lenas Spiegelreflexkamera wurde wohl nicht als wertvoll eingestuft, diese baumelt nämlich um ihren Hals. Marion trägt als Einzige Flip-Flops. Ob diese wohl für eine Wasserfallwanderung geeignet sind? Wir werden es sicherlich herausfinden. John stellt der Gruppe einen Massai mit dem unspektakulären Namen David vor – so heißt der doch bestimmt niemals! – und verabschiedet sich selbst mit den Worten »See you tomorrow« von der Gruppe. Okay, mal kurz den Reiseführer ausgetauscht. Zuerst geht die Wanderung durch ebenes Gelände, entlang eines Flusses. Immer wieder ist der in wolkengehüllte heilige Vulkan der Massai zu sehen. Zum Glück sind mittlerweile einige Wolken am Himmel, eine Wanderung unter brennender Sonne wäre hier bestimmt nicht so angenehm. David ist nicht gerade ein Mann der großen Worte, schaut sich aber immer wieder nach seinem Gefolge um – ob auch noch alle da sind – und streckt Lena und Marion gelegentlich die Hand entgegen, um ihnen über größere Steine hinwegzuhelfen. Scheint einen ganz schön kräftigen Händedruck zu haben, zumindest hält der junge, in seiner roten Kriegeruniform gekleidete Massai auch Marion problemlos.

Allerdings ist sein Tempo noch zügiger als das von John und so ist es für die Gruppe erst recht eine Herausforderung mitzuhalten, da der Weg wirklich immer steiniger und enger wird. Sie müssen sogar einen kleinen Fluss überqueren, da er aber nicht wirklich tief ist und überall Steine herausschauen, bleiben alle trocken. Die nächste Überquerung ist jedoch um einiges aufregender. David versinkt knietief im Wasser, marschiert aber unbeirrt weiter. Till macht's ihm nach, schaut sich aber nach Lena um, die sichtlich Probleme hat, sich und ihre Kamera über Wasser zu halten. Till läuft ein Stück zurück, nimmt Lena die Kamera ab und hält sie sogar noch mit der anderen Hand fest. Händchen haltend laufen sie gemeinsam weiter. Er hat vorher auch Marions Hand gehalten, als Florian und David ein gutes Stück weiter vorne waren, aber wenn er Lenas Hand hält, ist sein Griff ein anderer und sein Blick verliebt.

Marion zieht ihre Flip-Flops aus, da sie bei der Strömung des Flusses unter Wasser kaum damit vorankommt. Plötzlich verliert sie das Gleichgewicht. Florian fängt sie gerade noch auf, aber vor Schreck hat sie einen ihrer Flip-Flops losgelassen. Alles kein Problem für David. Er rettet den Flip-Flop aus den Fluten, und so kommen schließlich alle heil auf der anderen Uferseite an und können das Naturschauspiel bewundern. Das Wasser stürzt mehrere Meter in die Tiefe und sammelt sich dort in einer Art Grotte. Die steilen Felswände sind mit tropischen Pflanzen, Moos und Palmen bewachsen. Zwischendrin sitzen überall Affen, die mit kleinen Steinen nach den Eindringlingen werfen. Vermutlich um ihr Revier zu verteidigen. Ein Urwald mitten in der kargen Landschaft. Jetzt ist Abkühlung angesagt. Raus aus den Klamotten und ab ins kühle Nass. Florian und Till sind nicht mehr zu halten.

Blitzschnell reißen sie sich ihre Klamotten vom Leib und springen mit einem Hechtsprung zu David, der bereits fröhlich seinen Rücken vom tosenden Wasserfall massieren lässt. Die Mädels lassen es etwas ruhiger angehen, ziehen sich ganz langsam aus, legen ihre Klamotten schön zusammengefaltet auf einen Haufen und verstauen alles in Ruhe in ihren Rucksäcken. Lena hat wieder ihren stechend gelben Bikini an und sieht zugegebenermaßen rattenscharf darin aus. Vor allem im direkten Vergleich mit Marion, die doch eher einer Presswurst ähnelt. Das war jetzt fies, ich weiß, aber leider ist es die Wahrheit. Sie sieht wirklich nicht gerade verlockend aus. Auch Lena springt gekonnt mit einem Hechtsprung ins Wasser – natürlich. Nur Marion geht langsam Schritt für Schritt hinein und David streckt ihr sogar seine Hand entgegen, um ihr zu helfen. Gut erzogener Krieger! Natürlich muss dieses Erlebnis auch auf Bildern festgehalten werden, und so bittet Lena David, Fotos mit der Spiegelreflexkamera zu machen. David kennt sich für einen Massai verblüffend gut damit aus. Ein Handy besitzt er natürlich auch. Scheint wohl eher ein Plastik-Massai zu sein – also nicht ganz echt.

SECHSUNDDREISSIG

Beim Abholen der Gruppe von der Wasserfalltour ist John merklich schlecht gelaunt. Es fällt allen gleich auf, dass irgendetwas nicht in Ordnung ist. Eigentlich grinst ihr Guide trotz seiner schiefen Zähne immer übers ganze Gesicht. Nicht so in diesem Moment.

»Alles okay bei dir?«, fragt Till schließlich.

»Der Hoteldirektor möchte euch sprechen und wird alles Weitere mit euch klären.« Ende der Durchsage, mehr ist nicht aus ihm rauszubekommen. Zurück in der Lodge, liegt gleich eine angespannte Stimmung in der Luft. Es riecht deutlich nach Ärger. Der Hoteldirektor wartet auch schon ungeduldig auf die Gäste. In einer kurzen Zusammenfassung erklärt er das Problem. Die vier wurden fälschlicherweise zur Lodge gebracht. Eigentlich sollten sie auf dem Campingplatz übernachten. John hat sie falsch abgeliefert und das Hotelpersonal hat dummerweise die Namen nicht kontrolliert. Nun stehen die beiden Hochzeitspaare, für die diese tollen Zimmer eigentlich bestimmt waren, schon den ganzen Morgen hier herum und warten darauf, endlich ihre Suiten zu beziehen. Auch der Koch, der für die Campingmannschaft kochen sollte, stand allein mit seinem Essen da, da keine Gäste kamen. Der Hoteldirektor bittet die Gruppe, schnellstmöglich ihre Koffer zu packen und in die Zelte umzuziehen. Als Entschuldigung bekommen sie noch eine Flasche Wein in die Hand gedrückt. Die Rechnung für die Zimmer geht selbstverständlich an John, da es sein Fehler war, sie hier abzuladen. Kein Wunder, dass er so schlechte Laune hat. Die beiden Zimmer kosten vermutlich mehr, als er in einem Jahr als Safariführer überhaupt verdient. Lena startet noch einen Versuch, um mit dem Hotelmanager über die Kosten zu reden, ohne Erfolg, für ihn ist dieses Thema beendet.

Der Zeltplatz ist wirklich schön und tatsächlich ist mitten auf der Wiese ein Tisch mit reichlich Essen aufgebaut. Sieht verdammt lecker aus. Nur der Koch wirkt leicht verärgert, kein Wunder, wenn er den ganzen Tag auf seine Gäste warten musste. Es gibt Kürbissuppe, Rinderfilet und Schokoladenreispudding. Selbst das Zelten scheint hier Luxus pur zu sein. Beim Essen wird vereinbart, dass jeder hundert Euro zur Rechnung der Lodge beisteuert, um John zu entlasten. Irgendwie waren sie ja auch mitschuldig. Die Zelte sind allerdings nicht ganz so luxuriös, sondern eher ganz schön klein. Allerdings sind es Zweimannzelte, was bedeutet, dass Lena und Till auf engstem Raum nebeneinanderschlafen. Es könnte kaum schlimmer sein. Sie schläft nicht nur knapp in Boxershorts und Top bekleidet dicht neben ihm, sondern er hält sie fest umklammert in seinen Armen. So wie mich damals …

SIEBENUNDDREISSIG

Mit immer noch sichtlich schlechter Laune holt John die Gruppe am nächsten Morgen ab. Die Rucksäcke sind bereits gepackt und werden allesamt im Jeep verstaut. Heute steht nämlich ein ganzer Tag im Jeep auf dem Programm. Es geht in die Serengeti. Da keiner richtig zu wissen scheint, wie sie mit der schlechten Laune von John umgehen sollen, eröffnet Florian das Gespräch, in dem er John mitteilt, dass sie sich an der Rechnung beteiligen werden. Gleich darauf erweichen sich Johns Gesichtszüge und er hält Florian ein Papier unter die Nase. Die Rechnung der Lodge. In Sachen Geld wird hier aber wirklich keine Zeit verschwendet. Pro Zimmer sind umgerechnet zweihundertdreizehn Euro zu bezahlen. John kommt also mit einem sehr glimpflichen blauen Auge von sechsundzwanzig Euro davon und wird zukünftig sicher ganz genau darauf achten, was auf den Buchungszetteln steht. Natürlich tut die Summe auch den restlichen vier etwas weh, allerdings nicht so sehr, wie die Existenz ihres afrikanisches Guides auf dem Gewissen zu haben. Somit sind alle wieder gut gelaunt und die Fahrt kann weitergehen. Nach einem superanstrengenden Tag – der nur aus Stillsitzen im Jeep bestand, kommen sie endlich im Serengeti-Nationalpark an. John erklärt der Gruppe, dass er sie heute nur noch zum Campingplatz bringt, da sie etwas im Zeitplan hintendran sind und der Koch sicher schon mit dem Essen wartet – mal wieder –, er sie aber morgen um fünf schon wieder abholen wird, und dann gibt es noch viel mehr Tiere zu sehen.

»Serengeti ist UNESCO-Weltkulturerbe. Ihr übernachte in die Zelte. Müsst ihr aber zuerst noch selbst aufbaue.«

Zur Enttäuschung von Lena brettert John daraufhin mit mindestens sechzig Stundenkilometern an allen Tieren vorbei und auch die anderen hätten wohl gerne den einen oder anderen Stopp bei Löwen, Elefanten und Geparden eingelegt. Dann eben morgen. Vor dem Essen heißt es dann noch Zelte aufbauen. Anders als in der Lodge handelt es sich hier um einen richtigen Zeltplatz, und so muss auch selbst Hand angelegt werden. John und Godfrey, der Koch, geben der Gruppe genaue Instruktionen und zusammen schaffen sie es schließlich, die zwei Zelte aufzubauen. Schon wieder nur zwei Zelte …

»Sieht so aus, als müssen wir schon wieder in einem Zelt übernachten.« Till schaut Lena entschuldigend an.

»Da du nicht schnarchst, ist das schon okay für mich. Oder hast du ein Problem damit?«

»Nein, überhaupt nicht, dachte nur … ich kann auch draußen schlafen.«

»Klar, und dich von den wilden Raubkatzen fressen lassen.« Lena boxt ihn neckisch in die Seite. Überhaupt wirken die beiden viel vertrauter miteinander. Was ist seit Nicaragua passiert? Sind die beiden ein Paar, lief etwas zwischen ihnen? Nein, das kann nicht sein. Das würde Till mir nie antun. Er liebt mich!

Nach dem Zeltaufbau gönnen sich Lena und Till zusammen mit den Schweizern noch ein lauwarmes Bierchen, dann geht's auch schon ins Bett. Dieses Zelt ist glücklicherweise groß genug, sodass sich die beiden beim Schlafen nicht zwangsweise berühren müssen. Trotzdem brodelt es in mir. Eine Frau so dicht in Tills Nähe zu wissen ist kein schöner Anblick.

Pünktlich um fünf startet die Pirschfahrt durch die Serengeti. Frühstück gab's heute keins, dafür aber eine Lunchbox für jeden. Da die Sonne noch nicht aufgegangen ist, ist es noch fast dunkel und nur hier und da kann man die Umrisse eines Tieres erahnen oder Schatten im Scheinwerferlicht des Jeeps vorbeihuschen sehen.

Allerdings ist die Fahrt im Dunkeln nur von kurzer Dauer und ein nicht wirklich spektakulärer, aber trotzdem sehr schöner Sonnenaufgang knipst fast von einer Sekunde auf die andere das Licht an. Die afrikanische Savanne erscheint in voller Pracht und überall knurrt, zwitschert, surrt und blökt es. Nicht mehr als zwei Meter vom Jeep entfernt entdeckt Till einen Löwen. Genauer gesagt mehrere Löwinnen mit ihren Löwenbabys. Die großen Löwinnen liegen allesamt faul in der Sonne, während die kleinen Raubkätzchen miteinander kämpfen und durch die Savanne balgen – immer in der Nähe ihrer Mütter –, um ihre Kräfte zu messen.

Weitab vom Rudel liegt der König der Löwen. Ein großes Männchen mit imposanter Mähne und leicht vernarbtem Gesicht. Es hebt kurz den Kopf, als die vielen Autos angefahren kommen, lässt ihn aber im nächsten Moment schon wieder faul auf das dürre Gras sinken. Autos sind die Raubkatzen hier mittlerweile zweifellos gewohnt.

John hat nicht zu viel versprochen. Die beiden Mädels können es kaum fassen und Lena würde das Kleinste der Babys am liebsten einpacken und mitnehmen, so sehr strahlt sie vor Entzücken. Das kleine Ding ist aber auch wirklich zu niedlich. Kaum die Augen offen, tapst es durch die Gegend und kann nur mit viel Mühe sein Gleichgewicht halten. Allerdings unter strenger Beobachtung von Mama Löwe. Sie lässt ihre Jungen keine Sekunde aus den Augen und wirkt, vermutlich durch den Jeep, der direkt vor ihrem Revier abgestellt wurde, etwas angespannt. Zumindest läuft sie stetig auf und ab und behält nicht nur ihre Jungen, sondern auch die Eindringlinge fest im Blick.

Nach gut einer Stunde Löwenschau startet John den Jeep und schweren Herzens nehmen Marion und Lena Abschied von den kleinen Raubkatzen. Weiter geht's durch die Grassteppe, vorbei an unzähligen Gnus und Zebraherden. Hier und da hält John an, wenn es etwas Interessantes zu sehen gibt, damit die Gruppe schöne Fotos machen kann. Selbst an ein Rudel Geparden, das mitten im Gras liegt, fährt er bedrohlich nah ran. Ob das die Naturschützer gerne sehen? Florian ist begeistert, dass er ganz ohne Zoom eine Nahaufnahme einer Raubkatze machen kann. Der Zweck heiligt wohl die Mittel.

Die fotogeilen Besucher macht es glücklich, die Raubkatzen aus nächster Nähe zu sehen, und den Guide macht das Trinkgeld glücklich, das er für die besten Aufnahmen bekommt. Lena findet die ganze Aktion allerdings überhaupt nicht witzig und bittet John ziemlich bestimmend, auf den Weg zurückzufahren. Er scheint die Welt nicht mehr zu verstehen, fährt aber brav zurück auf die Straße. Einige Meter weiter hat John einen Leoparden entdeckt. Gar nicht so einfach, den mit bloßem Auge zu erkennen. Daher gibt John seine Entdeckung auch sofort per Funk an seine Kollegen weiter und ruckzuck ist die ganze Gegend mit Jeeps zugestellt. Nicht gerade Natur pur. Das schöne Kätzchen liegt ausgestreckt auf einem Baum und ist nur an einer Tatze, die kraftlos herunterhängt, zu erkennen. Der restliche Körper ist perfekt mit der Rinde des Baums getarnt. Es ist großes Glück, einen Leoparden zu sehen, da die Tiere sehr scheu sind. Noch größeres Glück ist es allerdings, wenn man sie nicht schlafend, sondern jagend sieht, erklärt John der Gruppe. Na ja, dieser Freund hier sieht zumindest nicht so aus, als würde er demnächst auf Jagd gehen, da kann man wohl lange warten. Und genau das tun wir jetzt auch. John stellt den Motor ab und bestimmt mehr als zwei Stunden ist Leopard beobachten angesagt. Gelegentlich bewegt er eine seiner Tatzen oder schüttelt sein Ohr, sonst tut sich überhaupt nichts. Gähn!

Gerade als die Gruppe aufbrechen will, passiert es. Der Leopard springt mit einem Satz vom Baum – wow – und jagt irgendetwas quer übers Feld. Dafür, dass er eben noch im Tiefschlaf versunken war, ist er echt schnell. John gibt die Neuigkeit natürlich gleich wieder per Funk an seine Kollegen weiter, die schon längst wieder aufgebrochen sind. Das Dauerpiepen und Surren des Funkgeräts ist wirklich nervtötend. Eine Antilope hat sich ins Leopardenrevier verirrt. Till und Florian verfolgen angespannt die Jagd und drücken vermutlich dem Leoparden die Daumen.

Marion hält sich die Augen zu und auch Lena spricht wohl ein Stoßgebet für die Antilope. Scheinbar wurde sie erhört. Die Antilope springt in wildem Zickzack vor dem Leoparden auf und ab, doch diesem geht scheinbar die Puste aus und die Beute entkommt ihm. Eingeschnappt vom Misserfolg verkriecht er sich gleich wieder auf den nächsten Baum. Das Warten hat sich also gelohnt. Ich war allerdings auch für die Antilope, obwohl mir das Raubkätzchen jetzt etwas leidtut.

Es ist bereits dunkel, als die Gruppe zum Zeltplatz zurückkehrt. Mittlerweile stehen mehrere Zelte kreuz und quer über den Platz verteilt, scheinbar ein paar Neuankömmlinge. Natürlich wartet der Koch schon mit dem Essen. Es gibt Kürbissuppe, Kartoffeleintopf mit Fleisch und ein Bananenmousse als Dessert. Auf das Essen bin ich ja schon tierisch eifersüchtig. Zwar hab ich keinen Hunger mehr – wie denn auch ohne Magen –, aber ich erinnere mich daran, wie gut all diese Dinge mir geschmeckt haben, und so läuft mir trotzdem das Wasser im Mund zusammen. Gemeinheit! Nach dem Essen verkriechen sich alle wieder recht früh in ihre Zelte, da sie um vier aufstehen müssen, um ihr Schlaflager abzubauen.

ACHTUNDDREISSIG

Till schläft blitzschnell ein, wird aber wenige Stunden später von Lena geweckt. Zunächst verweilt ihr Blick im Schein der Taschenlampe eine Weile auf seinem Gesicht. Sie schaut ihn mit einer Zärtlichkeit an, als würde sie ihn lieben. Tut sie das etwa? Hat sie sich in ihn verliebt? Zuerst stupst sie ihn ganz zögernd an. Nach und nach rüttelt sie ihn etwas stärker an der Schuler. Till wacht auf und murmelt unverständliches Zeug.

»Ich müsste mal für kleine Königstiger.« Lena lächelt entschuldigend.

»Warum weckst du mich dann auf, soll ich Händchen halten?«

»Das nicht, aber hörst du die vielen Geräusche? Die Toilette ist genau auf der gegenüberliegenden Seite des Zeltplatzes und ich trau mich nicht alleine raus. Außerdem kann ich doch ohne meine Kontaktlinsen kaum was erkennen.« Stimmt ja, ohne ihre Kontaktlinsen ist Lena blind wie ein Maulwurf und diese macht sie über die Nacht natürlich raus. Eine Brille hat sie scheinbar keine.

Jetzt hört auch Till die Geräusche. Etwas raschelt direkt vor ihrem Zelt. Weiter weg ist das Brüllen oder Fauchen eines wilden Tieres zu hören. Vermutlich sind es Affen. Es können aber auch Löwen oder andere gefährliche Viecher sein.

»Musst du wirklich so dringend?« Ganz wohl scheint ihm bei der Vorstellung, das sichere Zelt verlassen zu müssen, auch nicht zu sein.

»Ja, ich versuche schon seit zwei Stunden, nicht mehr daran zu denken, aber langsam zerreißt es mich.«

Lieb, wie er ist, lässt sich Till natürlich erweichen. Oder weil er verliebt ist?

Jedenfalls kramt er im Rucksack nach seiner Taschenlampe, zieht sich ein T-Shirt über und öffnet langsam den Reißverschluss des Zeltes. Dann leuchtet er mit seiner Taschenlampe in die Ferne. Es ist nichts zu sehen. »Komm!« Wie selbstverständlich nimmt Till Lenas

Hand und gemeinsam machen sie sich auf den Weg in Richtung Toilette. Direkt vor ihnen schleicht etwas über den Weg und bleibt im Schein der Taschenlampe erstarrt stehen. Große Augen gucken die beiden eindringlich an. Eine Hyäne. Lena stößt beinahe einen panischen Schrei aus, doch Till legt schnell seine Hand auf ihren Mund und bedeutet ihr, leise zu sein. Im nächsten Moment rennt die Hyäne auch schon weg. »Fluchttiere«, bemerkt Till. Der Weg zur Toilette stellt sich als reinstes Abenteuer heraus. Überall fremde Geräusche und unzählige angsteinflößende Schatten. Total erleichtert kommen beide wieder beim Zelt an und machen es sich in ihren Schlafsäcken gemütlich.

»Danke«, flüstert Lena und haucht Till einen zarten Kuss auf die Wange.

Till macht Lena trotzdem klar, dass das der erste und letzte Toilettengang für diese Nacht war.

NEUNUNDDREISSIG

Nach der kurzen Nacht ist die kleine Gruppe frühmorgens schon damit beschäftigt, ihre Zelte abzubauen. Eine richtige Herausforderung, zumal es noch dunkel ist. Im Schein der Taschenlampe werden die Heringe aus dem Bogen gelöst, die Stangen auseinandergeknickt und die Planen zusammengelegt. Kaum wurde die Plane vom Boden genommen, stürzen auch schon die Vögel herbei und picken die unzähligen Maden auf, die sich unter dem Zelt angesammelt haben.

»Ihhh, schau mal, auf was wir geschlafen haben, ist ja widerlich.« Lena schüttelt sich vor Ekel. Auch unter dem Zelt von Marion und Florian werden die Wurmfresser fündig, eine riesengroße Spinne hat sich darunter versteckt und endet im Nu als Vogelfutter. Florian und Till rollen die Zelte zusammen. Nur in die dafür vorgesehene Tasche wollen die Zelte irgendwie nicht passen. Da braucht es die Hilfe von Godfrey, der das Zelt im Handumdrehen darin verstaut. Gewusst wie.

Gegen Abend erreichen sie Arusha und es heißt Abschied nehmen von John, Marion und Florian. Nach einer langen Nacht mit endlich mal wieder ausreichend Schlaf werden die beiden auch schon im Kinderheim Happy Watoto erwartet. Mein Wunsch war es, dass Till ein Kinderheim in Tansania besucht und eine Geldspende in Höhe meines Ersparten vorbeibringt. Anscheinend hat er sich informiert und sich für das in Ngorika gelegene Heim Happy Watoto entschieden – was übersetzt so viel heißt wie »glückliche Kinder«. Walther, ein herzlicher Holländer, nimmt die beiden in Empfang und führt sie durch das Heim. Das Heim besteht aus verschiedenen Wohnhäusern, Badezimmern, einer Essenshalle und einem großen Aufenthaltsraum, in dem gespielt und gebastelt wird.

Die Kinder teilen sich zu viert ein Zimmer. In jedem der Zimmer stehen zwei Stockbetten. Auch ein eigenes, ganz individuelles Kuscheltier liegt auf jedem Bett. Für tansanianische Verhältnisse bedeuten eigene Betten einen echten Luxus, denn normalerweise teilt sich die ganze Familie ein Bett. Von Walther erfahren Lena und Till außerdem, dass im Heim nur Englisch gesprochen wird, um die Sprachkenntnisse der Kinder zu fördern.

Die im Heim lebenden Kinder sind alle zwischen sieben und dreizehn Jahre alt und kommen aus sehr armen, häufig schwierigen Verhältnissen. So haben alle Kinder mindestens einen Elternteil verloren, häufig sogar beide. Zusammen mit Walther dürfen Lena und Till sogar kurz dem Unterricht beiwohnen und werden mit einem herzlichen »Welcome« von einer Schar aufstehender Kinder in Schuluniform und mit schüchternen und neugierigen Kinderaugen begrüßt. Danach fährt Walther mit den beiden in sein Haus, das nur einen Katzensprung vom Kinderheim entfernt ist. Sehr bescheiden und einfach für westliche Verhältnisse, wobei Walther aber mit so viel Liebe über die Kinder und sein Leben in Tansania spricht. Sein ganzes Gesicht strahlt und er scheint nichts zu vermissen. Nach dem kurzen Stopp in seinem Zuhause geht es weiter mit dem Auto zum Kindergarten des Heimes.

Die Kleinen sind gerade beim Essen, als sie jedoch Lena und Till entdecken, hält sie nichts mehr auf ihren Stühlen und die ganze Kinderschar stürzt sich auf die beiden Neuankömmlinge. An Lenas langen, blonden Haaren wird gezogen und die Digitalkamera wird ihr aus den Händen gerissen. Bei Till hängen mindestens fünf Kinder am Handgelenk und drücken auf den Knöpfen seiner Digitaluhr herum. Herrlich. Strahlende Kinderaugen und fröhliches, unbeschwertes Lachen aus jeder Ecke. Lena zeigt den Kleinen geduldig, wie das mit dem Fotomachen funktioniert, und auch Till erklärt den Kleinen seine Digitaluhr. An Walther hängen die Kinder ebenso pausenlos – man spürt, wie viel Liebe er ihnen schenkt. Die Kleinen singen und tanzen, zeigen stolz ihre Zimmer und sind ganz enttäuscht, als sie schlafen gehen müssen.

Auch Lena und Till fällt das Abschiednehmen sichtlich schwer. Beim Abendessen mit Walther erfahren die beiden einiges über die Schicksale der Kinder. Einige sind HIV-positiv, wurden vergewaltigt und geschlagen. Trotzdem strahlen sie eine solche Fröhlichkeit aus. Zum Glück gibt es solche Menschen wie Walther. So ein Besuch verändert das Leben auf wundersame Weise. *Für immer.*

VIERZIG

Tja, und dann bin ich mal wieder eingeschlafen. Laut meiner Taschenuhr ist es Anfang November und Lena und Till sind mittlerweile auf Sansibar unterwegs. In dem malerischen Städtchen Stontown sitzen die beiden gerade in der Mercury-Bar und genießen irgendwelche bunt gemixten Cocktails. Es wird Livemusik gespielt, und zwar so laut, dass man sich nur schreiend unterhalten kann. Lena fordert Till zum Tanzen auf. Erst zögert er, aber dann steht er auf und zusammen legen sie eine flotte Salsa aufs Parkett. Na prima.

Till hat mir zu meinem siebenundzwanzigsten Geburtstag einen Tanzkurs geschenkt. Er konnte schon tanzen, bevor er überhaupt richtig laufen konnte. Seine Eltern waren begeisterte Tänzer und so wurde natürlich auch Till damit groß. Er hat auch die verschiedensten Kurse absolviert, allerdings hat seine Leidenschaft nie ausgereicht, um mehr dafür zu tun. Tja, und dann hat er sich ausgerechnet in mich verliebt. Bis ich Till kennengelernt habe, konnte ich noch nicht mal das »Eins, zwei, tep, eins, zwei, tep« zu Discofox tanzen. Das hab ich dann mit ihm in zahlreichen Privatstunden geübt, und so konnten wir immerhin damit auf den verschiedenen Geburtstagen, Hochzeiten und sonstigen Feiern, bei denen getanzt wird, glänzen. Bis zu meinem siebenundzwanzigsten Geburtstag. Wie gesagt, da habe ich einen Tanzkurs bekommen, und zwar für Salsa by Thore in München. Es gruselt mich noch immer, wenn ich nur daran denke. Das Ganze war viel mehr Speeddating als Tanzunterricht. Kaum hatte die erste Stunde begonnen und Hakan die Schritte erklärt – eins, zwei, drei, Pause, fünf, sechs, sieben, Pause – wurde munter drauflosgetauscht. Partnerwechsel mit Ansage im Uhrzeigersinn, und zwar alle drei Minuten. Von Till hab ich den ganzen Abend über natürlich nichts mehr gesehen, dafür war ich um drei unmoralische Angebote und ebenso viele Telefonnummern reicher. Da Till aber ganz begeistert war, ging ich auch noch zur zweiten Stunde mit. Als mich da dann noch ein Typ anmachte, ich sei nicht im Takt, war es aus und vorbei mit meinem guten Willen, Salsa zu lernen. Ich verließ die Tanzschule und Till blieb. Was natürlich zu riesigen Eifersuchtsszenen meinerseits führte. Till besuchte den Kurs nämlich ein ganzes halbes Jahr lang – natürlich immer mit wechselnden Tanzpartnerinnen. Na ja, auf jeden Fall kann Lena verdammt gut Salsa tanzen und die beiden sehen echt zum Anbeißen aus. Verdammt!

EINUNDVIERZIG

Nach nur vier Stunden Schlaf klingelt der Wecker. Es ist acht und damit Zeit aufzustehen. Lena und Till quälen sich aus dem Bett und sehen beide leicht verkatert aus. Nach dem Frühstück, das sie appetitlos zu sich genommen haben, geht's mit dem Minibus weiter zu Teddy's Place. Es stehen als Abschluss noch einige Tage Strand auf dem Plan. Lena hat die Arschkarte im Bus gezogen. Es ist kein Platz mehr frei und da sie die Zierlichste ist, muss sie die ganze Fahrt über auf einer unbequemen Eisenstange sitzen. Bei Teddy's werden sie gleich herzlich von Becky, einer liebenswerten Australierin, begrüßt, die seit mehreren Jahren auf Sansibar gestrandet ist und das Hostel betreibt, und entscheiden sich nach einem kurzen Rundgang für eine der größeren Hütten mit Hochbett. Die Unterkunft ist traumhaft. Eine Hütte auf weißem Sand direkt am Strand. Die beiden machen einen Strandspaziergang und erkunden dabei den Ort. Viel zu sehen gibt es allerdings nicht. Strand, Meer, ein paar Häuser und einen kleinen Supermarkt. Die Sonne brennt erbarmungslos vom Himmel und kein Lufthauch ist zu spüren. Da Lena etwas Kreislaufprobleme hat, machen sie eine Pause beim Supermarkt und essen zur Abkühlung ein Eis.

Den Abend genießen sie zusammen mit Becky und einigen anderen Gästen bei einem Tapas-und-Shisha-Abend. In der Nacht hustet Lena ständig und weckt damit natürlich auch Till auf. Scheinbar hat sie sich eine Erkältung eingefangen und wird im Verlauf der Nacht von heftigen Schüttelfrostattacken geplagt. Im Halbschlaf bekommt sie davon allerdings nicht wirklich viel mit.

Ich kenne diesen Blick. Nur allzu gut kenne ich ihn. Als wäre es mein eigener. Dieser Blick, mit dem er sie anschaut. Es ist der Blick, mit dem er mich angeschaut hat, all die Jahre. Voller Wärme und Liebe. Er liebt sie.

Tausendmal berührt, tausendmal ist nichts passiert, tausend und eine Nacht und es hat Zoom gemacht.

Er hat sich verliebt.

Lange liege ich wie ein Häufchen Elend auf meiner Wolke, bewusstlos vor Schmerz, die Hand fest um die Taschenuhr gedrückt. Der Schmerz lähmt mich und scheint alle Gefühle zu vernichten, und doch ist er kaum zu ertragen. Betäubt und fassungslos vor Enttäuschung weine ich ohne Tränen. Wie kann er mich so schnell vergessen? War ich überhaupt seine große Liebe? Hätte er sich auch in Lena verliebt, wenn wir ihr zusammen begegnet wären? Fragen, die mich quälen und unsere Liebe unaufhaltsam vergiften, langsam, aber gründlich, wie eine Schlange, die ihre Beute runterwürgt.

Ich rapple mich auf und riskiere einen Blick über den Wolkenrand. Es ist bereits Morgen und Lena liegt schlafend im Bett. Till hat sie mit Medikamenten aus seinem Arzneivorrat versorgt, woraufhin sie auch schon wieder eingeschlafen ist.

Till läuft zum Strand und setzt sich direkt vors Meer. Sieht aus, als gehöre der Strand ihm heute ganz allein. Weit und breit ist keine Menschenseele zu sehen.

Er greift in seinen Rucksack und zieht sein Tagebuch heraus.

1. November 2013

Hi Julie,

eigentlich müsste ich Dich heute an Deinem Grab besuchen, es ist nämlich Allerheiligen. Dein kleiner Baum ist bestimmt auch schon ordentlich gewachsen. Habe vorhin kurz mit Deiner Mutter telefoniert, es geht ihr wohl nicht besonders.

Aber warum ich Dir eigentlich schreibe: Es ist etwas passiert. Im Grunde sollte ich mich darüber freuen, aber ich kann es nicht. Ich habe mich tatsäch-

lich wieder verliebt. In Lena. Sie ist, na ja, sie tut mir einfach gut. Du hast geschrieben, dass ich wieder glücklich werden und mein Leben weiterleben soll, eines Tages mit einer neuen Frau an meiner Seite. Vielleicht ist Lena diese Frau. Doch irgendwie fühlt es sich auch falsch an. Meine Liebe zu Dir ist immer noch da und wahrscheinlich geht sie auch nie weg. Das kann ich mir nicht vorstellen und ich will es auch nicht. Mit Lena zusammen zu sein fühlt sich gut an, so leicht und einfach, als wäre das Leben immer voll Sonnenstrahlen. Und doch fühlt es sich schrecklich an. Als würde ich meine Liebe zu Dir verraten, Dich betrügen.
Vielleicht ist es tatsächlich an der Zeit loszulassen und mich für immer von Dir zu verabschieden.

Aaaaaaaaaaaaaaaaaaaaaahhhhhggggggghhh! Ich schreie. Der Schrei kommt aus meinem tiefsten Inneren und schallt laut durch das weitläufige Himmelreich, doch auf der Erde kommt er leider nicht an.

Sich von mir verabschieden? Er will mich vergessen, aus seinem Leben löschen. Einfach Lebewohl sagen, als hätte es mich nie gegeben. Ich hasse dich. Ich hasse dich! Voller Wut falle ich auf die Knie und boxe mit schmerzverzerrtem Gesicht unaufhaltsam in das Weiß der Wolken. Ich hasse dich. Ich hasse dich!

Keine Ahnung, wie lange ich so daliege. Zeit hat für mich auf der Wolke jegliche Bedeutung verloren. Am liebsten würde ich einfach einschlafen und nie mehr aufwachen, so stark ist der Schmerz. Doch bin ich nicht schon tot? Nein, ich will richtig sterben. Einfach tot umfallen, überhaupt nicht mehr existieren – weder für mich noch für andere. Genau wie Till es sich wünscht, mich auslöschen, vergessen.

Scheinbar habe ich eine kleine Ewigkeit in komatösem Selbstmitleid und Trauer über unsere verlorene Liebe verbracht, aber das musste mal sein. Als ich jetzt über den Wolkenrand blicke, liegt Till in einer Hängematte und liest meinen nächsten Brief.

Hi Füchschen,

Tansania liegt nun fast hinter Dir. Du sitzt bestimmt gerade am Strand von Sansibar und genießt die Sonne.
Na, bist Du schon neugierig auf Dein nächstes Ziel?
Diesmal ist es nicht ganz so naheliegend.
Du reist nach SINGAPUR.
Hier wirst Du allerdings nur wenige Tage verbringen.

- *Du sollst eine Riverboattour machen,*
- *einen Cocktail in der Marina Bay Sands Bar trinken und den Ausblick genießen,*
- *im Raffles Hotel einen Singapur Sling trinken und Erdnüsse auf den Boden werfen,*
- *einen Flug nach Jakarta buchen.*

Wünsche Dir weiterhin eine tolle Reise und viel Spaß beim Weltentdecken!
Ich bin immer bei Dir!

In Liebe
Julie

Den Brief in seinen Händen haltend, schließt er die Augen, dann blickt er direkt zu mir auf meiner Wolke. Er sucht mich in der Weite des Himmels. Nur, dass er mich nicht finden wird, mich nicht sehen kann. In solchen Momenten spüre ich immer noch, wie tief verbunden wir waren und es immer noch sind. Er hat mich noch nicht losgelassen. Lena wird unsere Verbundenheit nie zerstören!

ZWEIUNDVIERZIG

Am nächsten Tag ist Lena wieder das blühende Leben. Sie hat den Kampf gegen die bösen Viren gewonnen.

»Wir sind im Paradies.« Lena rennt barfuß durch den Sand und wirbelt wie ein Kreisel umher, bevor sie sich in Tills Arme wirft und er sie lachend auffängt. Die beiden wirken wie ein frisch verliebtes Pärchen. Nein, die beiden sind ein frisch verliebtes Pärchen. Zaghaft und schüchtern berührt Lena flüchtig Tills Lippen. Ein kleiner Kuss, nicht mehr, und doch hat er eine so große Bedeutung. Till hat noch nicht endgültig mit mir abgeschlossen, das spürt Lena und sie gibt ihm die Zeit, die er braucht. *Wie verständnisvoll!*

Aus meinen Recherchen für Tills Reise weiß ich, dass Sansibar siebenunddreißig Kilometer vor der Küste Tansanias liegt und wahrlich das Paradies auf Erden ist. Die Gewürzinsel, wie sie dank ihrer Vielfalt an Gewürzpflanzen auch genannt wird, ist das Traummotiv einer jeden Urlaubspostkarte. Weißer Pulversand, türkisfarbenes Meer, auf dem alte Schifferboote in den Wellen treiben, und der Geruch nach Vanille, Nelken und Kardamom lassen jedes Urlauberherz höherschlagen.

Die Unterkunft der beiden – Teddy's Place – liegt in unmittelbarer Nähe direkt am Strand. Dieses Mal haben sie sich auch für ein gemeinsames Zimmer entschieden. Zwar mit Stockbett, aber scheinbar scheinen die Zurückhaltungen immer mehr zu verschwinden.

Am darauffolgenden Tag nehmen die beiden an einer Gewürztour teil. Mit einer Handvoll anderer Touristen erfahren sie alles über die auf Sansibar anzutreffenden Gewürze. Interessant zu sehen, wie Ingwer, Kurkuma, Vanille, Muskatnuss und Kardamon wachsen und geerntet werden. Den Geschmack der Früchte, die sie probieren, kann ich nur erahnen, aber die Orangen und Papayas sehen verdammt lecker aus. Nach der Gewürztour geht es mit den restlichen Touristen zu einer wunderschönen Bar direkt am Strand, von wo aus man einen herrlichen Blick auf die untergehende Sonne hat. Überall sind Hängematten angebracht und vor der Bar brennt ein riesiges Lagerfeuer, das eine geheimnisvolle und knisternde Atmosphäre schafft. Lena und Till sitzen etwas abseits, mit einem Bier in der Hand, und beobachten den rot gefärbten, untergehenden Feuerball.

Till sitzt auf dem Boden, Lena zwischen seinen Beinen, zärtlich an ihn gelehnt. Hier und da eine kaum spürbare Berührung. Ein zartes Streicheln über seinen Arm, ein unschuldiges Halten seiner Hand. Kaum wahrnehmbar. Doch ich spüre es, spüre jede einzelne Berührung wie einen Dolchstoß.

DREIUNDVIERZIG

Mit der Rückfahrt zum Flughafen in Dar es Salam gibt es leider einige Probleme. Die Fähre hat extreme Verspätung, da es irgendeine Feier anlässlich des Präsidenten gibt, und so fährt sie nicht planmäßig um zehn, sondern erst um eins. Lena ist wieder am Ende ihrer Kräfte und überglücklich, als sie endlich im Flugzeug nach Singapur sitzt und die Augen schließen kann. Scheinbar ist sie doch noch nicht ganz gesund. Der Flug ist brutal. Insgesamt sind sie über zweiundzwanzig Stunden unterwegs und müssen fast vier Stunden in Kairo auf ihren Anschlussflug warten. Au Backe. Was man bei so einer Routenplanung nicht alles beachten muss. Sie mögen es mir verzeihen.

Endlich im Hostel angekommen, verkrümelt sich Lena gleich wieder im Bett. Sie haben extra ein Taxi vom Flughafen zum Hostel genommen und sind nicht mit den Öffentlichen gefahren, da der lange Flug Lena doch ziemlich zugesetzt hat. Till löst ihr irgendeine Medizin im Glas auf, vermutlich irgendwelche Elektrolyte und Mineralstoffe, deckt sie liebevoll zu und küsst sie zärtlich auf die Stirn. So hat er es früher bei mir auch gemacht, wenn es mir nicht gut ging.

Er schnappt seinen Rucksack und den Lonely Planet und schließt leise die Tür hinter sich.

Das Hostel besteht eigentlich nur aus Zimmern. Es gibt keinen Eingangsbereich oder gar ein Café, in das man sich setzen könnte. Nur eine kleine Rezeption. Typisches Großstadthostel. Till setzt sich in ein Café, das nur wenige Gehminuten vom Hostel entfernt liegt, und holt den nächsten Brief aus dem Rucksack. Deswegen hatte er es so eilig.

Hi Füchschen,

hoffe, Du bist gut in Singapur gelandet. Die Stadt soll ja auffallend sauber sein, ist Dir das denn schon aufgefallen ;-)?

Buche am besten gleich einen Flug nach Jakarta ;-)
Wünsche Dir viel Spaß, und wie es von Jakarta aus weitergeht, erfährst Du im nächsten Brief.
Ich bin immer bei Dir!

In Liebe
Julie

Er trinkt den letzten Schluck seines Milchshakes aus und beschließt dann, ohne Lena loszuziehen. Sie wäre vermutlich sowieso momentan zu schwach, um mitzukommen. Ich freue mich, Till endlich mal wieder allein zu haben. Ganz für mich allein. Hoffentlich halten ihre Kreislaufprobleme noch etwas an. Till steuert eine der zahlreichen Bootsanlegestellen an. Wenige Minuten später ist er auch schon an Bord und die Kulisse Singapurs mit ihren Prachtbauten zieht an ihm vorbei. Allerdings scheint er diese überhaupt nicht wahrzunehmen. Er scheint mit seinen Gedanken woanders zu sein. Vermisst er mich oder denkt er etwa an sie? Das erste Mal seit langer Zeit sieht Till wieder bedrückt aus. Einsam. Kann es wirklich sein, dass er sie schon vermisst, obwohl sie nur wenige Meter entfernt in einem Hostelzimmer liegt? Auf jeden Fall genießt er die Fahrt kein bisschen. Es ist, als erfülle er widerstrebend eine Schulaufgabe, die er eigentlich nicht machen will, aber machen muss. Wenn Lena jetzt an seiner Seite wäre, fände er die Bootsfahrt bestimmt toll. Scheinbar erfüllt er mir gegenüber nur noch seine Pflicht. Was wäre gewesen, wenn er Lena nicht kennengelernt hätte? Wäre dann die ganze Reise für ihn eine Last gewesen und meine liebevoll für ihn ausgedachten Aufgaben nichts als Zwang? Ich fühle mich ungerecht behandelt. Ich wollte ihm damit eine Freude bereiten, wollte auch nach meinem Tod für ihn da sein. Wäre er schon längst mit Lena woandershin gereist, wenn es meine Route nicht geben würde?

Oh, dieses Sein und Nichtsein auf dieser verfluchten Wolke kotzt mich an. Was hat das Ganze hier denn für einen Sinn, wenn ich jetzt auch noch mitbekommen muss, dass sich Till kein bisschen über meine Ideen freut, sondern sich viel mehr nach Blödkuh Lena sehnt?

Was passiert eigentlich mit mir, wenn die komische Uhr in meiner Hand ihr Ende erreicht hat? Kommt dann der böse Sensenmann vorbei und macht mir ein für alle Mal den Garaus oder löse ich mich in himmlische Luft auf? Fragen, auf die ich so schnell keine Antwort bekommen werde, oder hat jemand eine Idee? Nur her damit. Mein Seelentierchen schweigt mich auch nur noch an, seit ich hier auf der Wolke gelandet bin. Muss wohl bei der Auffahrt in den Himmel verloren gegangen sein. Da ich wenig Lust verspüre, Till weiterhin bei seinen sehnsüchtigen Gedanken nach Lena zu beobachten, drehe ich mich schmollend auf die Seite. Viel mehr bleibt mir auf meiner zwei Quadratmeter großen Wolke auch nicht zu tun. Soll er doch, mir egal!

Natürlich ist mein Schmollzustand nicht von langer Dauer, dafür bin ich viel zu neugierig. Als ich wieder über meinen Wolkenrand spähe, entdecke ich Till zusammen mit Lena. Scheinbar ist sie wieder von den Toten auferstanden. Welch heilsame Wirkung ein paar Stunden Schlaf doch haben können. Zumindest sieht sie in ihrem blauen Kleid mit Leopardenmuster blendend aus und auch ihre Gesichtsfarbe ist eher wieder Marke knackigbraun als leichenblass. Die beiden sind in der Bar des Marina Bay Sands, die sich auf dem Dach des Hotels befindet. Ziemlich bekannt, dieses Dach, da es doch die Form eines Schiffes hat. Till besorgt gerade Cocktails und strahlt dabei übers ganze Gesicht. Sag ich doch, sobald Lena dabei ist, ist er wie ausgewechselt.

»Genieß deinen Cocktail, fürchte, mehr gibt's davon heute nicht.« Till reicht Lena einen Mojito.

»Warum das denn, sind die Getränke aus?«

»Nee, aber ich habe eben über vierzig Euro für zwei Cocktails bezahlt.«

»Autsch, das sind vielleicht Preise! Dann sollten wir sie wirklich genießen. Cheers.« Sie prostet Till zu und hakt sich bei ihm unter. Zusammen laufen sie durch die Menschenmenge hinaus zur Dachterrasse und genießen gemeinsam den herrlichen Blick auf das im Dunkeln beleuchtete Singapur.

VIERUNDVIERZIG

In Chinatown traut sich Till tatsächlich zum Friseur. Lebensmüde, wenn man mich fragt, aber seine Haare sind mittlerweile wirklich lang geworden und haben einen Haarschnitt bitter nötig. Die Mitarbeiter begrüßen ihn gleich freundlich und Lena bekommt zur Versüßung der Wartezeit sogar einen Tee und Kekse serviert. Auf der Werbetafel an der Tür steht, dass man für neun Singapur-Dollar das Komplettpaket bekommt, was auch immer das heißen mag. Auf jeden Fall hat Till das Komplettpaket gebucht. Da geht es auch schon los. Eine nett aussehende ältere Dame hängt ihm einen lila Umhang um und stellt eine Wasserschale auf dem kleinen Schränkchen vor ihm ab. Dann setzt sie sich auf einen Hocker und beginnt eine Art Honigcreme in seine linke Hand einzumassieren. Zumindest nehme ich an, dass es sich um Honig handelt, es ist nämlich eine Biene darauf abgebildet. Wissen tu ich das natürlich nicht. Danach macht sie mit der rechten Hand weiter und schließlich gibt es auch noch eine Nacken- und Kopfmassage. Anschließend kommt der Meister höchstpersönlich – zumindest handelt es sich um einen weise aussehenden älteren Herrn – und breitet sein Friseurwerkzeug vor Till aus. Es bildet sich Schaum, als er eine gelartige Substanz in einer Schüssel mit Wasser verrührt. Damit pinselt er Tills Gesicht ein und zückt kurz darauf ein kleines, sehr scharf aussehendes Messer. Scheinbar ist auch Rasieren im Preis enthalten. Tills Muskeln verspannen sich und er hält die Luft an. Offensichtlich ist ihm nicht ganz wohl bei dem Gedanken, gleich mit dem Messer rasiert zu werden. Die Klinge gleitet aber problemlos über Tills Barstoppeln und nach der Rasur ist seine Haut weich wie ein Babypopo. Allerdings ist das gute Gefühl nur von kurzer Dauer. Die nett aussehende Dame steht wieder auf der Matte und schmiert nun das Bienenöl auch großzügig auf Tills Gesicht. Seinen schmerzverzerrten Gesichtszügen zu entnehmen brennt es wohl ein wenig.

Till bleibt nicht viel Zeit, darüber nachzudenken, ob es nun wehtut oder nicht, denn da erscheint auch schon wieder der ältere Herr und beginnt mit dem Haareschneiden. Mit einem Zeichen gibt er seinem Kunden zu verstehen, wie kurz er die Haare schneiden wird, und als das abgenickt wird, geht's auch schon los. Zunächst mit der Schere, dann mit der Haarschneidemaschine und zu guter Letzt kommt auch hier das Messer zum Einsatz. Ruckzuck sind die Haare ab und Till sieht richtig gut aus. Sein Handwerk versteht der alte Mann auf jeden Fall. Wenn ihr jetzt denkt, hier sei die Prozedur vorbei: falsch gedacht. Wieder erscheint die nett aussehende Dame und massiert nun auch Tills Kopfhaut mit dem Bienenzeugs – aua. Danach kommt der ältere Herr mit einem brennenden Stäbchen zurück und klopft damit sanft auf Tills Ohren – vermutlich um die Ohrenhaare zu entfernen. Dann nimmt er einen Faden und zupft Tills Augenbrauen in Form. Das ist Till sichtlich unangenehm, erstens hat er noch nie seine Augenbrauen gezupft und zweitens tut auch das sicherlich etwas weh. Zum Schluss gibt es noch eine fünfminütige Nackenmassage, und fertig ist der Friseurbesuch. So viel Service für gerade mal fünf Euro. Wow.

FÜNFUNDVIERZIG

Das hochgelobte Raffles Hotel hab ich mir anders vorgestellt. Irgendwie moderner. Schon ein bisschen enttäuschend, der Schuppen. Trotzdem sitzen Lena und Till wie von mir befohlen bei gutem Essen und Livemusik an einem Tisch aus den Zeiten, als die Kolonialherren noch das Sagen hatten. Natürlich trinken sie ebenfalls wie von mir gewünscht einen Singapur Sling und Lena hat sichtlich Spaß, die Erdnüsse kreuz und quer durch die Bar zu werfen. Die Nüsse stehen in einer großen Schale mitten auf dem Tisch und rufen geradezu »Wirf mich, wirf mich«. Till hingegen ist das sichtlich unangenehm, was man unter anderem daran merkt, dass er mehrfach die Augen verdreht.

SECHSUNDVIERZIG

Mit Malaysia Airlines fliegen sie direkt nach Jakarta.

Noch im Flieger liest Till meinen nächsten Brief.

Hi Füchschen,

willkommen in Indonesien.
Von Jakarta geht Deine Reise weiter nach Yogyakarta. Hier wirst Du den Borobudur-Tempel besichtigen.
Weiter geht es zum Mount Bromo.
Ab ins Paradies nach Bali. Hier wirst Du einen indonesischen Kochkurs mitmachen.
In Ubud wirst Du Dich einer Mutprobe unterziehen und Deine Füße von kleinen gefräßigen Fischchen im Aquarium reinigen lassen.
Zum Abschluss verbringst Du einige Tage auf Gili Meno.
Viel Spaß!
Ich bin immer bei Dir!

In Liebe
Julie

PS: Den nächsten Brief öffnest Du auf den Gilis

Keine Ahnung, warum im Reiseführer steht, dass Jakarta eine charmante Stadt wäre. Besonders charmant wirken diese Neonreklamen für Fast Food über den Wellblechhütten ja nicht gerade. Hätte ich diesen Vogelperspektivenblick vorher schon gehabt, hätte ich die Stadt sicher nicht in die Route aufgenommen. Lena zeigte mit ihrer Hand auf die Reklame am Straßenrand. Neben ärmlichen Hütten aus Pappe und Wellblech bestimmen internationale Firmen – die einen Wolkenkratzer nach dem anderen in die Höhe ziehen – das Stadtbild. Kanäle sind neben den Straßen angelegt, in denen man das Wasser aber nur erahnen kann, da sie vor Müll und Kot nur so vor sich hin tümpeln. Die Straßen sind mit Rollern, Lkw und Autos jeder Art restlos vollgestopft, das Verkehrschaos ist kaum zu durchdringen und eine bräunliche Smogschicht hängt permanent über der Stadt. Daher sieht man auch viele Einheimische mit Mund- und Kopftüchern bekleidet, bei denen die absurden Motive von Hello Kitty bis Che Guevara reichen. Zwischen alldem lässt sich tatsächlich doch noch die indonesische Lebensart erkennen. Lena und Till legen in einem Warung eine Pause ein. Das kleine Zelt mit Klapptischen und Plastikstühlen ist typisch für die indonesische Kultur und das Essen für deutsche Verhältnisse spottbillig. Nasi Goreng für zwei Personen kostet umgerechnet nicht mal einen Euro und scheint wirklich gut zu schmecken. Von der Stadt enttäuscht, beschließen die beiden schon am nächsten Tag weiter nach Yogyakarta zu reisen. Mal wieder ist Busfahren angesagt. Yogyakarta glänzt mit mehr Charme. Eine Großstadt ohne das südostasiatische Chaos. Der Verkehr fließt nahezu geregelt und es gibt sogar Bürgersteige, die auch als solche genutzt werden. Till und Lena unternehmen eine Tour mit einer Rikscha und ihr Becak-Fahrer, wie das Rikscha in Indonesien genannt wird, erklärt ihnen so gut er kann die Gegend. Vorbei an Verkaufsbuden, steuern sie den Sultanspalast an. Lena und Till besichtigen die Fotogalerie des riesigen Palastes, der aus einigen offenen Pavillons und wenigen geschlossenen Räumen sowie viel Hof und Gartenflächen besteht. Der Becak-Fahrer wartet währenddessen vor den Toren des Prachtbaus. Danach geht die Tour weiter zum Taman Sari, der Ruine des früheren Wasserschlosses. Auf dem Rückweg passieren sie einen Vogelmarkt und Lena ist außer sich vor Abscheu und vor Mitleid mit den Tieren.

In unzähligen Käfigen werden Vögel aller Art angeboten und verkauft. Und nicht nur Vögel, auch Geckos, Schlangen und andere Reptilien tummeln sich eingezwängt in ihren viel zu engen Käfigen.

Wirklich nichts für zartbesaitete Gemüter und Tierfreunde. Lena ist nicht der Mensch, der wegschaut und die Klappe hält. Ein kleines Mädchen kommt auf Lena zugerannt: »You want to buy my bird? Two Dollars only!«, einen viel zu kleinen Vogelkäfig in der Hand, in dem ein wunderschöner grün gefederter Kanarienvogel sitzt. Till versucht Lena wegzuziehen. »Komm, es bringt überhaupt nichts, wenn du den Vogel kaufst und ihm die Freiheit schenkst. Sie werden ihn im Handumdrehen wieder einfangen. Du unterstützt die Tierquälerei nur, wenn du den Vogel kaufst, anstatt etwas Gutes für ihn zu tun.« Sie weiß, dass Till recht hat, und doch ist es schwer für sie weiterzugehen. Unmittelbar neben dem Vogelmarkt liegt das Viertel der Batikmaler. Hier kann man bewundern, wie das ursprünglich aus Indonesien stammende Textilfärbeverfahren, bei dem Muster und Verzierungen in Handarbeit mit flüssigem Wachs auf das Gewebe aufgezeichnet und somit abgedeckt werden, damit sie beim anschließenden Färben des Stoffes ihre ursprüngliche Farbe beibehalten, praktiziert wird. Lena ist von dem Handwerk total begeistert und kauft ein Bild mit einem asiatischen Tiger mit feuerglühenden Augen.

SIEBENUNDVIERZIG

Die himmlischen Gesänge des Muezzin durchdringen die gesamte Stadt und reißen die beiden noch vor Sonnenaufgang aus der Welt der Träume. Ihr Hostel muss sich in unmittelbarer Nähe einer Moschee befinden, sein Jammergesang, mit dem er die Muslime zum Gebet ruft, ist mehr als deutlich zu hören. Nach dem Frühstück ist Shopping angesagt. Lena möchte ein Kleid, da es hier trotz Monsun und abendlichen Regens fast kontinuierlich achtundzwanzig Grad hat. Yogya – wie die Einheimischen ihre Stadt nennen – hat reichlich Einkaufsmöglichkeiten zu bieten. An jeder Ecke gibt es Marktstände, die massenhaft T-Shirts und andere Textilien verkaufen, aber es gibt auch ein riesiges Einkaufszentrum. Dieses steuern die beiden gerade an. Lena wird schnell fündig und kauft ein hübsches sonnengelbes Kleid, das auf ihrer sonnengebräunten Haut einfach zum Anbeißen aussieht. Die beiden gönnen sich noch einen Frozen Joghurt mit Blaubeeren und Trauben – yammi, darauf hätte ich jetzt auch Lust – und, zurück im Hostel, buchen sie die Tour zum Borobudur-Tempel. Anschließend chillen sie den restlichen Tag in den Hängematten des Hostels, lesen und schlürfen leckere Smoothies. Sie wären wirklich ein schönes Paar. Wahrscheinlich sind sie es auch schon längst, ohne es selbst zu wissen, ohne es sich einzugestehen. Sie verbringen seit Monaten jeden Tag zusammen, scheinen die Zeit zu genießen und sich überhaupt nicht auf die Nerven zu gehen. Verstehen sich wortlos und lachen den ganzen Tag miteinander. Nicht einmal in der ganzen Zeit habe ich die beiden streiten sehen. Es scheint, als wären sie füreinander geschaffen. Topf und Deckel. Nach so kurzer Zeit verwachsen wie die tiefen Wurzeln einer Kiefer auf einer Sanddüne. Kaum mehr auseinanderzureißen. Es schnürt mir die Kehle zu. Zum Glück komme ich ohne Atmen aus, denn ich würde sicher daran ersticken. Warum tut es nur so weh? Warum kann ich mich nicht für Till freuen?

Mein letzter Wunsch an ihn war, dass er wieder glücklich wird, dafür habe ich ihm zum Abschied diese Reise geschenkt. Damit er sich von mir verabschieden kann und nach vorne schaut. Damit er eine Zukunft ohne mich findet. Und das hat er. Mein Plan ging auf. Aber für mich fühlt es sich wie ein Horrorfilm an. Zusehen, wie schnell er mich austauscht, mich sogar vergessen will. Die Unsicherheit, ob ich wirklich die Liebe seines Lebens war. Kann man öfter die Liebe seines Lebens finden? Und was, wenn ich noch leben würde, wäre Lena trotzdem für ihn bestimmt gewesen? Ich versuche, all diese Fragen zu verdrängen. Ich bin egoistisch, sollte ich nicht eigentlich selbstlos sein? Nie wieder kann ich Till in die Arme nehmen, mit ihm lachen und weinen. Wir sind für immer und unwiderruflich auseinandergerissen. Lebendig und tot. *Für immer.*

ACHTUNDVIERZIG

Pünktlich um fünf Uhr morgens werden Till und Lena mit einem Minibus, in dem sich schon einige andere Touristen eingefunden haben, abgeholt. Kaum eine Stunde später ist der Borobudurtempel als erstes Ziel auch schon erreicht. Eine der größten buddhistischen Tempelanlagen Südostasiens liegt vor der Reisegruppe. Es sind nur sehr wenige Besucher unterwegs und die Tempelanlage ist nahezu leer. Liegt höchstwahrscheinlich an der frühen Morgenstunde.

»Früher war der Tempel komplett unter vulkanischer Asche begraben. Er war vollkommen mit Erde bedeckt. Vom Tempel war nichts mehr zu sehen, nur ein Hügel. Erst 1814 wurde der Tempel wieder, entdeckt und zurück ans Tageslicht gebracht.« Die kleine Gruppe ist inzwischen aus dem Bus geklettert und der Fahrer teilt sein Wissen über die Tempelanlage mit ihnen, in perfektem Deutsch, wow!

Jetzt haben sie zwei Stunden Zeit, um die Anlage auf eigene Faust zu besichtigen. Lena und Till besteigen die steinernen Treppen der Tempelanlage und Lena ist mit ihrer geliebten Kamera vollkommen in ihrem Element.

»Hier.« Sie drückt Till ihre Kamera in die Hand und kniet sich auf allen vieren neben eine fauchende Löwenstatue und knurrt und faucht. Till kriegt sich vor Lachen kaum wieder ein und kann Lenas Wunsch eines Fotos nur schwer nachkommen. Sogar ich kichere auf meiner Wolke. Was für ein Quatschkopf! Ihr positives Gemüt ist einfach ansteckend und wenn ich ein Mann wäre, hätte ich mich wahrscheinlich auch in sie verliebt. Sie ist dieser Typ Mensch, den man einfach mögen muss. Männer lieben sie, sie ist der Traum aller Schwiegereltern und auch als Frau tut man sich schwer, eine Rivalin in ihr zu sehen, sondern hätte sie gerne zur Freundin, wenn sie sich nicht gerade meinen Mann ausgesucht hätte. Ihre Ausstrahlung ist umwerfend und mit ihrer Aura erobert sie ganze Menschenmassen in Sekunden. Das Ganze auch noch ohne Überheblichkeit, sie ist wirklich kein bisschen arrogant. Verdammt!

Zwei Stunden später geht die Fahrt weiter zum hinduistischen Prambanan-Tempel.

»Dieser Tempel wurde zu Ehren der Hindugötter Shiva, Brahma und Vishnu gebaut. 2006 Wurde die Anlage durch ein Erdbeben stark beschädigt und es wird immer noch renoviert.« Der Fahrer zeigt auf einen mit rot-weißem Band abgesperrten Tempel. Hier ist schon wesentlich mehr los.

»Sorry, can I take a photo?«, eine Asiatin tippt Lena auf die Schulter.

»Yes«, antwortet Lena und wartet darauf, dass die Asiatin ihr die Kamera gibt und sich für ein Foto hinstellt. Aber die Asiatin gibt Till ihre Kamera und stellt sich selbstbewusst neben Lena und bedeutet ihm, ein Foto zu machen.

»With me? Ich soll mit drauf?« Lena schaut fragend zu Till.

Er macht das Foto und während sich die Asiatin noch herzlich bedankt, kommt auch schon die nächste. Lena wird von unzähligen Asiaten als Fotomotiv umworben und versteht die Welt nicht mehr. Und auch Till darf hin und wieder mit aufs Bild.

»Verwechseln die mich mit einem Promi? Vielleicht denken die ja wirklich, ich wäre irgendeine Berühmtheit.«

»Ich glaube, es liegt an deinen langen blonden Haaren.« Till fährt ihr liebevoll durchs Haar, da werden sie auch schon von der nächsten Gruppe getrennt, die gerne ein Foto mit Lena haben möchte.

»Zumindest fühle ich mich wie ein Promi. So kommt man sich also vor, wenn man alle zwei Meter angesprungen wird und für Fotos herhalten muss.« Sie lacht herzlich und begibt sich in die Mitte der Teenagergruppe. Am Ende des Aufenthalts haben die beiden zwar nicht wirklich viel von der Tempelanlage gesehen, aber es ist auf jeden Fall ein unvergessliches Ereignis: Promi für einen Tag.

Es wird noch ein Restaurant zum Essen angefahren. Hähnchen mit Gemüse und Erdnusssoße. Lena und Till buchen beim Fahrer auch gleich die Tour zum Mount Bromo.

Yogya gefällt den beiden und erst eine Woche später sitzen sie im Bus Richtung Surabaya zum Mount Bromo. Die Fahrt dauert knappe vierzehn Stunden und ist in dem engen Minibus nicht wirklich komfortabel. Im Bus ist ein Pärchen aus Köln, Silvia und Henning, mit denen sich die beiden die meiste Zeit unterhalten. Trotzdem dauert die Fahrt ewig. Erst bei Einbruch der Dunkelheit erreichen sie ihre Unterkunft. Ein Gästehaus in einem der Dörfer in der Nähe des Bromo. Zusammen mit den Kölnern gönnen sie sich noch ein kühles Bier – das laut Henning nicht mit dem guten alten Kölsch mithalten kann – und verziehen sich in ihre Zimmer.

»Ihhhhhhhhhh!« Lena schreit. »Mach sie weg. Waahhgghh, die sind ja überall.«

Erschrocken springt Till an Lenas Seite. Käfer. Überall. Fette, schwarze, widerliche, große Käfer. Wahrscheinlich eine Art Kakerlaken. Überhaupt glänzt das Zimmer nicht gerade vor Sauberkeit und ist sogar für indonesische Verhältnisse sehr dreckig. Sogar das Bettlaken sieht aus, als wäre es schon mehrfach benutzt worden. Nachdem Till unzählige der Krabbeltierchen hinausgetragen hat und diese scheinbar immer wieder den Weg zurück ins Zimmer finden, stopft er die sowieso schon dreckige Bettdecke unter den Türschlitz und tatsächlich: keine Käfer mehr. Im Schlafsack versuchen die beiden zu schlafen, was Till auch in Sekundenschnelle gelingt. Nur Lena hat so ihr Problem mit dem Einschlafen, wahrscheinlich befürchtet sie, in der Nacht von Käfern attackiert zu werden. Also ich kann das verstehen. Um zwei Uhr mitten in der Nacht klingelt Tills Handy. Der Wecker. Die beiden werden um halb drei abgeholt. Dick eingepackt – auch hier ist es in den Bergen eisig kalt – schwingen sie sich verschlafen in den Jeep. In absoluter Finsternis über halsbrecherisch angelegte Pisten fahrend werden beide total durchgerüttelt. Die Fahrt führt vorbei an steilen Felswänden und heruntergefallenen Brocken. Im Anschluss müssen die beiden noch eine knappe Stunde laufen. Bei drei Grad und ohne Frühstück ganz schön kräftezehrend.

»Sieht hier aus wie auf dem Mond.« Lena hat absolut recht. Die Steinwüste mit ihrem dunklen Lava- und Aschegestein, der mächtige Vulkan in der Mitte und dazu der dunkle Himmel mit dem perfekten Vollmond erinnert wirklich an eine Mondlandschaft. Der Fußmarsch führt vorbei an einem Hindukloster, das am Fuße des Bromos errichtet wurde. Es wirkt in dieser Landschaft wie eine Fata Morgana, total surreal. Genau wie die Pferde und unzähligen Motorräder, mit denen die Einheimischen die Strecke zum Bromo zurücklegen und sicherlich auch einige fußfaule Touristen.

Langsam wird es wärmer, die Sonne wird in wenigen Minuten aufgehen und Lena und Till müssen sich etwas beeilen, die steilen, nicht enden wollenden Treppen des Bromo zu erklimmen. Gerade noch rechtzeitig zum Sonnenaufgang kommen sie oben an und suchen sich einen Platz zwischen den zahlreichen anderen Sonnenaufgangspilgern, um das Spektakel zu bewundern. Unglaublich zu sehen, wie auf der einen Seite der Vollmond verschwindet und auf der anderen Seite zeitgleich die Sonne aufgeht. Direkt hinter ihnen befindet sich der Vulkanschlund, in dessen Rachen die Einheimischen kleine Sträußchen aus indonesischem Edelweiß werfen. Sie tun das, um die Götter zu besänftigen. Die Touristen entsorgen auf die gleiche Weise ihren Müll. Das wiederum hat wenig mit Götterverehrung zu tun.

Der Rückweg fällt ihnen wesentlich leichter und sie ziehen auch ihre Jacken aus, da es dank der Sonne mittlerweile auch dort auf dem Mond angenehm warm ist. Ein Fahrer wartet nicht mehr, da Till und Lena selbstständig zum Gästehaus zurücklaufen wollen, unterwegs kehren sie jedoch erst mal im Café Lava zum Frühstücken ein. Später im Gästehaus packen sie ihre Sachen zusammen, da es mit dem Bus gleich weiter zur Fähre nach Bali geht. Das bedeutet insgesamt wieder einen Tag im Bus.

Am Hafen angekommen, heißt es warten. Das Schiff kann wegen zu hohem Wellengang nicht ablegen. Natürlich weiß niemand, wann es weitergeht. Von Aussagen zwischen einer und zehn Stunden ist alles dabei. Die Warterei zerrt nach der zehnstündigen Busfahrt sichtlich an den Nerven und das erste Mal erlebe ich Lena angespannt. Sie ist also doch nicht perfekt. Nach drei Stunden Warten hat sie die Schnauze voll und versucht Informationen zu bekommen, wann es den endlich weitergeht. Aber sie wird nur vertröstet. Tills Laune ist auch auf dem Gefrierpunkt. Er sitzt an seinen Rucksack gelehnt auf dem Boden und schlürft lustlos an seiner Cola. Nach weiteren zwei nicht endenden Stunden dürfen sie endlich aufs Schiff, eine Stunde später sind sie auf Bali und steigen in den nächsten Bus mit Ziel Lovina. Der Fahrer will aber nicht abfahren, da nicht alle Plätze im Bus belegt sind. Zusammen mit den restlichen Gästen, die eine ähnlich anstrengende Reise hinter sich haben, entscheiden sich Lena und Till, dem Fahrer das Geld für die nicht besetzten Plätze zu zahlen, und endlich fährt er los. Um halb zwölf kommen sie völlig k. o. in Lovina an und nehmen das erstbeste Hostel, das sie finden können.

Beim Frühstück, das enttäuschend ist, da es nur aus zwei Scheiben Toast und wässrigem Kaffee oder Tee besteht, erkundigen sich die beiden nach einem Kochkurs und buchen direkt bei einem Freund des Gästehausbesitzers. Das ist wirklich erstaunlich in diesen Ländern. Jeder hat immer einen engen Freund oder gar Verwandten, der zufälligerweise genau das macht oder besitzt, was man gerade braucht. Den restlichen Tag verbringen beide mit Faulenzen am zum Gästehaus gehörenden Pool und genießen ihren Urlaub.

NEUNUNDVIERZIG

Zusammen mit vier anderen Gästen aus dem Hostel werden Lena und Till um neun Uhr morgens zum Kochkurs abgeholt. Leider ist der Koch nicht wirklich gesprächig und die kochwillige Truppe muss ihm wirklich jede Information aus der Nase ziehen. Zuerst geht es zum Markt. Hindurch zwischen knallroten Tomaten, saftigen Orangen und meterhoch gestapelten Kokosnüssen. Allerdings kauft der Koch überhaupt nichts. Auf Nachfrage stellt sich heraus, dass er heute Morgen in aller Frühe schon auf dem Markt war und die benötigten Zutaten gekauft hat. Enttäuschung macht sich unter den Kursteilnehmern breit. Zu gerne hätten sie ihn beim Feilschen über die Schulter geschaut. Weiter geht es zu seinem Wohnhaus. Wie es aussieht, findet der Kurs bei ihm zu Hause statt. Kinder liegen auf einer Matratze am Boden vor dem Fernseher und eine freundliche ältere Frau serviert Tee, wobei sie der Gruppe bedeutet, es sich am Tisch im Garten bequem zu machen. Der Koch selbst ist spurlos verschwunden. Lena und Till schenken sich wie die restlichen Teilnehmer einen Tee ein und warten, sich sichtlich fehl am Platz fühlend, was als Nächstes geschieht.

»Ich glaube, der kocht ohne uns.« Einer aus der Gruppe zeigt auf ein Fenster des Hauses, aus dem nebliger Dampf aufsteigt.

»Das kann ich mir aber nicht vorstellen, wir sind schließlich zum Kochen hier, nicht, um bedient zu werden«, gibt seine bessere Hälfte zu bedenken.

Lena ist inzwischen schon aufgesprungen und zum Fenster gelaufen, durch das man einen wunderbaren Blick ins Innere des Hauses hat. Da steht er, ihr Koch, und kocht. Auch die anderen Teilnehmer lassen inzwischen den Tee Tee sein und stehen vor dem Fenster.

»Können wir mithelfen?«, fragt Lena, als er sie endlich bemerkt. Scheinbar verwirrt über diese Frage kommt der Koch aus der Küche und zeigt Lena, wie sie Kokosnuss raspeln kann. Till bekommt einen Mörser und Knoblauch zum Zerkleinern und ein anderer darf mit in die Küche. Für die restlichen drei gibt es scheinbar nichts zu tun. So wird sich abgewechselt zwischen Knoblauch stampfen, Kokos raspeln und in Töpfen rühren.

Es ist mehr eine Kochshow als ein Kochkurs und wirklich lernen, wie die einzelnen Gerichte zustande kommen, tun sie nicht, da der Koch fast alle Arbeitsschritte ohne sie durchführt und die verwendeten Gewürze auch nur auf Nachfrage im Schnelldurchlauf erwähnt. Dennoch schmeckt das Essen fantastisch. Insgesamt sechs Gerichte wurden gekocht. Uraban (eine Art grüne Bohnen mit gebratener Kokosnuss), Gado Gado (Gemüse in Erdnusssoße), Tofu in süßer Sojasoße, Spinat in Knoblauchsoße, in Bananenblättern gedünsteter Fisch und Hühnchen in Zitronengrassoße. Als Nachtisch gibt es Pudding aus gesüßtem schwarzen Reis. Vom Kochkurs enttäuscht, aber vom Essen begeistert, mieten sich Lena und Till bei einem weiteren guten Freund ihres Vermieters einen Roller für den nächsten Tag.

Das Rollerfahren ist hier gar nicht so leicht. Es herrscht nämlich Linksverkehr. Till fährt und Lena sitzt dicht hinter ihm, die Arme fest um seinen Körper geschlungen. Ich würde alles dafür geben, Till noch mal so nah zu sein. Auf der total überfüllten Straße kommen einem die unglaublichsten Gefährte entgegen. Ein Roller beladen mit einem Imbissstand. Ein weiterer mit einer kompletten Großfamilie, wobei das Baby vorne auf dem Lenker sitzt. In Deutschland wäre so etwas undenkbar. Die Roller sind hier restlos überladen und es ist unglaublich, dass sie sich überhaupt noch fortbewegen. Lena und Till parken ihren Roller am Anfang eines Wanderweges. Laut Lonely Planet führt der Weg zu einem Wasserfall.

»Schau mal, da liegt eine Kuh.« Lena kniet sich neben das Tier, das hier im Dschungel irgendwie fehl am Platz wirkt. »Sie ist angebunden, wahrscheinlich gehört sie den Leuten, die hier wohnen.« Sie zeigt auf ein Haus, das weit oben auf dem Berg steht. Unterwegs begegnen sie noch mehreren Kühen und frechen Affen, die mit Früchten und kleinen Steinen nach ihnen werfen. Zum Glück sind sie nicht gerade zielsicher. Beim Wasserfall treffen sie auf Karl-Heinz, einen deutschen Auswanderer.

»Vor sechs Jahren bin ich zusammen mit meiner Frau Lotta nach Bali ausgewandert. Wir haben uns in der Rente dafür entschieden, dem kalten Deutschland den Rücken zuzukehren und hierher ins Warme zu ziehen. Uns gehört das Haus da oben auf dem Berg.« Er zeigt auf das von hohen Mauern umgebene Haus, das Lena zuvor schon ausgemacht hat.

»Gehören Ihnen dann die Kühe?«

»Das sind meine, ja. Ich nutze den Wald hier als Weideland und vom Wasserfall beziehe ich mein Wasser.« Er zeigt auf einen dicken, meterlangen Schlauch, der tief im Wasser liegt und über die ganze steile Bergwand verläuft. »Damit pumpe ich Wasser direkt in unser Wasserreservoir. Wenn ihr hier rumlauft, passt übrigens auf, wo ihr hintretet. Auch wenn einige Balinesen einem das Gegenteil weismachen wollen, es gibt einige Giftschlangen hier im Dschungel. Besonders verbreitet ist die grüne Viper, die allerdings nachtaktiv ist. Passt aber trotzdem auf, wo ihr langlauft und was ihr anfasst. Diese Schlange hängt sehr gerne in Bäumen und ist wegen ihrer grünen Tarnung kaum zu erkennen. Ich hatte schon eine sehr schmerzhafte Begegnung.«

Nach dem interessanten Austausch wird sich verabschiedet und beide wandern mit vorsichtigen Schritten weiter. Vom Berg aus hat man einen traumhaften Überblick über Bali und kann sich zum Verschnaufen eine kühle Cola gönnen. Schließlich wurde extra ein Café auf dieser gigantischen Aussichtsplattform angelegt.

»Halt an. Anhalten!« Lena brüllt von hinten in Tills Ohr. Er bremst ab und hält schließlich am Straßenrand.

»Da war ein Schild ›Zum deutschen Eck‹. Wollen wir da essen gehen?«

»Super Idee, ich hab echt Hunger.« Till wendete den Roller und ab geht's zum Deutschen Eck.

Das Deutsche Eck ist eine ehemalige Mangoplantage und wirklich riesig. Ein Deutscher aus Augsburg hat sich ein wahres Paradies im Grünen geschaffen. Zusammen mit seiner indonesischen Frau führt er das zwischen Mangobäumen stehende Gästehaus mit Swimmingpool, zu dem auch ein Restaurant mit guter bayrischer Küche gehört.

Lena bestellt Nürnberger Würste mit Bratkartoffeln und Till ist nach einem deftigen deutschen Leberkäs mit Spiegelei und selbst gebackenem Brot aus dem Steinbackofen zumute. »Schmeckt wie bei Mama«, bemerkt Till und streichelt sofort zärtlich über Lenas Hand, als er seinen Fehler bemerkt.

»Schon okay. Es stimmt ja auch, schmeckt wirklich wie von Mama.«

FÜNFZIG

Die beiden sind unterwegs nach Ubud. Der Fahrer des Taxis hält mehrere Male an, da er anscheinend Blähungen hat. Informationen, die man nicht unbedingt braucht. Gegen halb zwölf treffen sie in Ubud ein und machen sich auf die Suche nach einem Hostel. Ist hier aber gar nicht so einfach. Ausgebucht oder zu dreckig, jedenfalls zu dem Preis, den sie sich vorstellen. Fünf Hostels später haben sie endlich eine passende Bleibe gefunden.

Nach einer kleinen Pause und einer kurzen Erfrischungsdusche schlendern die beiden über den Pasar-Seni-Kunstmarkt und Lena kauft sich einen balinesischen Sarong, den sie sich auch gleich über die kurze Hose um die Hüften wickelt.

»Schau mal, hier kann man sich die Hornhaut von kleinen Fischen von den Füßen fressen lassen. Stand das nicht auch in dem Brief von Julie?«

Till schluckt fast unmerklich. Scheinbar überschreitet Lena für ihn noch immer eine Grenze, wenn sie von mir spricht.

»Stimmt.« Einen Tick zu fröhlich kauft er beim Spabesitzer, der geschäftewitternd schon neben ihm steht, eine zehnminütige Fischintensivkur. Lena will etwas sagen, doch verkneift es sich. Wahrscheinlich hat sie gemerkt, dass sie Till zu nahegetreten ist. Sie kennt ihn mittlerweile wirklich gut. Till zieht seine Turnschuhe und Socken aus und bevor er sie ins Wasser tauchen darf, werden seine Füße gründlich gesäubert. Im Aquarium vor seiner Sitzbank warten Dutzende kleine Fischchen darauf, an seinen Füßen knabbern zu dürfen. Ganz vorsichtig berührt Till mit seinem Fuß die Wasseroberfläche. Schon kommen die kleinen Biester angeschossen und machen sich über seine Hornhaut her. Einer knabbert sich richtig fest, erschrocken zieht Till seinen Fuß zurück. »Das kitzelt ja furchtbar!«

»Na komm, wieder rein damit.« Lena hält das Spektakel mit der Kamera für die Nachwelt fest. Till schüttelt es vor Lachen und es kostet ihn einiges an Überwindung und Konzentration, die Füße nicht wieder herauszuziehen. Die kleinen Fischchen fressen aber nicht nur die Hornhaut an den Füßen, sondern machen sich auch über alle anderen Hautpartikel, an denen sie etwas zu fressen finden, her. Ein Fischlein knabbert hartnäckig in Tills Kniekehle und er spannt seinen ganzen Körper an, um nicht loszuschreien.

Durch den Anblick entscheidet sich Lena, jetzt auch mitzumachen, und wenige Minuten später stecken auch ihre Füße in dem Fischbecken. Beide kichern ausgelassen und wieder spüre ich Liebe, die sich die beiden nicht eingestehen wollen.

EINUNDFÜNFZIG

Es ist sechs Uhr morgens und die beiden sitzen zusammen mit vielen anderen Touristen in einem Bus. Für heute steht eine Radtour auf dem Tagesplan. Wayan, ihr Reiseführer für den heutigen Tag, erklärt der Gruppe gerade die balinesische Namensgebung. »Mein Name ist Wayan. Ich bin euer Guide. Ich heiße Wayan, da ich das erste Kind in meiner Familie bin. Wayan bedeutet »der Älteste«. Auf Bali haben wir insgesamt nur zehn Vornamen. Für das erste Kind stehen den Eltern vier Namen zur Auswahl, für das zweite haben sie die Wahl zwischen drei Namen, beim dritten Kind hat man noch die Wahl zwischen zwei Namen und das vierte Kind heißt immer Ketut. Mit dem fünften Kind beginnt das Namenskarussell von vorn. Wir müssen uns also nicht lange Gedanken für den Namen unserer Kinder machen. Je nachdem, ob das Kind männlich oder weiblich ist wird ein I oder ein Ni vor den Namen gehängt. I für weiblich, das Ni für männlich. Nur die Namen Luh und Gede sind Ausnahmen. Luh ist immer ein Mädchen und Gede immer ein Junge. Richtige Nachnamen haben wir hier auf Bali nicht. Wir bekommen von unserer Familie aber einen Kosenamen, den wir wie einen Nachnamen tragen. Mein zweiter Name ist Candra, das bedeutet ›Mond‹, da ich in einer Vollmondnacht geboren wurde«.

Der Bus hält in einem Restaurant und die Gruppe bekommt Pancakes zur Stärkung vor der Radtour. Danach darf sich jeder sein Fahrrad selbst aussuchen. Keine Luxus-Bikes, aber eine Radtour sollten die Drahtesel mit höchstens drei Gängen trotzdem überstehen. Auf der Tour, vorbei an zahlreichen balinesischen Häusern, erklärt Wayan, dass jedes Haus seinen eigenen Tempel besitzt, der nur von der Familie betreten werden darf. Wayan bremst vor einem Haus und deutet seiner Gruppe an, ihm zu folgen. Sie besichtigen ein typisches balinesisches Wohnhaus. Mitten auf dem Boden sitzen zwei ältere balinesische Frauen in traditionellem Gewand und trennen mit Macheten getrocknete Bananenblätter von den Hainen ab.

»Hier wird gekocht.« Wayan zeigt auf einen kleinen steinernen Raum mit Kochgefäßen, wie sie unsere Uromas vielleicht noch benutzt haben, und auch die Lebensmittel liegen unhygienisch am Boden oder stehen in der prallen Sonne. »Balinesische Familien essen nicht zusammen, jeder kocht sich etwas, wenn er Hunger hat. Hier sind die Kinderzimmer. Eines für die Jungen und eines für die Mädchen. Zwei winzige Räume mit Matratzen am Boden und einigen wenigen Spielsachen, die lieblos darauf verteilt sind. In diesen winzigen Räumen schlafen insgesamt sieben Kinder. Etwas erhöht und nur über Stufen zu erreichen ist das Zimmer der Großeltern angelegt und direkt gegenüber ist der Tempel, den nur Familienangehörige betreten dürfen. Über dem Eingang prangt die Swastika, das Symbol der Sonne und Wiedergeburt. Es wird weitergeradelt, vorbei an unzähligen Reisterrassen und Feldern. Wayan erklärt, dass die Reisterrassen für die Balinesen die Himmelstreppen ihrer Götter darstellen. Einige der Reisfelder stehen komplett unter Wasser. Hierbei handelt es sich um Nassreis, der künstlich überflutet wird, sodass die Rispen drei bis neun Monate komplett im Wasser stehen. Trotz harter Arbeit und niedrigem Lohn leben viele Familien vom Reisanbau. Wayan hält mit der Gruppe an einem Reisfeld, wo sie zusammen über einen schmalen Trampelpfad ins Feld hineinlaufen und so die Pflänzchen aus nächster Nähe bestaunen können. Wenig später radeln sie an einer ganzen Reihe Hähne vorbei, die in einem viel zu kleinen glockenähnlichen Korb gefangen sind und sich die Seele aus dem Leib krähen.

»Das sind Kampfhähne«, erklärt Wayan ohne jegliches Mitleid in der Stimme. »Die Hähne werden als Opfer für die Götter vor den Tempeln aufeinander losgelassen. Das Blutopfer besänftigt die bösen Dämonen. Geldwetten sind mittlerweile verboten, aber es werden trotzdem überall Hahnenkämpfe mit Wetteinsatz veranstaltet.« Lena schaut ihn fassungslos an.

»Andere Länder, andere Sitten.« Till schiebt Lena sanft weiter und sie radeln vorbei an den unzähligen armen Tieren zu einer Kaffeeplantage. Angeblich wird hier der teuerste Kaffee der Welt produziert. Der Kopi Luwak. Die Zibetkatze, die mit Vorliebe in die Kaffeebäume klettert und dort nur die besonders guten und reifen Früchte verspeist, galt zunächst als Ernteschädling. Doch die Katze kann die Kaffeebohnen nicht verdauen und scheidet sie weitestgehend unzerstört wieder aus. Die so bearbeiteten Bohnen können mehr oder weniger bequem vom Boden eingesammelt werden. Man hat festgestellt, dass die Enzyme im Verdauungstrakt der Katze den Geschmack der Bohnen in einzigartiger Weise verändern. Durch die Herstellungsweise und die damit geringen Produktionsmengen werden insgesamt nur etwa zweihundertdreißig Kilogramm Luwak-Kaffee pro Jahr produziert, wodurch sich der Preis von ungefähr sechshundert Euro pro Kilo erklärt. Die Fahrradgruppe bekommt auch prompt ein kleines Tässchen des teuren Kaffees serviert. »Dann probieren wir doch mal die geröstete Scheiße.« Ein kleiner Mann mit dickem Bauch prostet dem Rest zu. Till und Lena scheinen vom Kaffee begeistert zu sein, genau wie die restlichen Tourteilnehmer. Die Scheiße scheint ihr Geld tatsächlich wert zu sein.

Die anschließend letzten Kilometer geht es steil bergauf, wobei einige Fahrer den Kampf aufgeben und ihren Drahtesel schieben.

Nach einer kurzen Verschnaufpause im Hostel machen sich Lena und Till auf den Weg zu einer nahe gelegenen Tempelanlage. Sie wollen sich einen Legongtanz anschauen. Der Tanz erzählt eine unglückliche Liebesgeschichte. Die glitzernd schimmernde Kostümierung und der starke Ausdruck in den Augen der Tänzerinnen ziehen die Zuschauer in ihren Bann. Augenbrauen werden hochgezogen und die Augen glänzen und rollen seitwärts nach oben und unten. Je nach Inhalt des Stückes sind die Bewegungen mal schnell, dann wieder langsam. Lena hat ihren Kopf auf Tills Schultern gelegt und verfolgt fasziniert das Tanzspektakel.

ZWEIUNDFÜNFZIG

Till hat beim Frühstück eine Überraschung für Lena. »Na, mach schon auf.« Lena hält einen Umschlag in der Hand. Till schaut sie mit freudig-erwartungsvollem Grinsen an. *So hat er mich früher auch immer angeschaut.* Vorsichtig reißt Lena das Kuvert auf. Sie faltet den Brief auseinander und liest:

Einladung zu einem Wellnesstag:
Massage, Fußmassage, Gesichtsmaske, Schlammpackung, Haarmassage ...
Vier Stunden volles Verwöhnprogramm!
Möchte Dir einfach nur DANKE sagen

Till

Lena legt den Brief neben ihren Teller und fällt Till um den Hals. »Womit hab ich das denn verdient?«

»Einfach weil du da bist.« Und die beiden küssen sich das erste Mal leidenschaftlich, ohne dass Till zurückweicht. Zärtlich streichelt er Lena eine Haarsträhne aus dem Gesicht. »Du bist wie ein Wunder für mich, weißt du das eigentlich?« *Die Zeit, in der ich sein Wunder war, scheint mir Lichtjahre entfernt.*

Im Eve Spa angekommen, werden die beiden gleich freundlich mit einem kräftigen indonesischen Tee begrüßt. Kaum haben sie ausgetrunken, werden sie auch schon in den Entspannungsraum geführt, einer kleinen Oase mit Buddhastatuen in allen erdenklichen Größen und prächtig blühenden Orchideen.

Den beiden wird eine Plastikunterhose in die Hand gedrückt, dann werden sie kurz allein gelassen, um sich auszuziehen. Lena geniert sich kein bisschen, sich nackt vor Till zu zeigen, und auch er zieht sich vor ihr um, als wäre es das Normalste der Welt. Als wären sie ein altes Ehepaar und hätten sich schon tausendmal nackt gesehen. Doch ich bemerke, dass sein Blick ganz flüchtig zu Lena huscht, über ihre mit Bikiniabdruck bleichen Brüste wandert. Er begehrt sie. *Das tut richtig weh.*

Oben ohne und nur mit Plastikunterhose bekleidet warten sie nun auf die Massage. Massiert werden sie auf zwei getrennten Liegen. Erstaunlicherweise wird Lena von einem Mann und Till von einer Frau massiert. Irgendwie hab ich das andersherum erwartet. Die Ganzkörpermassage dauert ganze anderthalb Stunden und von Rücken- über Po- und Fußreflexzonenmassage ist alles dabei. Anschließend werden die beiden am ganzen Körper mit einer Schlammpackung eingeschmiert. Der Schlamm wird kurz abgeduscht, bevor die beiden in eine riesige Badewanne mit Dutzenden von süßlich duftenden Rosenblüten steigen dürfen – gemeinsam. Till steigt zuerst ein und Lena setzt sich zwischen seine Beine und lehnt sich an ihm an. Das Knistern und Prickeln zwischen den beiden ist bis zu meiner Wolke zu spüren.

DREIUNDFÜNFZIG

Ultramarin, Cyan und Azurblau schimmert das Wasser. Weißer Strand verläuft rund um die kleine Insel. Es ist ein herrlicher Anblick. Lena und Till steigen aus und betreten ihre Heimat für die nächsten zwei Wochen, die sich Gili Meno nennt und die kleinste der drei Gili-Inseln östlich von Bali ist. Mit den Rucksäcken auf dem Rücken laufen sie Richtung Osten auf der Suche nach dem übers Internet vorgebuchten Gästehaus. Eine Pferdekutsche fährt an den beiden vorbei, Autos gibt es hier nämlich keine. Das Gästehaus Tao Kombo ist der Traum eines jeden Frischluftfanatikers. Das »Zimmer« befindet sich unter freiem Himmel, nur mit einem Moskitonetz vor ungewünschten Besuchern geschützt, und auch von der Toilette aus kann man einen Blick auf den indonesischen Himmel werfen.

Bei einem Spaziergang um die Insel, der nicht mal eine Stunde dauert, werden die beiden von zwei einheimischen jungen Männern zu einem Lagerfeuer am Strand eingeladen. Sie grillen Fisch, trinken Reiswein aus Plastikflaschen, singen zu Gitarrenmusik und Bongogetrommel und rauchen Wasserpfeife. Was für ein unvergesslicher Abend am Strand unter Sternenhimmel. Und ich? Ich schlafe …

VIERUNDFÜNFZIG

Schlaf, Kindlein, schlaf, die Mutter ist ein Schaf … Ich hab wieder mehrere Tage verschlafen und Lena und Till sind ohne mich nach Thailand gefahren. Schlaf, Kindlein, schlaf …

Die Faust trifft ihn mitten ins Gesicht. Er schmeckt den süßlichen Geschmack des Blutes auf seinen Lippen. Es dauert nur einige Sekunden, bis er wieder zu sich kommt und mit voller Wucht zurückschlägt. Sein Gegner landet mit einem lauten Aufprall auf dem Boden, unfähig, sich zu bewegen.

Zur gleichen Zeit schiebt eine wunderschöne junge Frau in kurzem Minirock, der ihre langen Beine noch besser zur Geltung bringt, ihre Hand mit Druck über den Schoß eines alten, ungepflegten und schleimig aussehenden Schweizers.

Lena und Till sind bei einem Boxkampf. Die attraktive Frau ist in Wirklichkeit ein Mann. Ein Ladyboy, von denen es hier in Thailand nur so wimmelt.

Sie sitzen mit einem eisgekühlten Bier auf der schwarzen Ledercouch direkt neben dem Ring. Till verfolgt den Kampf mit Spannung, während Lena bei jedem Treffer zusammenzuckt. Sie sind bei einem Boxkampf nicht unweit der pulsierenden Khao San Road.

Bangkok wirkt von meiner Wolke aus noch viel verrückter, als es mir damals schon vorkam. Damals, das war, als Till und ich unseren ersten gemeinsamen Urlaub in Kambodscha verbracht haben. Auf dem Hinflug haben wir einen Stop-over für fünf Tage in Thailands Hauptstadt gemacht. Wieder überkommt mich ein Wechselbad von Eindrücken. Die traditionelle asiatische Kultur ist übergangslos vermischt mit der westlichen Gesellschaft. Armut und Reichtum liegen genau so dicht beieinander wie Hektik und Harmonie, der Glanz der Paläste und das Elend des davor sitzenden Bettlers, der sich von den reichen Touristen ein paar Baht erhofft. Das Verkehrsgewimmel aus Tausenden von Mopeds, Autos und Tuk-Tuks scheint fast undurchdringlich. Die Hupe ist auch hier das Wichtigste überhaupt und scheint das Überleben im Verkehr zu sichern. Die weißen Taschentücher der durch die Stadt schlendernden Menschen färben sich beim hineinschnäuzen schwarz, so stark hängt der Smog über der Stadt. Da ist es kein Wunder, das viele Einheimische Mundschutz oder andere quarantänetaugliche Dinge vor dem Gesicht tragen.

Schon in den frühen Morgenstunden, noch bevor die Sonne über der Stadt der Engel aufgeht, verwandeln sich Bürgersteige zu Märkten und die zahlreichen Aahaan-waangs – die thailändischen fahrbaren Garküchen, von denen es in Bangkok um die fünfzigtausend gibt – bieten allerlei exotische Leckereien an. Suppen, gebratenes Hühnchen, Nudelgerichte, Tintenfisch. Das Leben der ärmeren Gesellschaft spielt sich hauptsächlich am Fluss und an den Seitenrändern der Klongs ab. Hier findet man all diejenigen, die sich kein schickes Apartment in den Wolkenkratzern leisten können. Schlichte Stelzenbuden reihen sich aneinander und halb nackte Kinder springen in die braun gefärbte Brühe der Klongs – der zahlreichen Kanäle, die sich als wichtige Transport- und Verkehrswege, aber auch als Abwasserkloake durch Bangkok schlängeln. Direkt daneben findet man das kulturelle und religiöse Bangkok mit seinen Königspalästen und zahlreichen Tempelanlagen als Ort der Ruhe zum Beten und Besinnen. Seit ich vor zehn Jahren das letzte Mal hier war, hat sich die Stadt unglaublich verändert. Überall schießen moderne Bürokomplexe und riesige Einkaufszentren aus dem Boden, die nach und nach das traditionelle Leben verdrängen. Von dem einstigen Fischerdorf Ban-Makok, aus dem sich Bangkok zu einer modernen asiatischen Metropole entwickelt hat, ist nichts mehr übrig.

Nach einer unentspannten Nacht im Bus scheint das kleine Bett im Hostel in Chiang Mai eine pure Wohltat für Lena und Till zu sein.

Zumindest sind beide innerhalb von Sekunden eingeschlafen. Arm in Arm liegen sie eng umschlungen da. Lenas Kopf liegt auf Tills Schulter und ihr Arm liegt liebevoll auf seinem Bauch. Die Geborgenheit zwischen ihnen ist auf meiner Wolke deutlich zu spüren. Till hält sie fest im Arm und scheint sich in ihrer Nähe sichtlich wohlzufühlen.

Lena wacht als Erstes wieder auf, beobachtet liebevoll den noch schlafenden Till und drückt ihm unbemerkt einen flüchtigen Kuss auf die Lippen. Till wacht langsam auf und drückt Lena noch stärker an sich. Wohlig kuschelt sie sich zurück in seinen Arm und genießt die Minuten, bis Till endgültig aufwacht. Er scheint etwas irritiert zu sein. Fast scheint es, als suche er nach mir. Vielleicht hat er mich in seinen Armen erwartet, vielleicht hat er mich doch noch nicht vergessen. Aber schon im nächsten Moment drückt er Lena einen kurzen Kuss auf die Stirn. Nein, mich vermisst er nicht mehr. *Für immer.*

FÜNFUNDFÜNFZIG

Zusammen mit einem Pärchen aus Dänemark machen Lena und Till auch hier in Chiang Mai einen Kochkurs. Diesmal wird beim Marktbesuch aber wirklich eingekauft und Adi, der Kochlehrer, erklärt die einzelnen Zutaten. Scheint ein lustiger Zeitgenosse zu sein. Zurück in der Kochschule Baan Thai, bekommen die vier viel zu kleine Schürzen mit Bärenmuster. Hihi. Hier müssen sie tatsächlich kochen und nicht nur zuschauen. Adi teilt sogar Kochbücher aus, geht mit den Kochschülern anhand der ausgewählten Rezepte die einzelnen Zutaten durch und erklärt, was damit zu tun ist. Jeder darf ein Gericht aussuchen. Es gibt: Hühnchen mit Kokosnuss, Red-Curry-Paste, Schweinespieße und eine süßsaure Suppe. Till schnippelt Schalotten und mörsert Knoblauch. Lena raspelt mal wieder Kokosnüsse und die beiden Dänen sind mit Zitronengras, Erdnüssen und Koriander beschäftigt. Mehrere wokähnliche Pfannen sind gleichzeitig am Brutzeln und mittlerweile ist Till dabei, das Schweinefleisch für die Schaschlikspieße klein zu schneiden und in die bereits fertige Kokosscreme zu tunken. Bestimmt riecht alles ganz wunderbar – auf meinem Wölkchen läuft mir nur vom Anblick das Wasser im Mund zusammen.

Lena springt wie von der Tarantel gestochen auf, reißt auch Till die Decke weg und weckt ihn damit unsanft aus dem Schlaf. »Mich hat was gestochen. Irgendwas krabbelt im Bett herum.« Mit genervtem Gesichtsausdruck steht Till auf, macht das Licht an und kramt zusätzlich seine Taschenlampe aus dem Rucksack, da das Zimmerlicht mehr als spärlich ist. Er untersucht das Bettlaken und die Decke nach Mücken, Käfern oder irgendeiner anderen Form von Ungeziefer, aber es ist nichts zu sehen. »Hier, es hat mich wirklich gestochen.« Lena hält ihren Arm ausgestreckt hin und die rot angelaufene, leicht geschwollene Einstichstelle eines blutsaugenden Insekts ist deutlich zu sehen.

»Mittlerweile ist es bestimmt weggeflogen und wird dich in Ruhe lassen. Hat seinen Durst ja schon an dir gestellt.« Till versucht sie zu beruhigen und macht es sich wieder im Bett bequem. Lena legt sich neben ihn, aber es dauert keine fünf Minuten, da springt sie wieder hysterisch auf und schlägt wild um sich. » Es hat mich schon wieder gestochen. Gleich mehrfach. Schau, mein ganzes Bein ist verstochen.«

Sie lehnt sich über ihr Bein, um die Stiche besser sehen zu können. »Sieht eher aus wie kleine Bisse, und es hat mich gleich viermal erwischt.«

Wieder nimmt Till seine Taschenlampe und sucht das komplette Bett ab, schüttelt alles aus und untersucht auch das restliche Zimmer nach Ungeziefer. Nichts. Wieder legen sich beide hin, aber an Schlaf ist nicht mehr zu denken. Dieses Mal ist es Till, der um sich schlägt. »In meinem Ohr, es ist irgendwas in meinem Ohr.« Er gibt Lena die Taschenlampe und sie untersucht sein Ohr. Nichts zu sehen. Aber auf Tills Kopfkissen entdeckt sie einen kleinen schwarzen Fleck. Mit bloßem Auge kaum zu erkennen. »Bettwanzen!« Das ganze Bett ist voll mit Bettwanzen.« Sofort springen beide auf und Till inspiziert die kleinen Parasiten.

»Wie eklig. Hier schlaf ich auf keinen Fall mehr. Ich krieg die Krise, die haben mich total zerbissen.«

Till schüttelt das komplette Bettzeug aus und reicht Lena ihren Schlafsack.

»Hier. Wir packen uns fest in unsere Schlafsäcke und morgen suchen wir ein neues Zimmer. Versuch zu schlafen, morgen wird's sicher anstrengend.«

Das gelingt Lena allerdings nicht wirklich. Während Till schon wieder im Land der Träume angekommen ist, verbringt sie eine mehr oder weniger schlaflose Nacht und träumt in den kurzen Schlafphasen, die sie von Zeit zu Zeit überkommen, bestimmt von überdimensional riesigen Bettwanzen.

Total unausgeschlafen tollt sich Lena aus dem Bett. Die beiden haben für heute eine fliegende Dschungeltour geplant: Flight oft the Gibbons. Ohne Frühstück und mit mürrischer Laune sitzen sie mit fünf weiteren Teilnehmern in einem kleinen Bus, der auf Landstraßen vorbei an zahlreichen Bauernhöfen zum Dschungel fährt. Die Gruppe bekommt auf fehlerfreiem Englisch eine genaue Anweisung. Kleine Plattformen sind hoch in die Bäume gebaut und lange dicke Stahlseile sind dazwischen gespannt. Entlang der Seile, die teilweise bis zu dreihundert Meter hoch sind, flitzen Lena und Till von Baum zu Baum. Wie Vögel liegen sie durch den Dschungel. Aus den Bäumen werden sie von neugierigen Augen beobachten. Gibbon-Affen sitzen in den Baumkronen und beobachten die komischen Menschenaffen, die durch ihren Dschungel schweben. Vollgepumpt mit Adrenalin kommen die beiden wieder unten an und spüren den festen Boden unter ihren Füßen. Was für ein Erlebnis.

Abends liest Till meinen nächsten Brief.

Hi mein Füchschen,

na, ist das Abenteuer Weltreise so aufregend, wie Du es Dir immer vorgestellt hast? Drei Länder fehlen Dir noch, um das Abenteuer komplett bestanden zu haben.
In Bangkok hat sich sicherlich viel verändert, seit wir das letzte Mal zusammen da waren.

Bei dem Wort »zusammen« hält Till die Luft an und beißt sich leicht auf die Unterlippe. Fast entschuldigend schaut er Richtung Himmel, schüttelt aber im nächsten Moment unmerklich den Kopf und liest weiter.

Nun bist Du bestimmt schon ganz gespannt darauf, wohin Deine Reise weitergeht.
LAOS habe ich mir für Dich ausgesucht. Auf dem Mekong wirst Du mit einem Slow Boat von Thailand nach Laos reisen und Dir dort zuerst die ehemalige Hauptstadt Luang Prabang anschauen. Du wirst einen Ausflug zu den Pak-Ou-Höhlen unternehmen. Danach wird Deine Reise nach Vang Vieng weitergehen. Mit dem Bus wirst Du weiter in die Hauptstadt Vientiane reisen. Zu guter Letzt buchst Du einen Flug nach Pakse, um dort einen Ausflug zum Bolaven-Plateau zu machen, und dort die restliche Zeit in Laos verbringen.

Ich bin immer bei Dir!
In Liebe
Julie

P.S Den nächsten Brief liest Du drei Tage vor Deiner Weiterreise

SECHSUNDFÜNFZIG

Nach sieben Stunden im überklimatisierten Bus sind die beiden in Chiang Khong, der Grenzstadt nach Laos, angekommen und steigen gerade in ein kleines Bötchen, das sie über den Mekong nach Huaxay schippert, wo sie ihre Visa beantragen. Dazu werden zuerst ausgefüllte Formulare, Passfotos, US-Dollar in passenden Scheinen und die Reisepässe einem alten Mann übergeben, der scheinbar nicht sprechen, aber freundlich lächeln kann. Mit dem Stempel in ihrem Reisepass müssen sie noch mal dreißig Meter weiter zu einem weiteren »Visabeauftragten« laufen, der in einer offenen Holzhütte sitzt. Dieser schaut kurz auf den Visastempel und wünscht anschließend eine gute Reise. Das ging ja einfach.

»Dann suchen wir uns erst mal eine Unterkunft, oder?« Lena nimmt Till an der Hand, so selbstverständlich, als wären sie tatsächlich schon ein Liebespaar. Er drückt ihr einen flüchtigen, aber dennoch zärtlichen Kuss auf die Stirn und gemeinsam machen sie sich mit ihren schweren Rucksäcken auf die Suche. Im BAP-Gästehaus werden sie fündig und buchen ein Doppelzimmer für eine Nacht und die Bootsfahrt nach Luang Prabang für den nächsten Tag. Die alte Frau an der Rezeption ist knallhart im Verhandeln – nichts mit »a little discount«. Aber immerhin bekommen sie zwei Kissen mit Bärchendruck für die Bootsfahrt dazu, all inclusive.

»Hast du auch Hunger?« Lena schaut Till mit ihren blauen Augen fragend an.

»Und wie!«

Schon blättert Lena in ihrer heiligen Reisebibel und sucht ein passendes Restaurant heraus. Wenig später sitzen beide bei einem kühlen Beer Lao in einem sehr traditionell wirkenden Restaurant und warten auf das BBQ Lao Style, für das sie sich entschieden haben. In der Mitte des Tisches ist ein Loch eingelassen, in dem ein Eimer mit glühender Kohle steht. Auf diesen wird dann ein silberfarbener Grill gestellt, der aussieht wie eine umgedrehte durchsiebte Wokschüssel. Drum rum werden zahlreiche Schälchen mit Fleisch, Gemüse, verschiedenen Soßen und Reis aufgestellt. Jetzt heißt es selbst ist der Mann oder die Frau. Man darf den Grill nämlich selbst mit all den tollen Leckereien belegen und nach Belieben grillen. Oh wie lecker, das gegrillte Gemüse sieht super aus, wobei die beiden sich hauptsächlich über das Fleisch hermachen.

SIEBENUNDFÜNFZIG

Lena beißt genussvoll in ein Coconut-Croissant. «Woah, ist das lecker. Das ist noch besser als die Banana Pancakes.« Als Lunchpaket für die Bootstour haben sie Käsebaguettes eingepackt. Jetzt heißt es mit zahlreichen Gästen aufs Tuk-Tuk warten, das die Laosreisenden zum Pier bringen soll. Reichlich verspätet trudelt auch endlich ein Tuk-Tuk ein und in Sekundenschnelle stürzen sich die Wartenden darauf, bis es restlos überfüllt ist. Die Rucksäcke von Lena und Till sind bereits aufgeladen, aber für die beiden gibt es keinen Platz mehr.

»Take the next. Take the next.« Der Fahrer des Tuk-Tuks zeigt auf das Hostel – scheinbar fahren mehrere Tuk-Tuks zum Pier.

»Können wir dann unsere Rucksäcke wiederhaben und im nächsten Tuk-Tuk mitnehmen?«

Doch der Fahrer drückte aufs Gaspedal und weg ist das Tuk-Tuk und mit ihm ihre Rucksäcke. Auf und davon. Bye-bye.

Die beiden werden merklich nervös.

»Wir hätten unsere Rucksäcke behalten sollen. Was ist, wenn wir die nie wiedersehen?«

»So ganz wohl ist mir dabei auch nicht. Aber da noch andere Menschen wartend hier rumsitzen, wird schon alles seine Richtigkeit haben. Wenigstens haben wir unsere Pässe.«

Eine schiere Ewigkeit später kommt endlich das nächste Tuk-Tuk. Allerdings werden sie nicht wie erwartet direkt zum Boot gefahren, sondern zu einer Art Zwischenstation – einer kleinen Holzhütte. Prompt werden auch schon ihre Reisepässe eingesammelt. Jetzt verfliegt auch das letzte Gefühl von Entspanntheit.

»Schau mal, die haben alle irgendwelche Tickets.« Lena zeigte auf die umherstehenden Reisenden, die alle ein weißes Ticket in Händen halten. »Hast du so was auch bekommen?«

»Nein, die alte Frau an der Rezeption hat unsere Namen auf die Liste gesetzt und gemeint, das passt damit. Es gibt keine Extratickets.«

Die Pässe werden zurückgegeben. An alle außer Lena und Till. Eine überaus freundliche Dame kommt zu ihnen: »Can I see your ticket?«

»Wir haben keine Tickets.« Leicht verwirrt erklärt Till der freundlichen Dame, dass sie keine Tickets haben, aber auf eine Liste aufgenommen wurden und bereits bezahlt haben. »Can I see your ticket?« Na toll, die Frau kann außer diesem Satz wohl kein Englisch. Von den umherstehenden Reisenden erfahren die beiden, dass diese ihre Tickets direkt im Gästehaus bekommen haben. Na toll. Keine Tickets, kein Gepäck, keine Reisepässe. Man kann sich kaum besser fühlen.

Die Rucksäcke wurden inzwischen aufs Boot geladen, ein nettes holländisches Paar verspricht den beiden, einen Blick drauf zu werfen, und sicherheitshalber werden Handynummern getauscht. Wenigstens etwas. Die Frau mit den Reisepässen rennt wie ein aufgescheuchtes Huhn mehrfach hin und her und ruft Till und Lena immer wieder ein total beruhigendes »just five minutes« zu. Nach unzählbaren »just five minutes« ruft sie endlich im BAP-Gästehaus an und nach weiteren unzählbaren just-five-minutes kommt ein Tuk-Tuk angefahren und die zwei müssen noch mal mit zurück ins Gästehaus, um die Sache zu klären. Es ist bereits elf Uhr. In einer halben Stunde sollte eigentlich das Boot ablegen. Im Gästehaus angekommen, gibt es tatsächlich eine Erklärung für das ganze Problem. Der erste Tuk-Tuk-Fahrer hat ihre Tickets bekommen. Da dieses aber voll war und nur ihr Gepäck reingepasst hat, hat er vergessen, ihnen die Tickets zu geben. Na wunderbar.

Jetzt heißt es im Eiltempo zurück zum Pier und aufs Boot gejoggt. Dort warten die Holländer mit ihren Rucksäcken und haben den beiden sogar einen Platz frei gehalten. Natürlich legt das Boot nicht wie geplant um halb zwölf ab. Stattdessen schippert das aus alten Flugzeug-, Bus- und Schulbänken zusammengeschusterte Slow Boat um dreizehn Uhr mit knapp anderthalb Stunden Verspätung los. Lena und Till sitzen nebeneinander auf einer Holzbank. Dank der »kostenlosen« Bärchenkissen werden ihre Knackpopos aber von der harten Holzbank verschont. Die Natur rund um den Mekong ist atemberaubend. Je mehr man sich von Thailand entfernt und Laos nähert, verändert sich die Natur. Die Landschaft um den Fluss ist weniger dicht besiedelt und die Ufer sind steiler und in ihrem natürlichen Ursprung belassen. Vorbei an wilden Felsformationen und engen Tälern mit kleinen Dörfern bestaunen alle die atemberaubende Umgebung. Mehrere kleine und große Boote schippern an dem Slow Boat vorbei und teilweise schwappen die Wellen bedrohlich weit auf. Alle schauen neugierig auf die tosenden, brechenden Wellen. Till lehnt sich neugierig halb über Bord und schwipp-schwapp ist es auch schon passiert. Er ist komplett nass. Und nicht nur er. Auf dem Boot bricht leichte Panik aus. Jeder versucht seinen Rucksack und vor allem das technische Equipment in Sicherheit zu bringen. Die Plätze außen am Boot sind total nass, ebenso die Bärchenkissen. Zum Glück ist es warm, aber trotzdem ist es eher unangenehm, auf einem wasserdurchtränkten Kissen zu sitzen. So bleiben die meisten stehen und versuchen ihre Sachen bestmöglich zum Trocknen in die Sonne zu legen. Beim nächsten Boot, das vorbeifährt, schwappt schon wieder eine Welle über Deck. Diesmal sind die Reisenden aber schlauer und nehmen gleich Abstand von den Wellen. Bestimmt ist das aber nicht die letzte Welle, die der Mae Khong, »die Mutter des Wassers«, wie die Laoten ihn nennen, ausspuckt. »Seinen Ursprung hat der Mekong in dem chinesischen Hochland um Tibet. Bei einer Gesamtlänge von fünftausend Kilometern schlängelt er sich eintausendachthundert Kilometer durch Laos.

Über knapp achthundert Kilometer bildet er die Grenze zu Thailand und fließt im Süden weiter nach Kambodscha. Auf der Bootstour von Thailand nach Laos legen wir aber nur ungefähr dreihundert Kilometer zurück. »Er ist der wichtigste Wasserlieferant für die Südostasien-Region.« Der Kapitän – wenn man ihn denn so bezeichnen will – zeigt stolz auf den in der Sonne funkelnden Fluss und die Touristen folgen ehrfürchtig seinem Blick. Die teilweise mächtigen Strudel und die starken Stromschnellen vorbei an gefährlich herausragenden, spitzen Felsbrocken lassen schon nach kurzer Zeit die Anerkennung des Kapitäns steigen. Durch jahrelange Erfahrung steuert er das Boot mit Ruhe und Gelassenheit durch die Tiefen des laotischen Mekong und teilt dabei sein Wissen mit interessierten Touristen.

»Gibt es denn Rettungswesten an Bord?« Ein etwas besorgter älterer Herr mit Bierbauch traut dem Können des Kapitäns wohl nicht ganz über den Weg.

Einer der Guides zeigt auf eine Bank, unter der so etwas Ähnliches wie handelsübliche Schwimmwesten gestapelt sind – allerdings reichen die nie und nimmer für alle Reisenden. Aber scheinbar sind es genug, um den alten Mann zu beruhigen, und offensichtlich ist ihm leichter ums Herz. Er nickt und hält den Daumen nach oben.

Unfälle passieren scheinbar gar nicht so selten, erzählt einer der laotischen Guides. Wenn unerfahrene Kapitäne fahren, kann es schon mal passieren, dass man einen Stein schrammt oder er die Wellen falsch einschätzt und es gefährlich an Bord wird. Wie beruhigend, dass dieser Kapitän jahrelange Erfahrung hat.

Links und rechts am Ufer breitet sich dichter Dschungel aus. In Pfahlbauten am Rande des Flusses leben die Tiefland-Laoten und führen ein Leben zwischen Moderne und Tradition. Lena sprudelt nur so vor Begeisterung und mit ihrem Geknipse stellt sie jeden Japaner in den Schatten.

Die steile Felswand von rechts, die steile Felswand von links, die steile Felswand von vorne, die steile Felswand mit Weitwinkelobjektiv, die steile Felswand mit der Blende, wow, diese Kameraausrüstung lässt auch jeden Japaner vor Neid erblassen. Till schaut ihr fasziniert zu. Aber nicht weil er von ihrem fotografischen Können fasziniert ist, sondern weil er von ihr fasziniert ist. Sie hat ihn voll und ganz in ihren Bann gezogen, wie eine Fliege, die fasziniert ins Licht fliegt und dort, wo einmal mein Herz vorhanden war, verspüre ich schon wieder einen fiesen Stich. Mittlerweile sitzen fast alle wieder auf den Bänken auf ihren Bärchenkissen. Die Sonne scheint nämlich erbarmungslos und am liebsten würden alle über Bord ins kalte Nass springen, um sich abzukühlen. Die Dorfbewohner am Ufer des Mae Khong leben noch immer fast ausschließlich von ihren bestellten Feldern, auf denen Mais, Kartoffeln, Trockenreis, Erdnüsse, Baumwolle und diverse andere Pflanzen angebaut werden.

Am frühen Abend legt das Boot in Pakbeng an. Obwohl es schon fast dunkel ist, werden Lena und Till zusammen mit den zahlreichen anderen Touristen von Einheimischen in Empfang genommen und es dauert keine zwei Minuten, da haben Lena und Till ihre Unterkunft für die Nacht gefunden. Ein kleines Gästehaus direkt am Mekong.

Tag zwei auf dem Boot ist mittlerweile angebrochen und Lena und Till sind gerade dabei, ihre Rucksäcke wieder wellensicher zu verstauen. Nach mehrstündiger Reise – aber ohne erneuten Wellengang – erreicht das Boot Luang Prabang, die einstige Königsresidenz. Lena und Till haben kaum festen Boden unter den Füßen, da scharren sich schon zahlreiche Touristenführer um sie. Natürlich hat jeder das beste Gästehaus, das beste Essen, kennt sich am besten aus … Lenas Ziel steht aber schon fest, ein Gästehaus aus dem Lonely Planet. Als sie dies erwähnen, scharren sich auch noch zahlreiche Taxifahrer um die beiden. Laut Lonely Planet ist das Gästehaus aber nur einen kurzen Fußmarsch von der Anlagestelle entfernt, weswegen Lena und Till beschließen, den Weg zu Fuß zu gehen. Irgendwann sieht auch der hartnäckigste Taxifahrer ein, dass er hier nur seine Zeit verschwendet und es nichts zu verdienen gibt.

Ausgepowert, aber überglücklich, nach der langen Reise endlich angekommen zu sein, lassen sich beide auf ihr Doppelbett fallen. *Ihr Dop-*

pelbett – wie das klingt. Aber ich muss der Tatsache ins Auge sehen. Es ist tatsächlich nicht mehr Till und *sein* Bett und Lena und *ihr* Bett, es sind Lena und Till und ihr Bett. Diese Gewissheit, dass er nicht mehr mich, sondern sie liebt, ist wirklich kaum zu ertragen. Und mal wieder rolle ich mich auf meiner Wolke zusammen und weine ohne Tränen um alles, was ich verloren habe. *Für immer.*

Als ich wieder zu mir komme, sitzen Lena und Till gerade gemütlich bei einem Beer Lao auf der Terrasse ihres Gästehauses und planen die nächsten Tage. Das Chaos und die Menschenmassen aus Bangkok liegen hier weit hinter ihnen und sie sind angekommen in der gelassenen Stimmung von Luang Prabang. Im Einklang mit den ersten Sonnenstrahlen erwacht hier das Leben. Marktfrauen breiten in aller Ruhe ihre Gaben für den Verkauf aus, Mönche in orangefarbenen Gewändern ziehen mit ihren Bettelschalen vorbei an gläubigen Buddhisten. Man ist gleich gefangen von der bezaubernden Atmosphäre. Mittlerweile erkunden Lena und Till die Stadt und damit auch zahlreiche Tempelanlagen und Pagoden des ehemaligen Königreiches. Luang Prabang war einst die Hauptstadt des Landes der Millionen Elefanten – »Lane Xang«, wie Laos in der Sprache der Einheimischen heißt. Vor einem der Klöster lernen sie Paolo kennen, der die beiden auch prompt mit in eines der Mönchszimmer nimmt, in dem viele halbwüchsige Mönche in ihrer orangen Robe auf den Betten sitzen und vor allem Lena neugierig beäugen. Sie kommt sich auch gleich etwas unbehaglich vor, das kann ich sogar auf meiner Wolke spüren. Außerdem steht sie ganz dicht hinter Till, als könnte sie sich so verstecken oder sogar unsichtbar machen. Paolo zeigt den beiden die spärliche Einrichtung der Zimmer und erzählt vom Mönchsalltag. Das erste Mal gebetet wird morgens um fünf. *Wer's braucht – ich bevorzuge da dann doch, lieber der Welt der Träume noch etwas treu zu sein.* Frühstück gibt es um halb acht und danach ist bis elf erst mal Schule angesagt. Gegen halb zwölf gibt es Lunch – das ist dann auch das letzte Essen für den Tag. Kein Abendessen, keine Snacks. – *Mamma mia!* Ein etwas älterer Mönch betritt das Zimmer und sofort kippt die fast ausgelassene Stimmung und eine unangenehme Spannung durchzuckt den Raum. Lena und Till werden höflich, aber dennoch deutlich gebeten zu gehen.

»Bestimmt darf ich als Frau das Zimmer der Jungs gar nicht betreten.« Besorgt schaut Lena zu Till. Paolo zeigt keinerlei Regung über den Rauswurf und hängt sich gleich wieder bei Till unter dem Arm ein und bedeutet den beiden, ihn noch ein Stückchen zu begleiten zu »The big brother mouse«. Das ist ein Projekt von »Stay another day« – einer Hilfsorganisation, die Schulprojekte in Laos unterstützt. »Ich möchte gerne ein Vokabelbuch für die Mönche kaufen und ihr könnt sicher ein paar Bücher für die Schule in Vientiane mitnehmen. Ihr reist doch bestimmt noch weiter nach Vientiane, oder?« Selbst wenn sie das nicht vorgehabt hätten, so erwartungsvoll, wie Paolo die beiden anschaut, hätte Lenas Helferherz niemals Nein sagen können und sie hätte Till auf Anhieb überredet, nach Vientiane zu fahren. Aber glücklicherweise ist Vientiane ja tatsächlich noch auf ihrer Reiseroute. »Ja klar, sehr gerne. Aber dürfen wir denn da überhaupt einfach so in die Schulen?« Lena ist von der Idee mal wieder hellauf begeistert. *Ich dachte ja immer, ich hätte ein gutes Herz ...*

»Aber natürlich, natürlich«, versichert ihr Paolo. »Die Schulen sind hier auf Spenden angewiesen und haben sowieso viel zu wenig Bücher.«

»Na, wenn das so ist, dann nichts wie auf zu big brother mouse!« Nachdem sie für umgerechnet fünfzig Euro Bücher gekauft haben und Tills Rucksack und auch Lenas Umhängetasche mehr als schwer beladen sind, verabschieden sich die beiden von Paolo und machen sich auf den Weg zu einer Eisdiele, die Lena in ihrer Reisebibel entdeckt hat. Einen »German Ice Cream Shop«. Und kaum angekommen, unterhalten sie sich auch schon mit dem Besitzer und Lena löchert ihn mit unendlich vielen Fragen. »Wann seid ihr ausgewandert? Ist Laos genau so, wie ihr es euch vorgestellt habt? Könnt ihr gut von der Eisdiele leben?« Und so weiter und so weiter. Berührungsängste hat die Frau ja überhaupt keine. Könnte super als Journalistin arbeiten. Sicher, ich hätte das auch alles wissen wollen, mich aber niemals getraut, das alles so direkt zu fragen. Komischerweise wirkt das bei ihr aber überhaupt nicht plump, sie macht das zugegebenermaßen auf eine äußerst charmante Weise, und so fühlt sich der Befragte auch kein bisschen bedrängt. Ich sag ja, Journalistentalent! So erfahren die beiden alles, was es zu erfahren gibt: Die zwei Auswanderer Tilman und Ilona sind vor vielen Jahren aus Glauchau nach Luang Prabang ausgewandert – *dass die irgendwo aus Sachsen kommen, hätte man aber auch ohne genaue Ortsangabe erraten.* Am Anfang hatten sie noch fünf Mitarbeiter, heute machen sie alles alleine, da die Eisdiele durch die Wirtschaftskrise nicht mehr genügend Gewinn abwirft. Im Jahr 2007 waren noch doppelt so viele Touristen unterwegs wie heute, aber langsam geht es wohl wieder bergauf. Außerdem fehlen die Mitarbeiter aus den absurdesten Gründen: Albträume der Mutter oder zu starker Regen, um aus dem Haus zu gehen, sind mitunter die beliebtesten Gründe, um nicht zur Arbeit zu erscheinen. *Viele Fragen – noch mehr Antworten. Wow!* Ein Mitarbeiter verdient fast zweitausend KIP am Tag und die Miete für einen Shop beträgt circa tausendzweihundert US-Dollar. Außerdem erfahren die beiden, dass viele Laoten Russisch sprechen und Tilman und Ilona zwei erwachsene Kinder in Deutschland haben. Sie reisen aber fast gar nicht mehr nach Deutschland, wenn, dann kommen ihre Kinder nach Laos zu Besuch – ist ja auch viel schöner. Dann probieren die Besucher auf Empfehlung des Hauses noch ein Eis mit echtem deutschen Biergeschmack, natürlich werden sie eingeladen – *Begeisterung sieht allerdings anders aus* – und nach einem herzlichen Dank und sämtlichen guten Wünschen geht's weiter Richtung Stadtzentrum. Da es hier keine wirklich weiten Wege gibt, laufen sie die komplette Strecke zu Fuß. Sie schlendern durch das alte Stadtzentrum, vorbei an zahlreichen Holzhäuschen, kleinen Cafés und Restaurants. Auf einer Landzunge in der Altstadt legen die beiden eine Pause ein und genießen ein gut gekühltes Beer Lao und den Blick auf die traumhafte Flusslandschaft.

ACHTUNDFÜNFZIG

Am nächsten Tag werden sie pünktlich um acht Uhr morgens mit einem Minibus direkt vor ihrem Gästehaus abgeholt. Vang Vieng ist zwar nur zweihundertfünfzig Kilometer entfernt, aber die Fahrt in dem kleinen Bus dauert ganze sieben Stunden und führt über scheinbar nicht enden wollendes Gebirge, vorbei an zahlreichen Dörfern mit den für Laos typischen Holzhütten. Till und Lena sitzen zwar etwas eingepfercht zusammen mit einigen anderen Touristen zwischen ihren Rucksäcken, aber trotzdem scheinen sie die Fahrt zu genießen. Der Ausblick in die Täler ist auch wirklich grandios und die vielen Berge erinnern teilweise etwas an die Schweiz.

Vang Vieng liegt eingebettet zwischen steilen Felswänden und grünen Hügeln am Nam Song River. Eben angekommen, sind beide *und auch ich* überrascht, wie viele Backpacker hier unterwegs sind. Scheint fast, als treffe sich hier die ganze Backpackerszene von Laos. Klar, dass da auch die einheimischen Verkäufer nicht weit sind. An jeder Ecke werden irgendwelche Touristenattraktionen verkauft, wie zum Beispiel Kayaking oder Tubing – keinen blassen Schimmer, was Letzteres sein soll. Natürlich gibt es auch an jeder Ecke Touren zu den Kalksteinhöhlen, durch die Vang Vieng bekannt geworden ist, zu buchen. Till und Lena möchten die Höhlen aber mit dem Fahrrad erkunden, da in Lenas heiliger Bibel – *wo auch sonst?* – geschrieben steht, dass das zwar die anstrengendste, aber auch die schönste Art ist, die Höhlen zu erkunden. Für zwei Sportsüchtige also genau das Richtige. Ich bin ganz froh, dass ich derweil faul auf meiner Wolke liegen bleiben kann und mich nicht bei der drückenden Mittagshitze auf einem Fahrrad den steilen Berg hinauf abstrampeln muss. Auf meinem Wölkchen herrscht auch durchweg angenehme Temperatur. Nicht zu kalt und nicht zu warm. Kein Regen, kein Wind, aber auch kein Sonnenschein. Vielleicht spüre ich es auch einfach nicht mehr. Oder noch wahrscheinlicher, ich brauche es einfach nicht mehr. Die erste Höhle, in die sich die beiden hineinwagen, ist relativ dunkel und voller Augenpaare, die von der Decke hängen – Fledermäuse. Zum Glück hat Till an seine Stirnlampe gedacht und so können sie wenigstens ein bisschen mehr sehen. In der nächsten Höhle, »Tham Jang« oder so was Ähnliches stand auf dem Schild, sieht das schon ganz anders aus. Die Höhle ist von deutlich mehr Touristen besucht, die allerdings nicht durchwandern, sondern auf einem aufgepumpten Lkw-Schlauch durchschwimmen beziehungsweise -paddeln. Das hier ist also das angepriesene Tubing. Wenig später sitzen auch Lena und Till auf einem Lkw-Schlauch, ziehen sich die ersten Meter an einem Seil in die Höhle und anschließend wird gepaddelt. Auch diese Höhle ist dunkel, und so ist es ein wahres Abenteuer, den Schlauch durch die Höhle zu steuern.

Nach dem Abenteuer gehen die beiden erst mal zurück zu ihrem Bungalow, der sich direkt am Wasser befindet, gönnen sich eine Abkühlung im erfrischenden Fluss und werden von den laotischen Kindern, die sich dort waschen und spielen, neugierig beäugt.

NEUNUNDFÜNFZIG

Mit Lao Air geht es problemlos dem nächsten Ziel entgegen: Pakse. Die drittgrößte Stadt Laos' liegt direkt am Mekong und als Stop-over ist sie nahezu perfekt. Till und Lena suchen sich auf dem Markt ihr Abendessen zusammen – bei den günstigen Preisen kann man es sich schon mal leisten, sich durchzuschlemmen.

Nach leckerer, warmer Nudelsuppe mit frischem Gemüse und Hühnerfleisch, die hier Foe genannt wird, zum Frühstück *(wie soll man denn Nein sagen, wenn extra für einen gekocht wird?)* startet die Tour im Minivan zum Bolaven-Plateau. Ich musste ja ein bisschen kichern, als sich Lena unter Beobachtung der herzigen Köchin die Suppe, die wohl auch mit reichlich Chili gewürzt wurde – zumindest war Lenas Kopf danach krebsrot –, reinzwang. Allerdings verging mir mein Kichern schlagartig, als ich mitansehen musste, wie liebevoll besorgt Till Lena anschaute. Er löffelte sogar den Rest ihrer Suppe aus, mit der Erklärung für die Köchin, dass Lena morgens nicht so viel essen könne, obwohl ich genau weiß, dass Till Nudelsuppe mit Chili zum Frühstück mindestens genau so zuwider war wie Lena. Er ist eigentlich mehr der Cornflakes-Typ.

Mittlerweile sitzen beide im Minivan und Lena kaut pausenlos auf einem Kaugummi herum. Wahrscheinlich um den scharfen Chiligeschmack loszuwerden. Brot würde ihr da sicherlich besser helfen, oder Milch – aber meine klugen Ratschläge kommen ja leider, leider nicht bei ihr an.

Die Menschen im Plateau leben hauptsächlich von der Landwirtschaft, und so ist der erste Stopp eine Teeplantage inklusive Verkostung von grünem Tee. Danach geht es weiter zu einem Wasserfall namens Tad Fane und anschließend gibt es noch eine Besichtigung der Kaffeeplantage. Die Erklärungen zur Herstellung des Kaffees sind für Lena und Till nicht mehr wirklich interessant, da sie ja bereits eine Kaffeeplantage in Nicaragua besichtigt haben. *Aber so ist das eben mit den touristisch gebuchten Touren.* Einen Unterschied, wenn auch leider trauriger Natur, gibt es dann aber doch zur Kaffeeplantage in Nicaragua: die Bombenkrater zwischen den Pflanzen. Allein im letzten Jahr haben über fünfzehn Menschen ihr Leben durch die Landminen verloren, die hier als Überbleibsel aus dem Vietnamkrieg überall verstreut sind. Der Fahrer biegt irgendwo ins Nirgendwo ein und hält wenig später mitten in einem kleinen Dorf.

»Hast du das gesehen? Da steht ein Sarg.« Lena ist ganz dicht bei Till und flüstert ihm ins Ohr. Die beiden schlendern Arm in Arm durch das Dorf und die Blicke der neugierigen Dorfbewohner haften an ihnen. Obwohl dieses Dorf bestimmt täglich einige Touristen zu Gesicht bekommt, ist Lena mit ihrer braun gebrannten Haut, den tiefbraunen Augen und vor allem dem hellblonden langen Haar immer noch eine Besonderheit für die Dorfbewohner. Außer für die Kinder. Ganz ohne Scheu kommt eine ganze Meute kleiner, verschmutzter Kinder angerannt, und alle wollen mit Lenas Kamera spielen und sind hellauf begeistert, als sie sich selbst im Display sehen.

»Hier hat jeder schon seinen Sarg, bevor er stirbt. Für den Fall der Fälle sozusagen. Das gehört zu ihrer Kultur dazu und mit der Herstellung der Holzsärge verdienen sich die Dorfbewohner ihren Lebensunterhalt.« Der Fahrer erklärt, was es mit den makaber wirkenden Särgen auf sich hat.

SECHZIG

Zwei Tage später geht es mit einem weiteren Bus auch schon weiter nach Vientiane. Die Fahrt dauert dieses Mal nur vier Stunden und die Strecke ist deutlich ebener als auf dem Hinweg. Obwohl es im Gegensatz zum restlichen Laos hier mehrspurige Straßen und Mopeds gibt, wirkt hier nichts hektisch, nur deutlich moderner. Es hat den Anschein, als sei die Hauptstadt genauso ruhig wie das restliche Land. Nach einer Stunde und fast schon am Verzweifeln, da alles ausgebucht ist, finden die beiden doch noch ein schönes, freies Zimmer in der Dragon Lodge. Allerdings mussten sie zunächst die Rezeptionistin wecken, die sich am helllichten Tag ein kleines Nickerchen auf dem Tresen gönnte. Nach einem leckeren Chicken-Baguette und herrlich aussehenden Milchshakes fühlen sich beide wie neugeboren und sind bereit, Vientiane zu erkunden.

»Willst du dir nicht etwas Langärmliges anziehen?« Etwas verwirrt schaut Lena an sich runter. Sie trägt einen olivgrünen Rock, der grade bis zu den Knien reicht, und ein weißes Spaghettiträger-Top und ihre lila Flip-Flops. Damit kann man es bei der Hitze sicherlich aushalten. »Ich meine nur wegen den Tempeln, sonst darfst du wieder nicht rein.«

»Ach klar, gut, dass du daran gedacht hast. Ich hole schnell meinen Schal aus dem Zimmer.« Anstatt zu warten, folgt Till ihr. »Willst du nicht auch lieber einen etwas längeren Rock anziehen? Weiß nicht, ob das so gerne gesehen wird in den Tempelanlagen und beim Fahrradfahren ist es bestimmt auch nicht so vorteilhaft.« Jetzt sieht sie ihn mehr als verdutzt an. »Das war doch noch nirgends ein Problem. Mit dem Schal winkend dreht sie sich Richtung Tür und bedeutet Till, ihr zu folgen. Der rührt sich aber keinen Zentimeter vom Fleck, sondern hantiert mit irgendetwas hinter seinem Rücken herum. »Ich dachte ja nur, du willst vielleicht den hier anziehen.« Mit dem schönsten Strahlen der Welt hält er Lena einen orangefarbenen Rock entgegen. Der Rock, mit dem sie in Luang Prabang so lange geliebäugelt hatte, ihn aber für zu teuer befunden und daher nicht gekauft hatte. Die Überraschung ist ihm geglückt, nicht mal ich habe mitbekommen, dass er den Rock für sie gekauft hat. Lena stürzt auf ihn zu, reißt ihm ruckartig den Rock aus der Hand und mit einem weiteren Ruck hat sie ihren Rock ausgezogen und steht für einen kurzen Moment in einem einfachen schwarzen Tanga da – entweder hat sie vergessen, dass Till ihr zuschaut, oder es stört sie überhaupt nicht, und im nächsten Moment hat sie auch schon den Faltenrock angezogen, der in dem gleichen strahlenden Orange leuchtet wie die Mönchsroben. Sie fällt Till um den Hals und küsst ihn mehr als leidenschaftlich. Der Kuss dauert lange und Till macht keine Anstalten, diesen zu unterbrechen oder Lena von sich wegzuschieben. Lena drückt sich mit ihrem ganzen Gewicht gegen Till und wirft ihn aufs Bett. Über ihn gebeugt erforscht sie langsam seine Haut unter dem T-Shirt und streichelt ihm sanft über den Bauchnabel, ihre Hand gleitet über seine Hüften. Tills Erektion ist deutlich zu sehen. Am liebsten würde ich wegschauen. Mich zusammenrollen und nie wieder einen Blick über den Wolkenrand werfen. Doch ich kann nicht. Ich scheine festgewachsen zu sein. Auch er streichelt Lena. Langsam, ganz zärtlich fährt Tills Hand unter das Spaghettiträger-Shirt, über ihren braun gebrannten Bauch und schließlich hält er ihre Brüste in der Hand. Mit seinen großen Händen schafft er es problemlos, eine ihrer Brüste komplett mit der Hand zu umschließen. Sie hat kleine Brüste – bestimmt nicht viel mehr als ein A-Körbchen, aber deswegen nicht minder erotisch. Ganz im Gegenteil. Ihre kleinen Brüste sind, so klein sie auch sein mögen, prall gefüllt und stehen wie eine Eins. Ihre Brustwarzen recken sich voller Erregung hellauf begeistert. Überhaupt ist sie eine sehr erotische Frau und es ist kein Wunder, dass ihr alle Männer hinterherstarren. Im Bikini hab ich sie ja schon öfter gesehen und bin jedes Mal vor Neid fast erblasst. Sie scheint wirklich makellos schön zu sein. Eine perfekte Figur, mit langen Beinen, flachem, leicht durchtrainiertem Bauch, einem knackigen Apfelpopöchen und festen kleinen Brüsten. Dazu ist die Haut perfekt gebräunt und komplett ohne Cellulite oder sonst einer Form von Entstellung.

Ein Schlauchbootmund, wie ihn die besten Schönheitschirurgen mit Hyaluronsäure nicht hinbekommen, und dazu ihre naturblonden, fast wasserstoffblonden Haare und ihre dunklen, tiefgründig braunen Augen. Wer würde da nicht neidisch werden? Nicht, dass ich je ein Problem mit meinem Aussehen gehabt hätte. Auch mir lag die Männerwelt stets zu Füßen. Aber im Vergleich mit Lena bin ich einfach das genaue Gegenteil. Eine schöne Figur habe ich auch. Zweifellos. Allerdings ist an mir überall etwas mehr dran. Mein Körbchen geht eher Richtung C-Cup und auch mein Allerwertester ist mehr ein praller Apfel-Po als ein Popöchen. Allerdings habe ich ebenso einen flachen Bauch und braun gebrannte Haut. Auf meine fast polangen braunen Haare war ich immer irrsinnig stolz, aber sie sind eben nicht blond, und auch meine rehbraunen großen braunen Augen sind nicht von schlechten Eltern, aber bei Weitem nicht so dunkel wie die von Lena. Eben alles mehr Latina – so ein bisschen Jennifer Lopez. Papas kolumbianischen Wurzeln sei Dank. Aber warum vergleiche ich mich überhaupt mit dieser Brigitte Bardot? Kann mir doch eigentlich egal sein, wie hübsch und unwiderstehlich sie ist! Aber das ist es mir nicht, und zwar aus einem einzigen Grund: Till hat sich in sie verliebt und ist gerade dabei, mit ihr zu schlafen.

»Arschloch, du elendiger Verräter, du verdammter Heuchler!« Alles nur erstunken und erlogen! Von wegen du wirst mich immer lieben und nichts kann uns trennen. Mein Tod konnte das sehr wohl, und nicht mal ein Jahr später hast du auch schon Ersatz für mich gefunden. Du verdammter Heuchler!« Ich schreie, wie ich noch nie zuvor geschrien habe, aber sehr wohl in dem Wissen, dass auch von diesem Tobsuchtsanfall nichts auf der Erde und damit nichts bei Till ankommt.

Nach dem »Akt« – *ein anderes Wort bringe ich dafür nicht über meine Lippen,* bei dem beide einen Orgasmus hatten – *zumindest wenn Lena diesen nicht vorgespielt hat,* liegen sie noch eine ganze Weile engumschlungen, nackt und in angenehmes Schweigen gehüllt da. Und auch mein Herz schweigt. Ich spüre keinen Hass mehr, keine Liebe, nichts. Einfach nur Gleichgültigkeit. Till hat unsere Liebe verraten. *Für immer.*

EINUNDSECHZIG

Eine ganze Weile später machen sie sich jetzt endlich auf den Weg, um Vientiane zu erkunden und die mitgebrachten Bücher in der Schule abzugeben. Die Schule liegt genau neben dem Wat Mixay, sodass sie zuerst die Bücher abgeben können, um dann ohne schwere Last den Tempel zu besichtigen.

Allerdings scheint in der Schule niemand anwesend zu sein. Mit dem Bücherberg in den Händen und Taschen schlendern sie über den Pausenhof und wagen hier und da einen flüchtigen Blick in eines der Zimmer. Alle leer. Plötzlich kommt ein Mann um die Ecke und steuert genau auf Till zu: »Can I help you?«, bietet er in kaum verständlichem Englisch seine Hilfe an. Till erklärt ihm ihr Anliegen mit der Bücherspende, worauf der alte Mann in noch schlechterem Englisch erklärt, dass gerade Mittagspause und daher niemand in der Schule anwesend ist. Sie können die Bücher aber gerne hierlassen. Schon schließt der Mann ein kleines Kämmerchen auf, das zur Schule gehört, und bedeutet Lena und Till, die Bücher auf den Tisch zu legen. »Thank you, thank you«, kommt über seine Lippen, und da war er auch schon wieder verschwunden.

»Na toll. Das hab ich mir aber etwas anders vorgestellt. Dachte, wir dürfen wenigstens kurz in eine Klasse und die Kinder sehen.« Sichtlich enttäuscht schaut Lena dem alten Mann hinterher, der im nächsten Moment auch schon komplett aus ihrem Sichtfeld verschwindet.

»Dachte ich eigentlich auch. Aber immerhin haben wir etwas Gutes getan und die Kinder werden sich sicher über die neuen Bücher freuen.« Er gibt ihr einen Kuss, legt zärtlich den Arm um sie und gemeinsam schlendern sie zum gegenüberliegenden Wat Mixay. Wieder ein Tempel, wieder Stupas, wieder Buddhas. Lena scheint aber auch nach Tempelbesichtigung tausendundeins noch nicht genug zu haben. *»Gähn.«* Allerdings sieht man hier auffallend viele Mönche mit Handys in der Hand, was irgendwie befremdlich und unpassend wirkt. Natürlich werden die Handymönche auch sofort von Lena auf Zelluloid gebannt.

Nach der Besichtigung von Wat Maxay steht noch die Besichtigung des Nationalsymbols von Laos auf dem Plan: Pha That Luang – die goldene Stupa. Direkt davor werden mal wieder Vögel in viel zu kleinen Käfigen eingepfercht verkauft. Das Kaufen und die anschließende Befreiung des Vogels soll Glück bringen. Allerdings nur dem Verkäufer, der mit den armen Tierchen Geld macht, um sie direkt nach der Freilassung gleich wieder einzufangen und an den nächsten gutgläubigen und mitleidigen Touristen zu verkaufen. Lena ist schon wieder außer sich, aber Till kann sie davon abhalten, auf die Verkäufer loszugehen.

ZWEIUNDSECHZIG

Bei Milchshake und Bier sitzen die beiden in trauter Zweisamkeit direkt am Flussufer und beobachten gedankenversunken den Sonnenuntergang. Lenas Kopf ruht auf Tills Schulter, und so sitzen sie da wie ein wunderschönes Liebespaar. *Hollywood hätte es nicht besser machen können.*

Plötzlich hebt Lena ihren Kopf und schaut Till direkt an. »Wie soll es jetzt weitergehen? Mit uns, meine ich?«

Till antwortet nichts und schaut weiter wie gebannt auf den roten untergehenden Sonnenball.

»Till, bitte. Ich weiß, du wolltest Zeit, und die hab ich dir gegeben. Seit Costa Rica weißt du, dass ich Gefühle für dich habe. Gefühle, die du anfangs nicht erwidern konntest, nicht bereit warst zu erwidern. Aber was ist jetzt? Ich halte diese Ungewissheit nicht mehr aus. Ich will mit dir zusammen sein, mein Leben mit dir verbringen, und ich muss wissen, ob du genau so denkst, ob du genau so fühlst.«

Jetzt nimmt Till Lenas Hand. *Oh nein, ich will das alles gar nicht hören und wünsche mir, ich wäre wirklich richtig tot. Wünschte, ich würde einfach umfallen und das nicht mitansehen müssen. Aber ich sehe alles und höre alles und kann meinen Blick nicht abwenden, sondern bin wie hypnotisiert. Unter Schock, unfähig, mich zu bewegen.*

»Lena. Du weißt, was ich für dich empfinde. Aber ich weiß einfach nicht, ob es richtig ist und ob ich es kann. Es fühlt sich einfach immer an, als würde ich Julie betrügen.«

»Julie, Julie, Julie! Diese verdammte Julie! Wann begreifst du endlich? Julie ist tot. Sie wird nicht mehr zurückkommen, niemals! Sie hat dich verlassen, und daran kannst du nichts ändern! Entscheide dich endlich! Wir sind noch drei Tage in Laos, danach hat Julie ein neues Ziel für dich. Doch mein Ziel wird Australien sein, wenn du nicht mitkommst, trennen sich unsere Wege hier. Entweder trauerst du den Rest deines Lebens um Julie und bleibst mit ihrer Leiche verheiratet, oder du entscheidest dich für mich und damit für ein neues Leben! Till, verdammt, ich weiß, dass du sie vermisst, aber du lebst, also lebe!«

»Oh Till, entschuldige bitte, das hab ich nicht so gemeint.« Voller Tränen und Angst schaut sie Till an. Sie scheint ihre Worte ehrlich zu bereuen.

»Doch, hast du, und du hast recht. Aber bitte erwarte nicht gleich eine Antwort von mir. Ich brauche Zeit und wäre jetzt gerne allein.«

»Till, bitte, ich hab es nicht so gemeint. Ich war nur so sauer. Ich hab solche Angst, dich zu verlieren!«

Doch Till hört ihre Worte schon fast gar nicht mehr. Er ist aufgestanden und hat sie einfach stehen lassen. Langsam und gedankenverloren läuft er am Flussufer entlang und verschwindet immer mehr aus Lenas Blickweite.

Till schlendert eine ganze Weile schweigsam durch die Nacht und scheint nichts mehr um sich herum wahrzunehmen. Immer wieder blickt er zum Himmel, als warte er auf ein Zeichen von mir, meinen Segen, damit er mit Lena gehen kann.

Doch auf dieses Zeichen wartet er vergebens. Selbst wenn ich könnte, würde ich ihm sicher keines schicken. Ganz im Gegenteil. Es ist nämlich überhaupt nicht in Ordnung, wenn er mit Lena geht! Gar nichts ist mehr in Ordnung!

»Julie, wenn ich nur wüsste, wo du bist und was du machst. Kannst du mich sehen? Kannst du mich hören? Weißt du, was hier passiert?« Mit Tränen in den Augen steht er da und spricht in die unendliche Weite des Himmels. Er hat keine Ahnung, dass ich wirklich auf einer Wolke sitze und ihn sehen und hören kann. Das ich alles sehen und hören kann.

»Julie, ich liebe dich. Das wird für immer so sein. Du bist, warst mein Leben und mein Herz wird immer dir gehören. Aber ich denke, es ist an der Zeit, nach vorne zu Blicken. Niemals hätte ich gedacht, dass ich ohne dich leben kann, aber du hast es mir gezeigt, du hast mir mit dieser Reise mein neues Leben geschenkt. Dafür werde ich dir immer dankbar sein. Trotzdem werde ich die von dir geplante Reise hier beenden und mit Lena nach Australien gehen. Ich werde meine eigene Reise beginnen. Ich hoffe, wo auch immer du bist, du kannst das verstehen. Plötzlich rennt er wie von der Tarantel gestochen los in Richtung Gästehaus und knallt fast gegen die abgeschlossene Tür. Er scheint gar nicht wahrzunehmen, das Lena auch noch nicht da ist, obwohl es bereits mitten in der Nacht ist. Wahrscheinlich irrt sie genau wie er irgendwo am Flussufer entlang, um ihre Gedanken zu ordnen.

Till durchwühlt seinen Rucksack und hält einen Stapel Briefe in der Hand, die er fest an sich presst. Meine Briefe. Damit rennt er, ohne die Tür zu schließen, zurück zum Seeufer. Er macht eines der Fischerboote, die am Ufer des Flusses befestigt sind, los, steigt ein und paddelt hinaus auf den Mekong. Der Vollmond erhellt den Fluss auf mystische Weise und die sternenklare Nacht trägt ihren Teil zur perfekten Kulisse bei. Kein Filmstudio der Welt würde das so schön hinbekommen. Aus einer Mischung von Übermut und Verzweiflung paddelt Till wie ein Verrückter, bis seine Kräfte endlich nachlassen und er die Paddel aus den Händen gleiten lässt. Da sitzt er nun, in dem von Wellen sanft geschaukelten Boot, und schaut in die unendlichen Weiten des Sternenhimmels. Meine Briefe hält er fest umklammert und drückt sie sich von Zeit zu Zeit dicht an die Nase und atmet tief ein, als könne er damit meinen Duft und die geschriebenen Zeilen in sich aufnehmen. *Für immer.*

»Julie, meine geliebte Julie. Es bricht mir das Herz und es kommt mir auch fast nicht über die Lippen, da es sich immer noch irgendwie falsch anfühlt, aber tief in mir weiß ich, dass es die richtige Entscheidung ist. Es ist Zeit, Abschied zu nehmen. Zeit, dir für immer Lebewohl zu sagen. Wo auch immer du sein magst, wir werden nie wieder zusammen sein können. Das musste ich erst lernen zu akzeptieren. Die Hoffnung stirbt zuletzt und ich habe vergeblich gehofft, dass du wieder zu mir zurückkommst. Dass alles nur ein großes Missverständnis, ein Albtraum ist. Ich musste einsehen, dass wir getrennt sind. Für immer. Tot und lebendig. Aber du hast mir neue Hoffnung geschenkt. Über deinen Tod hinaus. Du wolltest, dass ich am Leben bleibe. Dass ich unser Leben und unsere Träume weiterlebe. Dein letzter Wunsch war, dass ich wieder glücklich werde. Dieses Versprechen kann ich dir heute geben, ich werde wieder glücklich!

Tränenüberströmt sitzt er da, die Hände wie zum Gebet gefaltet, mit meinen ganzen Briefen dazwischen, und kämpft den vermutlich schwersten Kampf seines Lebens. Goodbye Julie.

»Ich bin dir so dankbar für all das, was du für mich getan hast. Für die Zeit, die wir miteinander haben durften. Du warst das Beste, das mir je passiert ist, und ich bin so dankbar, dass ich diese Zeit mit dir erleben durfte.«

Er hält einen der Briefe übers Wasser. Den ersten. Mein Abschiedsbrief an ihn, meine Fahrkarte für ihn zurück ins Leben. Ohne den Brief ein weiteres Mal zu lesen, wirft er ihn ins Wasser. Dort wird er von den sanften Wogen des Flusses weggetragen. Kurz darauf folgt der nächste Brief, dann der nächste und der nächste … bis er nur noch zwei Briefe in Händen hält. Die letzte Reise und meinen endgültigen Abschiedsbrief, meine letzten Worte an ihn.

»Meine liebe Julie: Zwei Briefe sind noch übrig. Zwei Briefe, und dann wäre die von dir geplante Reise zu Ende. Der eine Brief enthält das nächste Ziel und der andere Brief ist vermutlich noch ein Abschiedsbrief. Beide Briefe habe ich nicht gelesen und werde es auch nicht tun. Ich habe lange darüber nachgedacht und wirklich mein Herz sprechen lassen. Auch wenn ich durch diese Entscheidung das Gefühl habe zu sterben, ist gleichzeitig das Wissen darüber so groß, dass es richtig ist. Ich muss dich loslassen, um selbst wieder frei zu sein. Und ich weiß, dass, was auch immer in diesem Brief steht, du mich verstehen würdest. Ich liebe dich! Ich liebe dich so sehr, hörst du? Du bist ein Teil von mir. Das wird sich nie, niemals ändern. Aber ich muss dich gehen lassen. Goodbye Julie!«

Mit angehaltenem Atem schmeißt er die Briefe ungelesen ins Wasser. Meine letzten Worte. Für immer vernichtet. Verschlungen von den Tiefen des Mekongs. Meine letzten Worte einfach weggespült. *Für immer.*

Langsam zieht Till seinen Ehering aus und betrachtet ihn fast andächtig, ehe er ihn plötzlich mit einem tiefen Seufzer in die undurchdringlichen Abgründe des Mekong wirft. Unseren Ehering! Unwillkürlich muss ich an die Szene aus Titanic denken, als die alte Rose das Herz des Ozeans über Bord wirft. Es beginnt zu regnen und um mich herum wird alles dunkel und schwarz und ich falle in einen tiefen Schlaf.

DREIUNDSECHZIG

»Kommst du? Unser Taxi zum Flughafen wartet schon.«

Till steht am Ufer des Mekongs vor den Fischerbooten und starrt wie gebannt auf den tosenden Fluss, der durch den Regen der letzten Nacht sichtlich unruhiger geworden ist. Durch den mit schwarzen Wolken behangenen Himmel bahnen sich einige Sonnenstrahlen und plötzlich leuchtet ein wunderschöner Regenbogen in prächtigen Farben über dem Mekong. Till hebt seinen Kopf, blickt Richtung Himmel und lächelt. Dann dreht er sich um und schließt Lena in die Arme.

Zusammen steigen sie ins Taxi …

SECHS MONATE SPÄTER …

Lena erzählt …

Ich habe es von Anfang an gespürt. Schon als ich Till das erste Mal gesehen hab. Damals, als er sich beim Frühstück in Costa Rica einfach neben mich setzte. Dieses Besondere zwischen uns, diese Verbundenheit, die gemeinsame Welle, auf der wir schwimmen, dieses Du-bist-mein-Topf-und-ich-dein-Deckel-Gefühl. Mag vielleicht etwas eingebildet und selbstsicher klingen und vielleicht auch etwas ungerecht dieser Julie gegenüber – aber ja, ich bin sicher, dass ich Tills Deckel bin und er mein Topf. Dass wir füreinander bestimmt sind und es wahrscheinlich auch immer waren. Wir mussten uns eben erst begegnen. Und trotzdem nagen gelegentlich Zweifel an mir. Julie … Sie ist keine nervige Exfreundin, die sich ständig in unser Leben drängt – das kann sie ja auch gar nicht –, und doch ist sie präsenter als jeder lebendige Mensch. Till denkt noch oft an sie. Jeder Seelenklempner würde sagen, dass das mehr als verständlich ist und zum Trauerprozess dazugehört. Er macht auch kein Geheimnis daraus, sondern lässt mich meist sogar an seinen Gefühlen teilhaben. Seine Art, mir zu zeigen, wie wichtig ich ihm bin. Er hat aufgehört, Tagebuch an sie zu schreiben, aber gelegentlich blickt er noch in den Himmel und redet mit ihr, als würde sie wirklich auf einer Wolke sitzen und ihm zuhören. Aber es wird immer weniger und irgendwann werden nur noch die besonderen Tage eine Bedeutung haben. Ihr Geburtstag, ihr Hochzeitstag, der Tag ihrer Beerdigung …

Hätte Till sich auch in mich verliebt, wenn Julie noch leben würde? Liebt er mich genau so sehr wie einst sie? Und die schlimmste Frage überhaupt: Liebt er sie noch immer? Wird sein Herz überhaupt jemals ganz für mich frei sein?

Sicher, Julie wird immer ein Teil von ihm bleiben. Für immer in seinem Herzen sein. Das muss ich lernen zu akzeptieren. Ich kann nur hoffen, dass es nachlässt und schwächer wird. Wie Handgeschriebenes das langsam verblasst – man aber trotzdem immer weiß, dass dort etwas geschrieben stand. Dabei kann mir nur die Zeit helfen. Anfangs habe ich auch noch täglich mit meiner toten Mutter geredet. Ich habe mir auch vorgestellt, dass sie irgendwo da oben im Himmel sitzt und mich beobachtet und genau zuhört, wenn ich ihr etwas erzähle. Aus täglichen Gesprächen wurden wöchentliche Zusammenfassungen, aus den wöchentlichen Zusammenfassungen wurden monatliche Fünf-Minuten-News und aus den monatlichen Fünf-Minuten-News wurde ein gelegentlich stiller Gruß, ein stiller Moment, in dem ich an sie denke, eine Kerze, die ich für sie anzünde. Kein Mensch ist ohne Vergangenheit. Ich habe losgelassen und trotzdem ist sie ein Teil von mir. *Für immer.* So wie Julie für Till. Für immer.

Till erzählt …

Ich hätte es nie für möglich gehalten. Ein Leben ohne Julie. Es gab ein Leben vor Julie, ein Leben mit Julie, aber dass es ein Leben nach Julie geben könnte, daran habe ich nie auch nur einen einzigen Gedanken verschwendet. Und nun bin ich genau da angekommen. In einem Leben nach Julie. Meinem Leben. Heute kann ich wirklich sagen, dass dieses Leben lebenswert ist. Dass ich glücklich bin. Es gab eine Zeit, in der ich fest davon überzeugt war, nie mehr glücklich zu werden, und jegliche Lust am Leben verloren hatte.

Julie war mein Leben. Mein Ein und Alles, meine Welt, um die sich alles in meinem Leben drehte. Mein *Für immer.* Und auf einmal war sie weg und mit ihr auch mein Leben.

Doch sie hat mich gerettet und mich am Leben gehalten mit einem Gruß aus dem Jenseits. Einer abenteuerlichen Weltreise, die zur Reise zu mir selbst wurde.

Auf dieser Reise lernte ich Lena kennen. Ganz plötzlich und unerwartet landete dieses quirlige Energiebündel mitten in meinem Leben. Damals beim Frühstück in Costa Rica, als ich sie zum ersten Mal sah, lag gleich eine magische Verbindung zwischen uns in der Luft. Ich wollte es nicht wahrhaben und habe versucht, dagegen anzukämpfen und meine Gefühle zu ignorieren. Wie konnte das möglich sein? Ich liebte doch Julie! Ich fühlte mich elendig, als würde ich durch die Gefühle für Lena meine Liebe zu Julie verraten, unsere Liebe zerstören.

Es hat lange gedauert, bis ich von meiner Vorstellung, dass Julie auf einer Wolke sitzt und genau beobachtet, was ich tue, loskam. Eigentlich habe ich nie an so etwas geglaubt, überhaupt habe ich nie an ein Leben nach dem Tod geglaubt und tue es auch heute nicht. Dass Julie auf einer Wolke sitzt, war wohl mehr Wunschdenken als überzeugter Glaube. So war sie immer noch da für mich und ich musste nicht loslassen. Doch all mein Bitten und Flehen, mir ein Zeichen zu schicken, ob sie wirklich da war, blieb unerhört. Es hagelte keine Yoguretten und es ergoss sich auch kein sturzflutartiger Regen aus Bananenmilch über mich.

Julie war nicht auf einer Wolke, sondern tot, und das musste ich akzeptieren. Auf meiner Reise hat eine alte Frau aus Honduras zu mir gesagt, dass man die Toten loslassen muss, damit sie ihre Ruhe finden. Ich habe Julie losgelassen.

Kann ein Mensch zweimal in Leben die große Liebe finden? Mit Julie hab ich sie erlebt, da bin ich mir ganz sicher. Die ganzen Jahre habe ich nie daran gezweifelt, dass sie meine Traumfrau ist. Sie war perfekt für mich und wird es auch immer bleiben, aber sie ist nicht mehr da.

Ich habe das Glück, auch mit Lena diese Verbundenheit zu spüren, dieses feste Band aus Vertrauen und bedingungsloser Liebe. Ich möchte die beiden gar nicht miteinander vergleichen. Julie gehört meine Vergangenheit, wunderschöne zehn Jahre, von denen ich keine Sekunde missen möchte, und Lena gehört meine Zukunft, in der ich mich auf jede einzelne Sekunde freue!

Ob ich Lena gegen Julie eintauschen würde, wenn ich die Möglichkeit dazu hätte? Nein! Alles, was passiert, hat seinen Sinn im Leben. Julies Tod hat mir Lena geschenkt. Ich bin davon überzeugt, dass Julie genau so handeln würde. Lena gehört mein Herz und Julie bleibt ein Teil davon – für immer.

Heute blicke ich in eine Zukunft voll tanzender Schmetterlinge. Ich habe eine Zukunft!

Danke, Julie!

Julie erzählt …

Ja, was soll ich sagen. Mission erfüllt. Till ist wieder glücklich. Es hat zwar einige Zeit gedauert zu verstehen, dass Till unsere Liebe nie verraten hat, aber am Schluss habe sogar ich es verstanden. Im Jenseits mitansehen zu müssen, wie der liebste Mensch ein neues Leben ohne einen beginnt, ist grausam. Keine Ahnung, wer sich so etwas ausgedacht hat. Im Nachhinein bin ich aber trotzdem froh darüber, denn jetzt weiß ich wenigstens, dass es Till gut geht. Auch wenn es zugegebenermaßen anders gekommen ist als von mir geplant. Eine neue Liebe, also genau genommen Lena, stand nicht auf meinem Plan. Aber natürlich gehört genau das zu einem neuen, glücklichen Leben dazu. Als Till sich auf dem Mekong von mir verabschiedet hat und unseren Ehering in die weiten Tiefen des Flusses geworfen hat, ist mir das schlagartig klar geworden. Nur wenn wir uns gegenseitig loslassen, kann jeder von uns seinen Frieden finden. Dieses Loslassen hatte ich auch für ihn geplant, er ist mir nur zuvorgekommen. Meine letzten Worte an ihn, die er nie lesen wird: Jetzt lass mich los und werde glücklich.

Das Ganze sollte sich eigentlich in Kambodscha abspielen. Hier hätte ihn seine letzte Reise von mir hingeführt. Unseren ersten gemeinsamen Urlaub haben wir dort verbracht. Wir waren beide noch nie wirklich weit weg und wollten irgendwohin, wo noch nicht jeder war. So landeten wir damals in Kambodscha. Dort sind wir genau wie Till jetzt bei einer Nacht-und-Nebelaktion mit einem Fischerboot hinausgefahren und haben von unserem Boot aus die unendlichen Sterne gezählt. Genau dort sollte er Abschied von mir nehmen, für immer. Ohne meinen Brief zu lesen, hat er sich für die gleiche Art entschieden, mir Goodbye zu sagen. Nur eben in Laos. Sicher ein Zeichen, wie verbunden wir einst waren.

Wo ich jetzt bin? Das darf ich nicht verraten. Aber nur so viel: Auch ich bin glücklich. Für immer.

Eure Julie

TILLS TAGEBUCH

Neuseeland, 3. Juni 2013

Meine Quietschie,

ich habe etwas Furchtbares getan. Etwa Unverzeihliches. Ich werde es mir selbst nie verzeihen, niemals, darum bitte ich auch Dich nicht um Verzeihung. Ich habe heute meine Liebe zu Dir verraten. Unsere Liebe. Ich habe Dich betrogen. Mit einer Fremden. Dabei liebe ich Dich so sehr und wünsche mir nichts mehr, als dass Du wieder bei mir bist. Ich wollte mir beweisen, dass das Leben weitergeht, auch ohne Dich. Dass ich wieder Spaß haben kann und über Dich hinwegkomme. Aber nichts davon ist der Fall. Ich hasse das Reisen ohne Dich. Ich hasse das Einschlafen und das Aufwachen ohne Dich! Ich hasse das verdammte Leben ohne Dich!

Chile, 25. Juni 2013

Meine geliebte Julie,

keine Ahnung, wo du bist und ob du lesen kannst, was ich dir schreibe, und ob du hören kannst, wenn ich mit dir rede. Wir haben beide immer geglaubt, dass nach dem Tod nichts mehr kommt, aber jetzt möchte ich das nicht wahrhaben. Ich möchte glauben, dass du irgendwo im Paradies auf einer Wolke sitzt und auf mich aufpasst. Ich vermisse Dich so sehr. Diese Reise kommt mir so sinnlos vor ohne Dich. Was nutzen mir all die schönen Momente, wenn ich sie nicht mit Dir teilen kann? Heute habe ich einen Ausflug in die Atacama-Wüste zum Valle de la Luna gemacht. Die vulkanische Mondlandschaft hätte Dir gefallen. Noch nie habe ich mich so einsam gefühlt wie hier, seit Du nicht mehr da bist. Was hat das alles ohne Dich für einen Sinn? Ich will nicht mehr, ich bin mü-

de. Hätten sie mich doch nur sterben lassen. Du warst mein Leben und Du bist von mir gegangen, damit ist auch mein Leben von mir gegangen. Ich habe keine Kraft mehr weiterzureisen und ich sehe auch überhaupt keinen Sinn darin.

Chile, 27. Juni 2013

Warum hast Du mich allein gelassen? Warum hast Du mir nicht erzählt, dass Du sicher sterben wirst? Du hast alles für Deinen Tod vorbereitet, aber nichts getan, um diesen zu verhindern! Warum bist Du einfach von mir gegangen und lässt mich mit unserer Zukunft allein? Ich hätte Dich niemals zum Autofahren gedrängt, wenn ich gewusst hätte, dass Du daran …

Chile, 29. Juni 2013

Liebe Julie,
wie geht's Dir denn, was machst Du? Das klingt alles irgendwie beknackt und ich weiß überhaupt nicht, wie ich Dir schreiben soll. Bitte komm zu mir zurück. Das Reisen ohne Dich macht überhaupt keinen Spaß. Ich habe noch nicht mal eine Deiner Aufgaben für Chile erfüllt, hoffe, Du bist mir nicht böse. Ich bin so einsam ohne Dich.

Venezuela, 3. Juli 2013

Hey Julie,
habe mich nun doch dazu entschlossen weiterzureisen. Das tue ich aber nur Dir zuliebe. Ich muss Deinen letzten Wunsch erfüllen, sonst würde ich mich selbst hassen. Die Tage ohne Dich sind leer und die Nächte einsam. Ich würde so gerne wieder neben Dir aufwachen, Dich beim Schlafen beobachten und Dir zärtlich einen Guten-Morgen-Kuss geben. Doch mein Bett ist jeden Morgen leer und wird für immer leer bleiben.

Venezuela, 17. Juli 2013

Happy Birthday, Quietschie! Ach, was schreib ich hier bloß? Heute ist Dein Geburtstag, aber Du bist nicht mehr da. Hast Du dann überhaupt noch Geburtstag, wenn Du nicht mehr da bist? Egal, ich heb mein Glas auf Dich.

Venezuela, 22. Juli 2013

Mein Quietschie,
ich bin in Caracas, aber vermutlich weißt Du das schon. Ich versuche mich aufzurappeln, Dir zuliebe. Heute habe ich einen Spaziergang durch die Stadt gemacht und eine Kerze in der Kathedrale am Plaza Bolívar für Dich angezündet. Morgen werde ich mit Alvaro, einem Peruaner aus meinem Hostel, ins Estádio Olímpico zu einem Fußballspiel gehen.
Ich liebe Dich

Venezuela, 25. Juli 2013

Mittlerweile bin ich wie in Deinem Brief geschrieben in der venezolanischen Karibik auf der Insel Gran Roques angekommen. Der Flug von Caracas hat nur vierzig Minuten gedauert, und schon war ich mitten im Paradies. Wenn ich Dich doch nur in den Armen halten könnte. Türkisblaues Wasser und schneeweißer Sand. Du würdest strahlen! Ich übernachte direkt am Meer in einem einfachen Posada, so nennt man die Hostels hier. Morgen werde ich einen Ausflug mit einem Katamaran zur Cayo Fabian machen und schnorcheln gehen.
Ich liebe Dich

Panama, 30. Juli 2013

Hey Julie,
hier würde es Dir gefallen. Im Land der Bananen. Das Land riecht zwar nicht wirklich wie in Deiner Lieblingsgeschichte nach Bananen, aber es gibt wahnsinnig viele Plantagen und auf Deine Bananenmilch müsstest Du hier sicher nicht verzichten. Heute bin ich mit einer Reisegruppe auf den Cerro Ancón gewandert. Von dem kleinen Dschungelberg mitten in der Stadt hat man eine atemberaubende Sicht auf Casco Viejo, das Stadtzentrum, und den Panamakanal. Haben sogar ein Faultier gesehen.
Ich liebe Dich

Panama, 1. August 2013

Liebe Julie,
jeder Tag zieht sinnlos vorbei wie der nächste. Alles ist sinnlos ohne Dich. Ich habe den Segelturn mitgemacht und nette Leute kennengelernt, aber was für einen Sinn hat das Ganze ohne Dich? Keinen!

Costa Rica, 7. August 2013

Langsam, aber sicher werde ich zum Alkoholiker. An Dich zu denken tut einfach so weh, aber meine Gedanken kreisen nur um Dich. Ich hätte Deinen Tod verhindern können. Warum nur habe ich von Dir verlangt, wieder Auto fahren zu lernen? Warum? Zum Glück kannst Du mich so nicht sehen, das würde Dir sicher nicht gefallen.

Costa Rica, 8. August 2013

Ich will nicht mehr leben ohne Dich.

Nicaragua, 12. August 2013

Hi Julie,
wenn ich doch nur wüsste, wo Du bist und was Du denkst. Oder bist Du vielleicht wirklich überhaupt nicht mehr?
Ich habe ein Mädchen kennengelernt – Lena. Oder weißt Du das schon, weil Du mich doch beobachtest? Sie ist echt eine Nette. Sie hat ihre Mutter verloren und reist ganz alleine durch die Gegend, wie ich. Jetzt aber nicht mehr, wir haben uns zu einer kleinen Reisegruppe zusammengeschlossen. Es reist sich deutlich angenehmer, wenn man weiß, dass man nicht alleine ist. Trotzdem fühle ich mich leer. Du fehlst mir so! Es ist einfach nicht das Gleiche.

Nicaragua, 20. August 2013

Lena ist wirklich ein Wirbelwind, kaum zu bremsen, dieses Energiebündel. Wie Du ist sie ganz verrückt nach Tieren. In der Nacht sind Waschbären bei uns im Hostel eingebrochen, da war sie ganz aus dem Häuschen. Du würdest sie bestimmt mögen, also Lena, mein ich.
Ich liebe Dich

Honduras, 27. August 2013

Hi Julie,
mittlerweile sind wir in Honduras angekommen. Heute haben wir Maya-Ruinen besichtigt. Der alte Steinbazillus hat wieder zugeschlagen. Jetzt geht's gleich noch in eine spanische Oper. Ich wünschte, Du könntest diese Momente mit mir erleben.

Belize, 12. September 2013

Meine Julie,
über Belize als Ziel haben wir uns ehrlich gesagt etwas gewundert. Mit »wir« meine ich Lena und mich. Sie hat sich dazu entschlossen, mit mir zu reisen, aber das habe ich Dir, glaub ich, schon erzählt. Es ist hier aber tatsächlich ganz nett. Überraschenderweise gibt es hier einiges zu sehen. Natürlich auch viele Maya-Ruinen. Morgen werden wir zur Abwechslung aber mal eine Schifffahrt machen.
Ich liebe Dich

Mexiko, 21. September 2013

Meine Julie,
heute ist mein Geburtstag. Die Tage hier bei Andrew in Mexiko vergehen wirklich schnell. Es tut gut, mal wieder jemand Vertrauten um sich zu haben. Du hast bei der Planung ja wirklich an alles gedacht. So, ich muss los. Lena und Andy warten schon auf mich, sie haben irgendeine Überraschung für mich. Ich würde ja lieber mit Dir feien …

Tansania, 28. Oktober 2013

Liebe Julie,
wenn ich doch nur noch einmal mit Dir reden könnte. Nur ein einziges Mal. Wenn Du mir sagen könntest, was richtig und falsch ist. Du bist mittlerweile schon über sechs Monate tot. Diese vergangenen Monate waren hart, aber ich habe akzeptiert, dass Du nicht mehr bei mir bist, und auch, dass du nie mehr zurückkommen wirst. Trotzdem ist der Gedanke mir immer noch unerträglich und macht mir auch etwas Angst. Wie soll es denn ohne Dich mit meinem Leben weitergehen?
Wenn ich an meine Zukunft denke, dann denke ich an Lena. Aber es fühlt sich nach Verrat an. Wenn Du mir nur sagen könntest, wie es sich für Dich an-

fühlt! Ich weiß, Du hast in Deinem Abschiedsbrief geschrieben, dass Du Dir wünschst, dass ich erkenne, dass mein Leben auch ohne Dich noch wert ist gelebt zu werden. Aber meinst Du damit auch Lena? Meine Liebe zu Dir würde ich nie verraten, aber ist in meinem Herzen nicht Platz für euch beide? Was, wenn Du wirklich irgendwo im Himmel auf mich wartest und mitansehen musst, wie Lena und ich glücklich werden, wärst du dann auch glücklich, weil ich wieder glücklich bin? Wahrscheinlich würdest Du vor Eifersucht toben. Als Du noch bei mir warst, gab es nie eine andere Frau. Du warst alles für mich, niemals hätte mich eine interessiert. Aber Du bist nicht mehr da und Lena hat es irgendwie geschafft, mich in ihren Bann zu ziehen. Irgendwas verbindet uns beide, so war es früher auch mit Dir. Ich möchte unsere Liebe aber nicht verraten. Wenn Du mir doch nur diese Zweifel nehmen könntest. Aber das kannst Du nicht und wirst es auch nie tun. Diese Entscheidung muss ich selbst treffen.
In Liebe
Till

Sansibar, 1. November 2013

Hi Julie,
eigentlich müsste ich Dich heute an Deinem Grab besuchen, es ist nämlich Allerheiligen. Dein kleiner Baum ist bestimmt auch schon ordentlich gewachsen. Habe vorher mit kurz mit Deiner Mutter telefoniert, es geht ihr wohl nicht besonders.
Aber warum ich Dir eigentlich schreibe: Es ist etwas passiert. Eigentlich sollte ich mich darüber freuen, aber ich kann es nicht. Ich habe mich tatsächlich wieder verliebt. In Lena. Sie ist, na ja, sie tut mir einfach gut. Du hast geschrieben, dass ich wieder glücklich werde und mein Leben weiterleben soll, eines Tages mit einer neuen Frau an meiner Seite. Vielleicht ist Lena diese Frau. Doch irgendwie fühlt es sich auch falsch an. Meine Liebe zu Dir ist immer noch da und wahrscheinlich geht sie auch nie weg. Das kann ich mir nicht vorstellen und ich will es auch nicht. Mit Lena zusammen zu sein fühlt

sich gut an, so leicht und einfach, als wäre das Leben immer voll Sonnenstrahlen. Und doch fühlt es sich wiederum auch schrecklich an. Als würde ich meine Liebe zu Dir verraten, Dich betrügen.
Vielleicht ist es tatsächlich an der Zeit loszulassen und mich für immer von Dir zu verabschieden.

Indonesien, 15. November 2013

Hast Du mir Lena geschickt? Dein letztes Abschiedsgeschenk an mich? Wenn Du mir nur noch diese letzten Fragen beantworten könntest, ich wüsste so gerne, wo Du jetzt bist und was Du denkst. Die Zeit mit Lena fühlt sich so leicht an, so unbeschwert. Sie scheint mich blind zu verstehen, das macht mir schon manchmal Angst.

Thailand, 18. Dezember 2013

Liebe Julie,
bald ist Weihnachten, das Fest der Liebe. Letztes Jahr haben wir noch zusammen mit unseren Familien bei uns in München gefeiert. Dieses Jahr ist alles anders. Ab jetzt ist jedes Weihnachten anders. Keine Ahnung, warum Du mir jetzt gerade so besonders fehlst, eigentlich hab ich nie viel von Weihnachten gehalten und hier im warmen Thailand kommt auch nicht so wirklich die richtige Stimmung auf, obwohl sie alles mit kitschigen Rentieren und Blingbling-Lichtern verzieren. Wir werden aber Morgen weiterreisen und Weihnachten in Laos verbringen, genau wie Du es geschrieben hast.
Du fehlst mir!

Laos, 24. Dezember 2013

Frohe Weihnachten, Julie!

Spürst Du meine Tränen im Regen?
Meine unendliche Liebe in der Wärme der Sonnenstrahlen?
Hoffnung, die ich Dir in jedem Windhauch schenke?
Wirst Du mich noch kennen,
wenn wir uns eines Tages in den Wolken wiedersehen?

THE END

DANKSAGUNG

Es ist mir niemals möglich, meinen Dank in Worte zu fassen.
Ehrlich gesagt hat es viel länger gedauert, dieses Buch zu schreiben, als ich jemals dachte, und ohne die Hilfe von vielen wundervollen Menschen, die mich umgeben und unterstützt haben, würde es dieses Buch nicht geben. Dafür möchte ich euch von Herzen danken!
Zunächst meinem Lebensgefährten, bestem Freund, ehrlichstem Kritiker und einfach wundervollsten Menschen auf der Welt – Fabian. Danke für deine unglaubliche Geduld und deinen unerschütterlichen Glauben an mich, bei all meinen verrückten Ideen. Ich liebe dich für immer und noch einen Tag ...!
Mama und Papa, Danke für eure tolle Unterstützung bei meinem Buchprojekt! Ihr habt mir immer wieder aufs Neue Kraft gegeben, auch in Zeiten des Zweifelns an mich zu glauben. Ich liebe euch!
Melanie, meine liebe Freundin und Illustratorin! Danke für die Unterstützung bei den Coverentwürfen. Deine Begabung, Worte in Bilder zu verwandeln, ist wirklich ein Geschenk und ich bin immer wieder aufs Neue fasziniert, wie blind wir uns verstehen. Freundschaft ist eine Seele in zwei Körpern!
Bastian, danke für die vielen Vorschläge und das in Szene setzen meiner Coverentwürfe. Ohne dich wäre das Projekt niemals so toll geworden.
Bei Maike möchte ich mich bedanken für unsere wundervollen Abende beim Inder und für deine positive Energie, an meine Träume zu glauben!
Danke an all meine Freunde, die mich bei meinem Projekt so wundervoll unterstützt haben. Ein ganz besonders Dankeschön geht hier an Wölfchen, Dani und Snezhi!
Bei meiner lieben Autoren-Kollegin Sylvia Petter möchte ich mich für die vielen aufbauenden Worte und den regen Austausch bedanken!

Danke an die Mitarbeiter der Münchner Verlagsgruppe! Ein ganz besonderer Dank geht an Sarah Schöbel, die mir mit tollen Vorschlägen zur Seite stand!
Und das wichtigste zum Schluss:
Ein gigantisches Dankeschön an all meine Fans, die mein Buch bei 100 FANS gekauft und die Werbetrommel für mich gerührt haben! Ohne euch wäre dies hier niemals möglich! Ihr seid großartig! Danke!

Weitere Informationen zur Autorin finden Sie unter:
www.jobstorys.de
Gerne können Sie auch eine E-Mail an *janet@jobstorys.de* schreiben.